Kein schwuler Land

Kooky Rooster, Autorin aus Österreich, fabriziert homoerotische Liebesromane mit Witz und Charme. Ihre eindrücklichen Bilder und kreative Metaphern jagen den Leser über eine wahre Gefühlsachterbahn. Sie beschreibt die Welt in ihrer Hässlichkeit und verweist auf das Potential der Liebe. Ihre Helden agieren herzerfrischend menschlich und geraten in Peinlichkeiten und Missverständnisse. Dabei kommen Lust und Leidenschaft nicht zu kurz – ihre Texte berauschen durch heiße Liebesszenen.

Kooky Rooster

Kein schwuler Land

Bibliografische Information der Deutschen
Nationalbibliothek:
Die Deutsche Nationalbibliothek verzeichnet diese
Publikation in der Deutschen Nationalbibliografie;
detaillierte bibliografische Daten sind im Internet über
http://dnb.dnb.de abrufbar.

Herstellung und Verlag:
BoD – Books on Demand, Norderstedt

ISBN: 978-3-8370-2829-4

Vorwort

Alle Menschen, Orte und Wirkungsstätten in dieser Geschichte sind fiktiv. Mögliche Namensverwandtschaften sind Zufall. Ähnlichkeiten von Denkweisen, Prinzipien und Reaktionen mit realen Vorkommnissen sind allerdings beabsichtigt, obwohl sie sich auf keinen konkreten Fall beziehen.

Glossar

angreifen = auch berühren, anfassen

Autodrom = Autoscooter

bisserl = bisschen

budern = den Geschlechtsakt vollziehen

deppert = dumm, blöd, ungeschickt

fesch = hübsch, attraktiv

Funsen = eine in den moralischen und intellektuellen Niederungen beheimatete Frau.

Gehts scheißen = Handlungsvorschlag für Menschen, auf deren Anwesenheit man fürs Erste verzichten kann.

Geh, ... = neben der geläufigen Verwendung: Ermunterung oder Skepsis: *Ach komm schon,* gelegentlich auch: *bitte.* Beispiele: *Geh, Johan. Geh, nimmst das mit?*

Kirtag = eine Art Volksfest, das Menschen in die Nähe von Kirchen bringt, und kirchlichen Würdenträgern das Autodrom.

Kraxn/Scheißkraxn = Ausdruck für ein Automobil, das nicht den momentan gewünschten Anforderungen entspricht.

LTGB, LBTG, L... = Lesbian-Gay-Bisexual-Transgender-Bewegung im Erstversuch der Aussprache.

leicht = auch: *etwa, denn, möglicherweise, vielleicht.* Beispiel: *Hast leicht ...? = Hast du etwa ...?*

nackert = nackt

*s = außer für *das* und *es* auch eine Abkürzung für *ihr, euch, sie* ..., selbst dann, wenn eigentlich nichts abgekürzt wurde. Beispiele: *Seids brav. Ihr habts öfters gefeiert.*

Semmel = Brötchen in Form einer geschlossenen Blende

weilst = weil du

Zuckerl = Bonbon

1 | Sonntagsessen

I'm a man, you're a man, let me kiss you, take my hand, don't be shy, don't be feared, love is love, that's not weird ...

... tönte es aus den winzigen Boxen in den Ecken des Gastraumes. Der Song kämpfte gegen das Rauschen des Radios, das Gemurmel an den Tischen und das Klappern von Besteck und Geschirr an.

»Oh, hörts ...«, die Mutter hob das Messer, blickte andächtig zur Decke, kaute zwei, drei Mal und schluckte runter.

Frank, Vater, Johan und die Großeltern verstummten und starrten auf die blitzende, fettverschmierte Klinge.

»Ich *liebe* dieses Lied.« Die Mutter seufzte verträumt, wiegte den Kopf lieblich hin und her und sang mit piepsender Stimme an der falschen Stelle: »Love is love.«

Johan verschluckte sich an einem Stück Fleisch, hustete es hoch und spülte es mit einem kräftigen Schluck Bier runter. Sein Hals kratzte und trieb ihm Tränen in die Augen.

»Ift daff nift diefe Tranfe?«, fragte Frank mit vollem Mund und fuhrwerkte mit Messer und Gabel auf dem Teller herum. Noch ehe er vollständig runtergeschluckt hatte, stopfte er den nächsten Bissen nach.

»Consuela«, erklärte die Mutter mit einem stolzen Funkeln in den Augen, als krönte sie eine kosmopolitische Aura, bloß, weil sie den Künstlernamen eines

Travestiekünstlers kannte. »Ich finde ihn – sie – *es* wundervoll.«

»Ihn«, nuschelte Frank. »Ift ein Kerl, der Frauenkleider anpfieht – daher *er*.«

»Also *ich* halt davon nix«, murmelte der Vater und schob eine Kartoffel durch die Soße.

»Ist das dieser …«, die Oma simulierte ein gebrochenes Handgelenk, »… Tüdlütü, von dem ihr da redet?«

»Nur, weil er auf der Bühne alf Frau rumrennt, muff er nicht gleich fwul fein«, erklärte Frank.

»Ist er aber«, sagte die Mutter. »War letztens beim Frühstücksfernsehen. Hat einen festen Freund. Schon seit Jahren. Da habens auch gezeigt: Vorher-Nachher. Ein bildhübscher Mann eigentlich. Hätte es gar nicht notwendig, sich als Frau zu verkleiden.«

Die Oma tätschelte Opas Unterarm und lachte. »Der Michel hat mir gar nicht glauben wollen, dass das ein Mann ist.«

»Geh, lass mich in Ruh mit dem«, winkte Opa ab.

I'm a man, you're a man, let me kiss you, take my hand, don't be shy, don't be feared, love is love, that's not weird …

»… love is love …«, piepste die Mutter mit peinlich verzögertem Einsatz und schwang verträumt das Messer im Fluss der Melodie.

Hinter dem Tresen umfasste Stefan den Griff für den Zapfhahn und füllte einen Bierkrug. Sein Blick war konzentriert, doch seine Lippen bewegten sich kaum merklich. Sang er etwa mit? Johan kniff die Augen zusammen. Doch, ja, Stefans Lippen bewegten sich, und zwar – anders als bei Mutter – synchron zum kompletten Text. Und nun bemerkte Johan auch noch, dass Stefan nicht bloß ungeduldig zappelte, bis sich der Krug füllte – er *wippte!* Der Schlager ergriff von ihm Besitz! Er *tanzte* zu einem Song, in dem es um die Liebe zwischen zwei Männern ging. Und anders, als Mutter, *wusste* er bestimmt auch, wovon der Song handelte.

Plötzlich rempelte ihn Frank mit dem Ellenbogen. »Schläfst du? Mama hat dich waf gefragt.«

»Hm?«

»Wie gefällt *dir* das Lied, Johan?« So, wie Mutter das fragte, wollte sie *eigentlich* wissen, was Johan von *Consuela* hielt.

Stefan stellte den gefüllten Bierkrug auf den Tresen, lächelte, sagte etwas zu einem Gast, pflückte einen Schein vom Tisch, wühlte in der riesigen, tausend Fächer dicken Ledergeldbörse, der Gast winkte ab, Stefan nickte dankend, beide lachten auf, er steckte die Geldbörse weg ...

»Sie – er – *es* nervt«, sagte Johan.

Die Mutter verzog das Gesicht. »Du bist genauso verstockt, wie dein Vater.«

»Der Bub weiß halt, was sich gehört«, meinte der Vater.

»Yeah.« Frank grinste. »Der Bub weif, waf fich gehört.«

»Halts Maul«, knurrte Johan.

»Ihr seids homophobe Spinner«, beschwerte sich die Mutter. »Schämen muss ich mich, für euch.«

Frank prustete los. Johan versetzte ihm unter dem Tisch einen Tritt.

»Schau ...«, der Vater legte sein Messer auf den Rand des Tellers. Ohne Hände konnte er nicht sprechen. »... mir persönlich ist das ja wurscht, wenn sich einer in den Arsch budern lassen will. Und wenn er einen Fummel tragen will, soll er, aber *daheim*, wo ihn keiner sieht, wo er keinen stört. *Ich* will so einen Kranken aber nicht in meinem Wohnzimmer haben. Radio, Fernsehen, Zeitung – sogar von den Plakatwänden grinst er runter ...«, der Vater hämmerte mit dem Zeigefinger auf den Tisch, »... das grenzt für mich an *sexuelle Belästigung.*«

Die Mutter schnappte nach Luft. »Na aber ... *sexuelle Belästigung!* Spinnst jetzt ganz?« Die Stirn gerunzelt blickte sie zu Frank und Johan. »Sehts ihr zwei das auch so?«

Frank rempelte gegen Johans Schulter und grinste. »Siehst das *auch* so, Johan? Hm? Siehst das *auch* so?«

»Hör auf, du Arsch!« Johan versetzte Frank einen so heftigen Stoß, dass der fast auf Oma kippte.

»Jetzt reißts euch zusammen!«, schimpfte der Vater. »Wie alt seids denn!«

»Gehts doch scheißen, alle miteinander.« Johan schob seinen noch halbvollen Teller weg, sprang hoch und eilte durch den Gastraum Richtung Ausgang. Zwei Drittel des Weges marschierte er dabei direkt auf Stefan zu – die Bar befand sich neben der Eingangstür.

Stefan straffte die Schultern und lächelte, als glaubte er, Johan wollte zu ihm.

Ein lauer Aufwind empfing Johan – die erste zaghafte Umarmung des herannahenden Sommers. Die Karossen der parkenden Autos blendeten. Johan hatte keine Sonnenbrille dabei, also marschierte er um das Gasthaus herum und stellte sich in den Schatten. Ein paar Hühner staksten durch das feuchte Gras neben der Straße und gackerten vor sich hin. Johan ließ den Blick über die Hügel schweifen, in deren Täler sich Häuser drängten, als wären sie durch die Schwerkraft zusammengerutscht; dahinter erhoben sich Berge, scharfkantig wie riesige Glassplitter.

Der schummrige Gastraum wurde bereits zu einem Ort in ferner Erinnerung.

Frank war ein Idiot. Johan hätte es ihm nie sagen dürfen, nun – eigentlich *hatte* er es ihm nie gesagt. Frank hatte es erraten. Weil Johan, und das war der Witz an der Sache, behauptet hatte, Gerald wäre schwul.

Gerald hatte drei ältere Schwestern und seine Familie kein Geld, also erbte er Mädchenspielzeug, Mädchenschulsachen, Mädchenfahrräder und auch einige Mädchenkleidungsstücke, die die Eltern für unisex genug hielten, um sie ihrem Sohn zuzumuten. Außerdem war Gerald schmächtig und hatte mädchenhafte Locken. Er hatte *verdient*, für schwul gehalten zu werden, wusste doch *jeder*, dass ein Junge, der Mädchensachen benutzte und Mädchensachen trug, schwul sein *musste*. Johan hatte also nichts behauptet, was nicht früher oder später ohnehin jeder vermutet hätte. Er hatte der Sache nur vorausgegriffen. Außerdem hatte er wissen wollen, wie seine Freunde auf ein Outing reagierten. Jetzt wusste er es, und das hatte ihn in der Entscheidung bestätigt, sich sein Leben lang zu verstecken.

Innerhalb eines halben Tages wusste die gesamte Region, dass Gerald Spitz schwul war. Gerald selbst hatte es erst erfahren, als er in der Zehn-Uhr-Pause mit Hilfe der Klospülung getauft worden war. Johan war Zeuge gewesen. Wenn seine Freunde dabei waren, war er es, der am lautesten *Schwanzlutscher*

schrie. *Da kommt er ja, der Arschficker. Glotz nicht so,
du schwule Sau.*

Ja, Johan trieb es am schlimmsten von allen, ritt
noch auf dem Thema herum, als es den anderen
längst langweilig wurde. Und weil er auch daheim jeden Verdacht von sich lenken wollte, kam er mit immer neuen Geschichten an, was *die schwule Sau jetzt
schon wieder gemacht hätte.* Bis Frank eines Tages
sagte: »Wir habens kapiert, du stehst auf ihn.« Johans
Herz hämmerte so laut, dass er glaubte, das ganze
Haus pulsiere. Er verglühte, schmolz an seinem Stuhl
fest, hörte nichts mehr, außer Pfeifen und Rauschen.
Er war überzeugt davon, dass es die Eltern jetzt wussten, dass es bald alle wüssten.

Aber die Eltern ignorierten Franks Bemerkung.
Frank zog seinen kleinen Bruder doch ständig mit ir-
gendwelchen Gemeinheiten auf, warum sollte diese
eine plötzlich etwas bedeuten? Nur Frank bemerkte
Johans Verzweiflung, und nach dem Essen suchte er
ihn in seinem Zimmer heim und versuchte, ihm ein
Geständnis zu entlocken. Er bekam es nie. Lieber
wollte sich Johan die Zunge abbeißen, als diese drei
Wörter über die Lippen zu bringen. Frank benötigte
sie auch nicht, um ihn fortan bei jeder Gelegenheit
damit aufzuziehen.

Immerhin hatte Frank all die Jahre dicht gehalten.
Seit September lebte er in der Stadt, um zu studieren,
also hatte Johan die meiste Zeit Ruhe vor seinen Neckereien. Bis auf ein Wochenende im Monat, wenn er
heimkam und auf weltmännisch machte. Zu Weihnachten hatte er sich sogar erdreistet, Johan einen
Dildo und ein Buch übers Schwulsein zu schenken –
aber erst, als er bereits abgereist war. Er hatte es ein-

fach unter Johans Bettdecke versteckt und mit einem Post-it versehen, auf dem stand: *Ein Königreich für deinen Gesichtsausdruck.*

Erst war Johan stinksauer gewesen. Was, wenn die Mutter das entdeckt hätte? Aber dann ...

Vielleicht hatte Frank ihn nur ärgern wollen, aber nach dem ersten Schock begann für Johan ein neues Zeitalter der Autoerotik. Er selbst hätte sich *niemals* getraut, einen Dildo zu kaufen, und in selbstmitleidigen Stunden sagte er sich, dass dies der einzige Liebhaber in seinem Leben sein würde. Für Johan stand außer Frage, seine Neigung auszuleben. Nur, weil er auf Männer stand, was er – das war ihm wichtig – niemals selbst entschieden hatte, hieß das noch lange nicht, dass er das auch ausleben musste. Wie sein Vater schon sagte: Das war krank. Das war pervers. Wenn man so etwas an sich feststellte, war man Patient, und kein Star.

Die Ironie an der ganzen Sache: Auch mit achtzehn hatte Gerald etwas abstoßend Mädchenhaftes an sich, war eine bartlose, solariumorange Tunte, die sich sogar Augenbrauen zupfte und Fingernägel lackierte, aber er war stockhetero. Sein Ruf, schwul zu sein, war der reinste Frauenmagnet – allein im Herbst musste er für drei Abtreibungen zahlen. Wohingegen Johan, die *echte* Schwuchtel, mit seinen neunzehn Jahren aussah wie ein fünfundzwanzigjähriger Handwerker, der nebenbei als Kinnmodel für Rasierklingen jobben könnte, und weiche Knie bekam, wenn er am Wochenende mit Mama und Papa ins Wirtshaus ging und Stefan hinter der Schank Gläser polieren sah. Außerdem war er Jungfrau – sah man von den nächtlichen Orgien mit jenem Lustkolben ab, den er vor dem Hygienefimmel seiner Mutter im Gehäuse seines Computers versteckte.

Johan fühlte sich seltsam kribbelig. Jede seiner Zellen schien unter Strom zu stehen, er konnte es richtig brrrzln spüren. Das lag am Frühling. Nachdem Johans Körper monatelang unter Daunenjacken erstickt worden war, durfte endlich wieder Wind durch die Fasern von Shirt und Sweater greifen und die Haut streicheln. Ohne fünf Schichten Kleidung fühlte sich Johan ungewohnt leicht, beweglich und stark. Beim Skifahren hatte er vermutlich weiter Muskeln zugelegt – auf jeden Fall aber durch die Arbeit im Baumarkt. Seit einigen Wochen durfte er für Kunden Holzbalken zuschneiden, was weit befriedigender war, als herumzustehen und Hobbyhandwerkern zu zeigen, wo die Flügelmuttern zu finden waren. In den ersten Tagen hatte er so heftigen Muskelkater gehabt, dass er bei jeder Bewegung aufgejault hatte – aber seine Form hatte sich eindeutig verbessert. Sein rechter Haken war nun eine richtige Waffe, bei Schlägereien musste er sich neuerdings zurücknehmen. Das war eine ganz eigene Form von Macht.

Eigentlich war er aus dem Alter heraus, die Sonntage mit Mama und Papa im Stammwirtshaus zu verbringen. Die wussten seine Kraft nicht zu schätzen, die begriffen nicht, dass er *jemand* war, dass man zu ihm aufblickte, dass er *ein Mann* war, den man respektierte, der sich verteidigen konnte – ach, vor dem sich *andere* verteidigen mussten; der jeden unter den Tisch saufen konnte. Ohne ihn war ein Freitagabend kein Freitagabend und eine Samstagnacht keine Samstagnacht. Ohne ihn war eine Party ein lahmes Mädchenkränzchen und eine Disco bloß ein Sammelbecken für Loser. Man *schätzte* an ihm, dass er sich zu Schade für eine dieser gepiercten Zicken war, die ihn doch nur an die Leine legen würde, und verlangen, dass er *halblang* machte, weil er fit für die Arbeit sein musste, um einen Wandschrank für die gemeinsame Genossenschaftswohnung kaufen zu können.

An diesen beschissenen Sonntagen war er immer noch der *Bub*, und obwohl ihm noch schlecht von der letzten Cola-Rum war, die er irgendwann gegen fünf in irgendeiner Disco gekippt hatte, während er mit ein paar Kumpels ein hochelastisches Männerthema diskutiert hatte, fühlte er sich bei diesen Essen wieder wie dreizehn. Selbst Frank, der in einer WG in der Großstadt lebte und bald sein erstes Studienjahr hinter sich hatte, verhielt sich wie der Fünfzehnjährige, der vor wenigen Tagen hinter die Homosexualität seines kleinen Bruders gekommen war. Manche Traditionen hielten jeder Rebellion stand.

Nein. Das stimmte nicht. Johan war kein Opfer der Tradition. Er *müsste* nicht mitkommen. Die Rebellion war erfolgreich gewesen, von ihm wurde nicht erwartet, den braven Sohn zu mimen. Er war freiwillig hier – *das* war die wahre Niederlage. Und es kam noch schlimmer: Er *freute* sich auf diese Mittagessen. Manchmal befiel ihn sogar schon unter der Woche eine ganz eigenartige Aufgekratztheit, wenn er an das Sonntagsessen beim Seilerwirt dachte. Und gelegentlich – es kam nicht immer vor, aber doch bemerkenswert häufig in letzter Zeit – machte er samstags früher Schluss mit Party. Er wollte nicht zu fertig aussehen, nicht wie ein Cola-Rum-Zombie herumlaufen, der nur einen Rülpser vom Erbrechen entfernt war. Er ertappte sich dabei, Samstagnacht nicht das *gute*

Shirt anzuziehen, weil er es lieber Sonntagmittag tragen wollte, und seit einigen Wochen war die Dusche am Sonntagmorgen obligat.

»Was stehst hier herum, Kleiner, komm wieder rein.« Frank kam um die Ecke, der Kies knirschte unter seinen Sohlen. Er sagte *Kleiner*, dabei war Johan größer als er. Ganze fünf Zentimeter.

»Keinen Bock«, murmelte Johan.

»Bist ang'fressen?«

»Ja ... nein ... keine Ahnung. In letzter Zeit bin ich einfach nur ...« Johan seufzte und bemerkte einen Falken, der in der Luft stand.

»Verliebt?«, riet Frank.

Der Falke stürzte abwärts. Johan fuhr zu Frank herum. Sein Bruder lächelte zwar, aber er grinste nicht.

Johan zischte abfällig. »Quatsch.«

»Woher willst das wissen? Warst schon mal verliebt?«

Belustigt schüttelte Johan den Kopf. »Idiot. Du weißt genau, dass das nicht geht.«

Frank hob die Augenbrauen. »Ach! Können sich Schwule nicht verlieben, oder was?«

»Schschscht!« Johan schaute sich panisch nach allen Seiten um. »Bist deppert? Du kannst doch nicht ... Scheiße, wenn das wer ...«

»Jetzt krieg dich wieder ein, da ist keiner, außer uns.« Besorgt runzelte Frank die Stirn. »Bist ein bisserl paranoid, ha?«

»Du weißt *genau*, wie das hier läuft.«

»Ich wollt nur wissen, wie es meinem kleinen Bruder geht«, beschwichtigte Frank. »Seit ich weg bin, reden wir überhaupt nimmer miteinander.«

18

»Wir haben auch vorher nicht viel geredet.«

»Aber sicher.«

»Du hast mich aufgezogen, wann immer es dir eingefallen ist. Das ist nicht das gleiche wie reden.«

»Na, dann reden wir eben jetzt.«

»Ich will aber nicht. Es ist zu spät.«

Frank nickte und ließ den Blick ebenfalls über die Hügel und Berge schweifen. Er atmete ein paar Mal tief durch. »Ein bisserl vermissen tu ich das alles hier schon.«

»Ich wüsst ja nicht einmal, in wen«, sagte Johan leise. »Also *falls* ...«

Frank grinste schief. »Wen lügst denn jetzt an? Mich oder dich?«

»Wie meinst das?«

»Das schöne Shirt. Die gemachten Haare. Riechen tust, als wärst ins Rasierwasser gefallen ... und das alles nur, weilst mit uns essen gehst. Johan, ich bin nicht auf den Kopf gefallen – aber bei dir bin ich mir nicht sicher. Also stellst dich so blöd, oder *bist* so blöd?«

»Glaubst, ich bin in *dich* verknallt, oder was?«, spöttelte Johan.

»Okay, dann *bist* so deppert.«

Johans Bauch kitzelte. Natürlich wusste er, auf wen Frank anspielte, aber er gestattete sich nicht, es auch nur zu denken. Außerdem, ja, außerdem war er ein wenig wild darauf, es von einem anderen zu hören. Die Spekulation aus fremdem Mund würde die fast berstende Bodenklappe zum Keller öffnen, in den Johan seit Wochen jedes Gefühl stopfte und stopfte und stopfte. Unterirdisch, verborgen selbst vor den eigenen Gedanken, durfte brodeln, was brodeln musste. Aber wenn davon irgendetwas hochkroch und von einem Gedanken entdeckt wurde, würde dieser damit spielen, würde es den anderen Gedanken zeigen, und dann würden die Gedanken wissen wollen, was noch alles im Keller verborgen lag und dann würde *er* immer mehr Raum einnehmen, *er*, der am Ende aber doch bloß Hirngespinst bleiben würde. Flausen säßen in Johans Seele, würden ihm zuflüstern, was er wollen könnte, was er kriegen könnte, was er aber niemals wollen durfte und noch weniger kriegen konnte – doch dann wäre die Büchse der Pandora geöffnet und es gäbe keinen Weg zurück. Er würde leiden, er würde seines Lebens nicht mehr froh, er würde seine Kraft verlieren, könnte nichts mehr tun, ohne dass es von *ihm* eingefärbt würde.

Deswegen erlaubte sich Johan nicht, selbst zu spekulieren. Aber wenn ein anderer es täte, wenn ein anderer es aussprächte, dann war da vielleicht etwas dran. Dann ... dann war zumindest Johan nicht schuld. Er könnte, wenn es ihn denn vernichtete, Frank die Schuld zuschieben – immerhin hätte er damit angefangen. Andererseits ... wenn Frank, der bisher als Einziger Johans Homosexualität entdeckt hatte, etwas witterte, dann hatte das etwas zu bedeuten. Vielleicht.

Nein ... vergiss es ... Johan schüttelte den Kopf und drängte die aufwallenden Gefühle in den Keller zurück.

»Hast gewusst, dass es ums Wirtshaus echt schlecht steht?«, fragte Frank.

Fast. Er hatte *fast* an der Bodenklappe gerüttelt.

»Ja. Sie kämpfen schon eine ganze Weile«, bestätigte Johan und dachte an *ihn*, wie er – weißes Hemd, aufgekrempelte Ärmel, schwarzes Samtgilet – hinter der Schank stand.

»Der Seiler hat vorhin erzählt, dass sies jetzt mit Themenabenden versuchen. Samstagabend immer. Er will die Jugend kriegen. Achtzigerjahre-Party, Karaoke, Fete Blanche.« Frank runzelte die Stirn.

»Ich weiß. Ich seh die Plakate immer. Ziemlich peinlich, wennst mich fragst.«

»Ja ...« Frank blickte gedankenschwer ins Nichts. Schließlich holte er Luft: »Ich hab mir gedacht ...«, er seufzte, als gefiele ihm selbst nicht, was er gleich sagen wollte. »Die anderen folgen dir ja überall hin ...«

»Vergiss es!«, stieß Johan aus. »Ich schlepp die nicht hierher. Das kannst vergessen.«

»Es tät dem Seiler echt helfen. Ihr seids eine Partie von ... dreißig, vierzig Leut ...«

»Ausgeschlossen! Hast eine Vorstellung davon, wie ... wie ... *trostlos* das wär? Erinnere dich an den Vierziger vom Pauli. Nach so einem Elend steuern mir die Leut freiwillig den nächsten Baum an. Nein, kommt nicht in Frage.«

Frank blickte Johan streng an. »Ein bisserl ein Arschloch bist schon, gell?«

»Ich bring die nicht alle her ...«, wiederholte Johan. Das Herz stolperte über einen Gedanken. *Was, wenn einer sieht, wie du ihn anschaust?* »Nein, Frank, echt ... bei aller Freundschaft mit dem Seiler ...«

»Und der Stefan?«, fragte Frank und funkelte Johan wissend an.

Wums. Der Magen kitzelte und mit einem Moment wurde Johan die Luft knapp. »Was ist mit dem?«, krächzte er. Seine Wangen begannen zu brennen. Scheiße. Johan wandte den Blick ab. *Genau deswegen will ich die nicht hier haben!*

»Das ist ja auch *seine* Zukunft. Wenn der Seiler zusperrt ... Der Stefan soll doch das Wirtshaus von seinem Vater übernehmen, aber wenn das alles die Bank kriegt ...«

»Und du glaubst, wenn wir *einmal* hierherkommen, dann reißen wir ihn raus aus den Schulden?«

Frank grinste. »Kommst halt öfter.«

Johans Herz galoppierte los. Etwas in ihm fand diese Idee *fan-tas-tisch.* »Das machens mir nicht mit. *Ein Mal* geht vielleicht, aber ...«

»Schau an«, Franks Grinsen wurde noch breiter, »auf einmal verhandeln wir, *wie oft* dass du hierher kommst.«

Johans Kiefer klappte runter.

»Scheiße, dich hats echt erwischt, ha?«, meinte Frank und lachte.

»Nein«, kiekste Johan und räusperte sich. »Lass mich in Ruh mit dem Scheiß. Das ist nicht witzig.«

»Hast recht, ich hör schon auf.« Frank kontrollierte auf seinem Handy die Uhrzeit. »Tät mir aber gefallen.«

»Was tät dir gefallen?«

»Na du und der Stefan. Ihr täts ein liebes Paar abgeben.«

Eine Bemerkung wie ein Faustschlag. Johan wankte rückwärts, stolperte fast über seine eigenen Füße. *Paar. Liebes* Paar. So hatte Johan über sich und Stefan noch nie gedacht. Das zündete ein Bild, das entfachte eine ganze Welt. *Tät mir gefallen.* Ein *liebes Paar,* das mit der Familie sonntags mittagessen ging. Klappe zu,

Klappe zu, Klappe zu. Drauftrampeln. Bleibt *unten, das ist ein ganz gefährlicher Gedanke.* »Du spinnst ja!«

»Ich sag nur, wie es ist.« Frank steckte das Handy wieder weg.

»Aber der ... Stefan ist nicht ...« Die Gedanken schlichen um die berstende Bodenklappe herum. »Ist er doch nicht, oder?« Wusste Frank vielleicht etwas?

»Vielleicht«, meinte Frank. »Fragst ihn halt. Lass uns reingehen. Mein Kaffee ist sicher schon kalt.«

Fragst ihn halt ... Ha, ha, sehr lustig. Wie stellte sich Frank das vor? Dass Johan zu Stefan hinging und fragte: *Hey, bist du schwul?* Die Stadtluft tat ihm wohl nicht gut. Andererseits ... würde er solche Andeutungen machen, wenn er hundertprozentig sicher wäre, dass da nichts laufen könnte?

Laufen ... Seit wann dachte Johan in Kategorien wie: *Etwas laufen haben?* Da lief nichts. Da würde nie *etwas laufen.*

Johan betrat hinter Frank das Lokal. Stefan stand hinter der Schank und stopfte gerade ein Geschirrtuch in einen Bierkrug. Erwartungsvoll blickte er hoch – neue Gäste? – dann erkannte er Frank und Johan und nickte zum Gruß. Johan wurde heiß. *Fragst ihn halt.* Plötzlich stolperte er über eine nullkommanullnulldrei Millimeter hohe Bodendiele und fing sich im letzten Moment. Scheiße. Hundert Schweißtröpfchen quollen aus seinem Rücken. Wieso auch immer suchte er Stefans Blick.

Stefan zuckte alarmiert, als sähe er Johan bereits zu Boden stürzen, dann entwich ihm ein erleichtertes Lächeln. »Aufpassen.«

Johan verzog den Mund, und als er hastig weiterlief, sah er im Augenwinkel, wie sich Stefan das Geschirrtuch ins Gesicht warf. Zu Recht.

»Wo warst denn?«, fragte die Mutter, als sich Johan zu Tisch setzte.

»Auf den Bahamas«, murmelte Johan.

Sie verdrehte die Augen und wandte sich an Oma. »War *er* ...«, sie deutete auf den Vater, »... in dem Alter auch so schwierig?«

»Der ist *noch immer* schwierig.« Die Oma lachte auf. »Mannsbilder halt.«

»Und wie hältst das aus?«

»Bringst ihn unter die Haube und schaust zu, wie sich seine Frau mit ihm abplagt.«

Mutter und Oma gackerten drauflos. Auf dem Tisch vor ihnen standen einige leere Schnapsgläser. *Alles klar.* Opa und Vater schüttelten den Kopf. Frank grinste. Eine Frechheit lag ihm auf den Lippen. Johan funkelte ihn düster an. *Untersteh dich!*

»Darfs noch was sein?« Eine flaschengrüne, knöchellange Schürze wand sich um schmale Hüften. Stefan streckte sich über den Tisch und sammelte leere Gläser ein. Johan wich dem Ellenbogen mit dem aufgekrempelten Hemdsärmel aus, der Duft von Spülmittel, Bier und Schweiß drang in seine Nase. Stefan stand direkt neben ihm, seine Oberschenkel drückten gegen die Tischplatte, als er weiter entfernte Gläser einsammelte. Die dünnen Bänder der Schürze waren am unteren Rücken fest verknotet und betonten die schön geschwungene Rückenpartie darüber und den knackigen Hintern in Jeans darunter. Stefan war so nah, dass Johan, ohne seine Position zu verändern, die Arme um seine Hüften hätte schlingen können.

Das Verlangen, genau das zu tun, bekam er kaum noch in den Griff. *Verschwinde. Verschwinde. Verschwinde. Bleib.*

»Mah, 'tschuldige«, Stefan legte eine Hand auf Johans Schulter. »Hab ich dir mit dem Ellenbogen ins Gesicht ...?«

»Nicht so schlimm«, platzte Johan heraus. *Nicht so schlimm?* Stefan hatte ihn doch überhaupt nicht erwischt. Wieso dachte er das überhaupt? Er hätte das doch selbst spüren müssen.

»Kriegst was aufs Haus«, brabbelte Stefan sofort los. »Was willst denn? Bier? Schnaps? Was anderes? Kaffee?«

»Nein ... ich ... äh ... Bier.« Johans Ohren spielten Meerestosen.

»Bring ich dir gleich«, sagte Stefan, hob das mit leeren Gläsern gefüllte Tablett an und eilte davon.

Oh, diese elegante Haltung, diese Körperspannung, dieser Arsch!

»*Äh ... Bier*«, äffte Frank Johan nach und lachte.

»Du bist echt deppert.«

»Na, das ist aber nett vom Seilerbub«, meinte Oma.

»Jetzt weißt, warum dass' Pleite gehn, wenn er ständig irgendwas verschenkt«, brummte Opa.

»Hast schon gesehen, Johan, nächsten Samstag machens da einen Karaokeabend.« Die Mutter deutete auf ein Plakat. »Wär das nicht mal was für dich und deine Leut?«

»Bemüh dich nicht, der Frank hat mich schon überredet«, sagte Johan. *Und es ist* doch *eine schlechte Idee.*

»Ach so?«, verwundert blickte die Mutter zu Frank.

»War total schwer, ihn zu überzeugen«, behauptete Frank fröhlich und zwinkerte Johan zu.

Geht es noch auffälliger?

Johan drehte sich nach Stefan um. Der kam bereits auf ihn zu, in der Hand ein einzelner Bierkrug. Schaum lief über den Rand und tropfte zu Boden.

»Bitteschön.« Stefan schob einen Pappuntersetzer zurecht und stellte den Krug darauf ab, dann lächelte er Johan an und legte wieder kurz eine Hand auf seine Schulter. »Tut mir leid, gell.«

Es ist überhaupt nichts passiert. »Passt schon«, brummte Johan und trat unterm Tisch vorsorglich gegen Franks Knöchel.

»Der Johan kommt euch nächstes Wochenende besuchen«, sagte die Mutter zu Stefan.

Stefan runzelte irritiert die Stirn und blickte Johan fragend an. »Besuchen?«

»Zum Karaokeabend«, erläuterte die Mutter.

Johan verglühte. Frank kicherte in sich hinein.

»Ach so! Okay ...« Stefan wirkte ein wenig ratlos, dann zuckte er mit den Schultern.

»Mit der ganzen Partie kommt er«, ergänzte Frank. »Dreißig, vierzig Leut Minimum.«

Johan fuhr zu Frank herum und starrte ihn wild an.

»Ah ja ... Na ... freut mich ...«, sagte Stefan ohne die geringste Freude in der Stimme. Die Information schien ihn entweder zu überfordern – oder er glaubte sie nicht – und Letzteres packte Johans Ehrgeiz. Er war doch kein Schwätzer! Auf ihn war Verlass! Doch noch ehe er etwas versprechen konnte, eilte Stefan zur Schank und stolperte an derselben Stelle, wie Johan vorhin.

Aufpassen, dachte Johan und musste grinsen.

2 | Karaokeabend

I'm a man, you're a man, let me kiss you, take my hand, don't be shy, don't be feared, love is love, that's not weird ...

Die Discokugel warf Lichtkonfetti durch den Raum. Auf der Tanzfläche traten sich die Mädels gegenseitig mit den Hacken auf die Zehen. Bei *love is love* grölten sie mit und grinsten sich ekstatisch an.

Johan schnaubte. Offensichtlich verstanden sie den Text ebenso wenig wie seine Mutter. Um die Tanzfläche herum, betont cool, mit über die Schultern hochgekrempelten Ärmeln und die Fäuste um Bierflaschen gekrallt, standen die Jungs und glotzen auf das Meer aus Beinen und Brüsten und geschminkten Lippen und gefärbten Haaren und gezupften Augenbrauen und Piercings und Heels. Sie waren nicht die ganze Zeit so tanzfaul, aber zu *Consuelas Love Is Love* tanzten sie aus Prinzip nicht. Weil sie nicht schwul waren. Weil sie keine Männer waren, die Männer küssten.

Sie *hatten* mal mitgetanzt. Ganz am Anfang, als der Hit gerade in die Hitparaden gespült worden war und sie zwar wussten, wer *Consuela* war, nicht aber, dass *dieser* Song von ihr war. Wie die Frauen sprangen sie auf die eingängige Hookline auf, grölten *love is love*, und kümmerten sich um die anderen Textzeilen herzlich wenig. *Love is love*, was brauchte man schon, um eine Dorfdisco zum Brodeln zu bringen? *Alle* wollten *love*, und besonders jene, die sich einseitig verknallt hatten oder irgendwelche eingebildeten Hindernisse zwischen sich und ihrer Angebeteten sahen. Dass das Hindernis in diesem Song das Geschlecht des anderen war, begriffen sie erst, als jemand genauer hinhörte.

»Das ist ein Schwuchtelsong«, hieß es plötzlich. Wollte erst keiner glauben, dann horchten sie genauer hin, dann betonten alle, dass sie diesen Song eigentlich eh nie richtig gemocht hatten und nur wegen der Mädchen mitgetanzt hätten, weil die so verrückt danach waren, nur deswegen. Seitdem vereisten sie wie Skulpturen, sobald das Intro des Songs ertönte – so schnell bekam man keine Tanzfläche männerfrei, wie mit diesem Lied.

Nur Gerald gab sich die volle Show, zuckte wie unter Elektroschocks, und wurde von gleich drei Mädels umringt. Es war nicht undenkbar, dass er sie heute Nacht alle drei kriegen würde – gleichzeitig. Er hatte es drauf, und wenn die Jungs klug wären, schauten sie sich von seiner Methode ein wenig ab. Aber *so* wichtig waren ihnen die Mädels dann auch wieder nicht, um auch nur den leisesten Verdacht auf sich ziehen zu wollen, schwul zu sein.

In dieser Sache war sich Johan mit ihnen einig. Es gab nichts Schlimmeres.

Johan lehnte mit einem Ellenbogen am Tresen und drehte ein Glas Cola-Rum mit seinen Fingern hin und her. Die Nervosität kitzelte von den Zehen bis zum Scheitel – ein Kreislauf aus Bauchschmerzen, weichen Knien, rasendem Herzen, dröhnendem Kopf. Der Seilerwirt war sieben Kilometer Luftlinie von hier entfernt, aber in Johans Kopf war er näher als die Disco, in der er stand. Mittlerweile musste der Karaokeabend begonnen haben und niemand hier ahnte, was ihnen Johan im weiteren Verlauf des Abends noch zumuten würde.

Die ganze Woche über hatte er gegrübelt, mit welchen Argumenten er seinen Leuten dieses Event schmackhaft machen könnte. *Ironie* rangierte sehr weit vorne, aber das würden vermutlich die wenigsten kapieren. *Aufmischen* würde schon eher funktionieren, aber Johan hatte nicht vor, in Stefans Gegenwart eine Schlägerei anzufangen, auch wenn die Idee verlockend war, ihm so zeigen zu können, was er draufhatte. Vielleicht stellte er seine Leute einfach vor vollendete Tatsachen, lotste den Discokonvoi kommentarlos zum Seilerwirt und hielt es für eine *lustige Idee*, beim Karaokeabend mitzumischen.

Johan warf einen Blick auf seine Cola-Rum. Wenn er es so machen wollte, musste er besoffener sein, damit sie ihm das abnahmen. Er *hatte* schon so bescheuerte Ideen gehabt, wenn er in der Dunkelkammer des Vollrausches selbst eine Raufasertapete für einen Blockbuster hielt. Wenn er jetzt drei oder vier Cola-Rum hintereinander auf Ex kippen würde, könnte er sich in ein Stadium saufen, in dem *alles* erlaubt war. Auch, eine Karaokeparty beim Seilerwirt lustig zu finden.

Allerdings wollte er nicht stockbesoffen bei Stefan aufkreuzen.

Einige hatten bemerkt, dass er sich heute *besonders schick* gemacht hatte, dabei hatte er seine Bemühungen wieder ein wenig zurückgeschraubt, um eben *nicht* aufzufallen. Jetzt glaubten sie, er wollte sie heute Abend zu einem ganz besonderen Event lotsen, einem, das diesem Aufputz gerecht wurde. Einige

Mädchen waren sogar wieder heimgefahren, um sich *schnell umzuziehen.* Scheiße. Die würden noch staunen, wenn er sie ins abgehalftertste Lokal der Region schleppte, um dort mit ein paar Stammsäufern und kichernden Bäuerinnen einen Karaokeabend mit alten Schlagern zu zelebrieren.

Er würde *sehr* besoffen sein müssen. Johan leerte das Glas in einem Zug. So geil, wie er das Gesöff mit fünfzehn gefunden hatte, schmeckte es auch nicht mehr. Leider vergaß er das nur immer, wenn er in einer Disco ein Getränk bestellte. Da zündete irgendein Reflex, und erst, wenn er die Bierflaschen in den Händen der anderen Jungs sah, kam ihm, dass das eine Alternative gewesen wäre.

I'm a man, you're a man, let me kiss you, take my hand, don't be shy, don't be feared, love is love, that's not weird ...

Johan lehnte sich über den Tresen und deutete auf sein leeres Glas. *Noch einmal das gleiche.* Der Barkeeper nickte und zwanzig Sekunden später stand die Cola-Rum vor ihm. Johan zahlte und leerte auch dieses Glas in einem Zug.

»Packts eure Mädels, wir fahren woanders hin!«, rief er den Jungs zu und warf einen Blick auf sein Handy. Die Karaokeparty müsste jetzt seit rund einer Stunde laufen und es war nicht anzunehmen, dass sie die ganze Nacht dauern würde.

»Wohin gehts denn?«, fragte Thomas.

»Das überleg ich mir noch.« *Feige Sau.*

»Okay! Cool!«

Beim Hinausgehen registrierte Johan, wie unter den Mädels Hektik ausbrach. Jene, die gerade nicht, oder noch nicht, mit jemandem verbandelt waren, aber große Hoffnung hegten, dass sich das noch heute oder in den nächsten Wochen ändern würde, suchten panisch nach Mitfahrgelegenheiten.

Johan hockte sich in seine Kiste, die er mit seinem schmalen Budget zumindest optisch gepimpt hatte – Tribal auf der Motorhaube, Heckspoiler, kobaltblaue Unterbodenbeleuchtung – und suchte den Wechsel-CD-Player nach einem passenden Song für seine Stimmung ab. Im Fußraum des Beifahrersitzes fand er eine Mineralwasserflasche, deren Kohlensäure bereits verraucht war, und nahm davon ein paar kräftige Schlucke. Irgendwo im Handschuhfach mussten Kaugummi ... ah, da waren sie.

Im Rückspiegel beobachtete Johan, wie sich zu viele Leute in zu wenige Autos zwängten. Mädchen kraxelten auf den Schoß von Jungs – alle Bedenken, begrapscht zu werden, waren in der Not dahin –, und die Jungs, die noch keine auf ihren Knien hocken hatten, lockten sie, indem sie auf ihre Schenkel klopften. Auf manchen Rückbänken drängten sich bis zu sechs Personen.

Plötzlich klopfte jemand gegen die Scheibe. Drei Mädels zappelten herum und kicherten blöd durchs Fenster. »Der Thomas hat gesagt, dass wir mit *dir* mitfahren können!«

Scheißkerl. Johan schnaubte genervt und nickte mit einer betont gnädigen Geste auf die Rückbank seines Wagens. »Na steigts ein.«

Im nächsten Moment wurde die Beifahrertür aufgerissen und Thomas plumpste schnaufend auf den Sitz. Er blickte aufgekratzt nach hinten, wo sich die drei Mädels zusammendrängten und den Geruch von mindestens drei Fruchtcocktails versprühten. Binnen

Sekunden roch der ganze Wagen nach widerlich süßen Bonbons, dagegen konnte nicht einmal die Minze
des Kaugummis etwas ausrichten.

Deswegen hasste Johan Mädchen. Sie stanken. Sie
waren laut. Sie waren unhygienisch. Er hatte mal
eine Reportage gesehen, wo eine Klofrau berichtete,
dass die Damenklos immer weit verdreckter wären
als die Herrenklos. Sie beschrieb sogar, dass sich
manche Mädchen zum Pinkeln auf die Spülkästen
setzen würden, sodass die Klobrillen Abdrücke von
Schuhsohlen hätten, und dass der ganze Boden besu-
delt wäre, weil sich die Frauen aus Angst vor Keimen
nicht hinsetzen würden, aber zu wenig Kraft in den
Schenkeln hätten, um anständig zu balancieren und
zu treffen. Aber die Kerle mussten sich hinsetzen, damit sie nichts vollspritzten. Elende Weiber. Und jetzt
würde Johans Auto zwei Tage lang nach Gummibär-
chen und Pina Colada stinken.

»Ist eh okay, dass die mit uns mitfahren, oder?«,
fragte Thomas.

Uns. Thomas war doch mindestens ebenso eine
Landplage wie die Mädchen. Buhlte den ganzen
Abend wie ein Weltmeister, und bekam am Ende
doch nie eine ab. Er *wollte* zu sehr. Das merkten die
Gören und zockten ihn am frühen Abend ab, aber
wenn es dann darum ging, Farbe zu bekennen, waren sie eine Wolke – und er hatte nicht einmal mehr
genug Kohle, um sich volllaufen zu lassen. Damit war
er immerhin meistens fahrtauglich genug, um Johan
nach Hause zu fahren, der aus Angst, sein eigenes
Auto vollzukotzen, den Kopf aus dem Fenster streckte
und sich den Fahrtwind um die Ohren blasen ließ. Er

konnte sich allerdings nicht immer erinnern, wie er nach Hause kam.

Statt zu antworten, seufzte Johan nur ergeben.

»Wo gehts denn hin?«, fragte eins der Mädels und, aus welchem Grund auch immer, fanden die anderen beiden das saukomisch und sie begannen, zu dritt loszugackern.

Thomas machte das ganz wuschig. Mit dem Kopf zur Rückbank gedreht hockte er da und grinste wie jemand, der aus der Psychiatrie entkommen war.

»Seilerwirt«, sagte Johan.

Abrupt wurde es still. Selbst Thomas rutschte das Grinsen aus dem Gesicht.

»Zu *dem* Seilerwirt?«, fragte eins der Mädels.

»Nein, zum anderen«, knurrte Johan.

»Ach so!« Das Mädchen seufzte erleichtert, dann begannen die drei wieder, hysterisch loszulachen.

»Ernsthaft?«, fragte Thomas. »Wieso?«

»Da ist heut Karaokeabend.«

Thomas grinste schief. »Das ist ein Scherz, oder?«

»Lacht hier jemand?«, fragte Johan, und um das klarzustellen: »Die da hinten zählen nicht.«

»Karaokeabend beim Seilerwirt«, wiederholte Thomas.

Deswegen, oder wegen etwas anderem, prusteten die Mädchen wieder los.

»Im *Dominic* ist heut Schaumparty«, schlug Thomas vor.

»Weiß ich.«

»Wolln wir nicht lieber dort hin?«

Johan setzte den Blinker und fuhr rechts ran. Die Kolonne hinter ihm tat es ihm gleich. Acht Autos, die darauf harrten, was er als Nächstes tun würde.

»Wenn dir der Seilerwirt nicht passt, steig aus. Und nimm die Schnepfen mit.«

Thomas bekam große Augen und klappte den Mund auf und zu. »Nein, ist eh okay ... ich hab mir nur gedacht ... Aber Karaokeparty beim Seilerwirt ist auch super.« Hilfesuchend blickte er zur Rückbank. »Oder, Mädels?«

Sie ergossen sich in einem eruptiven Lachanfall und grölten »Jaaaa. Voll super.«

Die Fahrer der anderen Autos steckten die Köpfe aus den Fenstern, winkten, riefen sich Frotzeleien zu.

Johan setzte den Blinker, lenkte wieder auf die Straße und nahm Fahrt auf. Die Hände im Schoß gefaltet hockte Thomas da und sagte nichts mehr. Die Mädchen tuschelten, lachten los, tuschelten, lachten los. Johan war nur Haaresbreite davon entfernt, sie aus dem Auto zu schmeißen. Andererseits: Sie waren drei weitere Gäste, die Stefans Erbe sichern konnten. Auch wenn sie ihre Drinks nicht selbst zahlten, so würde ihretwegen zumindest Thomas den Inhalt seiner gesamten Brieftasche beim Seilerwirt lassen.

Als Johan auf den Parkplatz vor dem Wirtshaus lenkte, rammte das Auto hinter ihm fast die Stoßstange. Reifen quietschten, dann die des nächsten und des übernächsten Wagens. Offensichtlich rechnete niemand damit, hier zu halten.

In einem Walzer aus rangierenden Autos, aufblitzenden Brems- und Rücklichtern, Hupen und blinkenden Fernlichtern, sortierte sich der Konvoi Stoßstange an Stoßstange auf dem Parkplatz. Autotüren wurden zugeknallt, Mädchen kullerten, den Hintern voran, aus den Wägen, Handtaschen schwangen, Knöchel knickten. Erst in der zweiten Welle rutschten die Jungs aus den Wägen, rülpsten, scharrten mit den Sohlen im Kies, riefen sich über die Autodächer hinweg irgendetwas zu – und irgendwie klang alles wie: Horst!

Immerhin. Der Ärger über die Gören auf dem Rücksitz und Thomas hatte Johan von seiner Nervosität abgelenkt. Selbst als er die Eingangstür des Seilerwirts aufstieß und ihm stickige Luft entgegenschlug – und grässliches Geheul aus blechern klingenden Boxen –, dachte er nicht daran, gleich Stefan zu sehen. Zu sehr war er damit beschäftigt, sich darüber klarzuwerden, dass er gerade seine Reputation aufs Spiel setzte. An den Blicken konnte er ablesen, dass niemand ernsthaft auch nur einen Teil des Abends hier verbringen wollte. Sie waren ihren Elternhäusern entflohen, um einem Ambiente, wie es der Seilerwirt verströmte, zu entgehen.

Johan konnte sich keine Zeit in der Geschichte vorstellen, in der diese Einrichtung hätte als schick oder geschmackvoll gelten können. Sie war zweckmäßig, in ihrer Anschaffung kaum dekadent. Vermutlich legte man früher nicht viel Wert auf ein ansprechendes Ambiente, Hauptsache, man konnte sitzen und es war beheizt. Ein wenig erinnerte der Gastraum an Fotos aus Chroniken von Arbeiterparteien, wo sich Mitglieder mangels politischer Hingabe die Zeit mit Kartenspielen vertrieben. Einige dieser Veteranen hockten noch immer an der Bar und träumten von einem Bauernhof für jeden.

Nur zaghaft tröpfelten die Jungs und Mädels in den Gastraum und blieben in Grüppchen stehen. Setzen wollte sich vorerst keiner. Auf einer kleinen Plattform in der Ecke, wo sich bei Feiern ein Alleinunterhalter mit Ziehharmonika oder Keyboard durch den Abend quälte, standen ein Mikrophon, Boxen, ein Fernseher, und eine Frau im bäuerlichen Arbeitskittel, die zu *Pretty Belinda* abrockte, und dabei zuverlässig jeden Einsatz und jeden Ton verfehlte.

»Was machen wir hier?«, fragte jemand neben Johan.

»Wir lassen die Sau raus.«

»Echt jetzt?«

Stefan kam aus der Küche, bremste ab und schaute sich wie erschlagen um. Dann machte er einen Halbschritt zurück, drückte mit einer Schulter die Schwingtür auf und rief: »Papa, ich brauch dich in der Schank.«

Johan ersoff in Fremdscham. Nicht nur genierte er sich vor seinen Kumpels für die Wahl des Lokals, des grausigen Themas des Abends und Stefans höchst infantilen Hilferufs, er schämte sich auch Stefan gegenüber für die aufgetakelten Mädels, die auf Macho gepimpten Jungs, das gelangweilte Kaugummikauen, die angewiderten Gesichter. Was für ein oberflächlicher, verwöhnter Sauhaufen waren seine Freunde? Sie waren die Scheiße nicht wert, die sie in den Kloschüsseln hinterließen. Keine besonders neue Erkenntnis, aber in diesen Minuten wurde es Johan so unerträglich bewusst, dass er am liebsten das Mikro geschnappt und gesagt hätte: *Ich hab mit euch allen nichts zu tun.*

Zudem war ihm Stefan noch nie so ... gewöhnlich erschienen. Wenn Johan mit den Eltern hier war und sich wie ein Dreizehnjähriger fühlte, kam ihm Stefan nahezu prominent vor, wunderschön, schillernd ... die Schank als Bühne, die Wirtstracht eine edle Uniform. Aber jetzt ... Johan wünschte, Stefan hätte nie nach seinem *Papa* gerufen.

Johan fing Stefans Blick auf und sah, dass dieser mindestens ebenso enttäuscht war. Auf einmal war Johan nicht mehr der höfliche, brave Sohn, ein bisschen verhuscht – jetzt stand er hier wie der Oberproll, der Anführer einer motzenden Affenbande.

Okay, da musst du jetzt durch.

Pretty Belinda stolperte von der Bühne, ein wenig eingeschüchtert von der Masse an Neuankömmlingen, die unentschlossen herumstand, sich Locken um Finger wickelte, Kaugummiblasen platzen ließ und darauf wartete, dass sie irgendjemand bespaßte.

Johan marschierte entschlossen zur Bühne, schnappte das Mikrophon und lehnte sich zu Markus, Stefans zwei Jahre jüngeren Bruder, der die Anlage bediente.

»Was hast denn da? Zeig einmal her.«

Markus drehte den Bildschirm und ließ Johan die Playlist durchsehen. *Himmel!*

»Okaaay«, summte Johan und zeigte auf einen Song.

Markus nickte professionell wie ein Tontechniker beim Soundcheck, dann dröhnte das Intro von *In the Ghetto* aus den Boxen. Schon bei den ersten Tönen verfluchte sich Johan für diese Wahl, andererseits konnte man die Messlatte nicht tief genug legen, um die anderen zu motivieren. Während er sich mehr schlecht als recht durch den Song jaulte und wimmerte, vermied er jeden Blick zur Schank. Dass ihn Stefan so sehen konnte, blendete er so gut wie möglich aus, und zum Ende des Liedes hin war er immerhin beschwingt genug, um einen völlig überflüssigen

Elvis-Hüftschwung hinzulegen und sich durch die gedachte Schmalzlocke zu fahren.

Ein paar Leute lachten. Einige hatten doch noch Stühle gefunden und umklammerten die Lehnen.

»Jetzt seids ihr dran!«, nuschelte Johan ins Mikrophon.

Peinliches Schweigen. Die letzten Töne verstummten.

Irgendjemand sagte: »Mein Gott ist das fad.«

Jemand lachte auf.

»Thomas!«, rief Johan und winkte ihn zu sich. »Zeig den Mädels, was du drauf hast.«

Thomas wurde rot, aber er setzte sich in Bewegung und lief sportlich dynamisch wie ein Showmaster zur Bühne und übernahm das Mikrophon.

Erst jetzt nahm Johan wieder Stefan wahr, der von Gruppe zu Gruppe marschierte und fragte, ob jemand etwas bestellen wollte. Kopfschütteln, Kopfschütteln, interessierte Nachfrage, dann Kopfschütteln. Johan wollte im Boden versinken.

Hinter ihm begann Thomas, irgendeinen Song der *Everly Brothers* zu jaulen. Unter dem Vorwand, rauchen zu wollen, verließ die Hälfte der Diskotruppe den Gastraum und verschwand ins Freie. Resigniert schaute Stefan ihnen nach.

Scheiße.

Okay. Nächster Anlauf.

»Wer trinkt ein Bier mit mir«, rief Johan auffordernd in die Runde.

»Ich« – »Ich« – »Ich auch.«

Am Ende scharten sich immerhin rund fünfzehn Leute um Johan und ließen sich zu einer weiteren Runde, noch einer und einer vierten überreden, während Thomas an der Bar versuchte, ein paar Mädels mittels Likör gefügig zu machen. Gut die Hälfte des Discokonvois verpisste sich jedoch sang- und klanglos, und da keiner mehr Lust hatte, sich mit dem Mikrophon zum Deppen zu machen, baute Markus die Anlage zusammen und verabschiedete sich. Auch Stefans Vater zog sich bald zurück.

Stefan stand müde hinter der Schank und füllte Likörgläser auf. Nach und nach verabschiedeten sich die Leute rund um Johan. Auch der Mädchenkreis um Thomas schrumpfte auf eins, und es sah tatsächlich danach aus, als hätte er endlich den Jackpot geknackt. Zumindest wich die Frau nicht peinlich berührt zurück, wenn ihr Thomas etwas ins Ohr nuschelte oder eine ihrer Strähnen anfasste.

Johan holte sein Handy aus der Gesäßtasche und prüfte die Uhrzeit. 00:30. Um diese Zeit ging der Abend oft erst richtig los. Vermutlich hatten sich die anderen bereits in irgendeiner Disco zusammengerottet und diskutierten jetzt Johans Geisteszustand, während er allein an der provisorisch zusammengestellten, verwaisten Tafel hockte, auf der sich gebrauchte Biergläser, zerbrochene Zahnstocher, zerpflückte Pappuntersetzer, zerknüllte Zigarettenpackungen oder Servietten und ein paar leere Kaffeetassen tummelten. Anders, als an den Sonntagen, an denen Stefan jedem sich leerenden Glas nachjagte, hatte er es den ganzen Abend über schleifen lassen.

Thomas löste sich von der Bar und wankte auf Johan zu. »Du ... ich tät gern mit der Sabrina mitfahren ... wir wollen noch ins *Dominic.* Passt das für dich?«

»Hau ab!«, sagte Johan – *und halt sie fest.*

»Danke.«

Als wäre ihm eine Last von der Seele genommen, wandte sich Thomas ab und eilte auf Sabrina zu. Sie winkte Johan zum Abschied, er nickte zum Gruß, dann war Johan mit Stefan, dem Gastraum und dem Gedudel aus dem Radio allein.

»Woaaahhhh«, stöhnte Johan, warf den Kopf in den Nacken, streckte sich und rutschte halb von der Sitzbank.

»Schleichst dich auch?«, rief Stefan von der Schank herüber.

»Willst mich loswerden?«

»Ich tät gern zusperren.«

»Sperrst mich halt ein.«

»Morgen ist ein anstrengender Tag und ich muss hier noch aufräumen«, erklärte Stefan.

»Soll ich dir helfen?«

Stefan schien eine Sekunde zu überlegen, dann schüttelte er den Kopf. »Nein. Aber du kannst dich an die Bar hocken, während ich hier sauber mach.«

»Die Tische helf ich dir zurückstellen«, meinte Johan.

Er bemühte sich, die Tische möglichst lässig anzuheben und war fast enttäuscht, wie leicht sie wogen. Er hätte gerne bewiesen, dass er nützlich war, aber diese Möbel hätte Stefan mühelos auch alleine an ihren Platz zurückstellen können.

Johan spürte die fünf Bier, die er in den vergangenen eineinhalb Stunden getrunken hatte, um die anderen zum Saufen zu animieren und die Rechnung hochzutreiben. Wankend half er Stefan, Gläser zur Schank zu tragen, und schaute ihm dann dabei zu, wie er mit dem Besen routiniert elegant zwischen Stuhl- und Tischbeinen Dreck hervorkehrte. Ein Halbschritt vor, ein Halbschritt zurück, dann eine viertel Umdrehung. Es hatte etwas von einem Tanz. Stefan schien in Gedanken versunken.

»Sag mal ... machst das gern?«, fragte Johan.

»Hm?« Stefan fuhr herum, als hätte er ihn aus einem Traum gerissen.

»Das hier ... das Wirtshaus und all das ... ist das *dein* Ding? Machst das gern?«

Stefan überlegte eine Weile, dann zuckte er mit den Schultern. »Ich kann nix anderes.«

»Stimmt das, dass du das alles hier erben sollst?«

»Da wird nicht viel zu erben sein, die Bank schickt schon Interessenten vorbei.«

»Oh. So schlimm.«

Stefan hörte auf zu kehren, legte am Ende des Besenstiels die Fäuste übereinander und drückte sie gegen sein Brustbein. »Den Papa macht das halt fertig. Er säuft zu viel. Ich hab echt Angst um ihn.«

»Oh.«

Schüttete ihm jemand das Herz aus, fühlte sich Johan manchmal hilfloser als die Person, die schüttete. Meistens reichte es aber, wenn er nur zuhörte, also verlagerte er sein Gewicht auf dem Hocker und machte sich auf eine Klagearie gefasst.

Doch Stefan löste sich mit einem Ruck vom Besenstiel und kehrte weiter.

»Du machst das gut. Schaut richtig professionell aus«, bemerkte Johan und wollte sich auf den Mund schlagen.

»Na, dann kann ich sicher wo als Reinigungsfachkraft Karriere machen.«

Johan zog sich der Magen zusammen. »So hab ich das nicht gemeint.«

»Ich weiß.« Die Kehrbewegungen wirkten immer weniger zielgerichtet – verkamen zu einem stetigen Hin- und Her, als wollte Stefan bloß den Boden streicheln. »Danke, dass du versucht hast, irgendwas zu retten. Es wär nicht notwendig gewesen, aber ich weiß das zu schätzen. Das war sicher ein grauenhafter Abend für dich.«

»Wahrscheinlich nicht so grauenhaft, wie für dich«, entgegnete Johan.

»Nein – es war schön. Mal eine Abwechslung. Nicht so viel nachdenken.«

Johan grinste schief. »Ja, bei denen braucht man nicht viel Hirn.«

»So hab ich das nicht ...«

»Ich weiß, wie du das gemeint hast. Ich wollt nur ... vergiss es.«

»Du wolltest lustig sein. Es ist meine Schuld, ich bin ...« Stefan lehnte sich mit dem Hintern gegen einen Tisch. »Ich steh neben mir, in letzter Zeit.«

»Das wär schön, da wärst glatt zwei Mal da«, sagte Johan.

Stefan blickte ihn über den Gastraum hinweg stirnrunzelnd an. »Was?«

»Nix ...« Johan seufzte. »Ich hab gesagt, du wärst glatt zwei Mal da, wennst neben dir stehen würdest. Aber das war ein Blödsinn, merk ich gerade.«

»Ach so. Zwei Mal. Neben mir stehen ... witzig.«

Plötzlich erklangen die aktuell am häufigsten rauf und runter gespielten Töne aus dem Radio.

I'm a man, you're a man, let me kiss you, take my hand, don't be shy, don't be feared, love is love, that's not weird ...

Schweigend hörten sie zu. Gelegentlich trafen sich ihre Blicke, dann lächelte Stefan unschlüssig. Johans Herz schlug schneller.

»Meine Mutter steht total auf *Consuela*«, meinte Johan.

»Wer nicht.«

»Du auch?«

»Das Lied ist nicht schlecht ... und ... na ja ... gegen die Botschaft kann man nix sagen.« Stefan lächelte. »Und sie schaut gut aus.«

Autsch.

»Dir ist aber klar, dass das ein Mann ist, oder?«, fragte Johan.

Stefan lacht auf. »Klar weiß ich das.«

I'm a man, you're a man, let me kiss you, take my hand, don't be shy, don't be feared, love is love, that's not weird ...

»Die Burschen haben einen Stock im Arsch, seit sie wissen, worum es in dem Lied geht. Solltest sehen, wie sie dann herumstehen.« Johan rutschte vom Hocker und nahm diese verunsichert verklemmte Haltung ein, Ellenbogen an den Körper gepresst, den Blick verlegen zu Boden gerichtet.

Stefan lachte.

»Gefällt mir, wie du lachst«, sagte Johan.

»Ja?« Stefan senkte verlegen den Blick, dann löste er sich mit einem Ruck vom Tisch. »Ich sollt dann wirklich Schluss machen. Morgen ist auch noch ein Tag.«

Johan wurde das Herz schwer. Gerade war es so schön gewesen, er hätte ewig so mit Stefan reden können, sechs Meter Luftlinie zwischen ihnen.

Stefan stellte den Besen in die Abstellkammer, warf einen prüfenden Blick in den Gastraum und schaltete das Licht ab. Auch das Radio verstummte. Der Raum soff im Schwarz ab, nur noch an der Schank leuchteten ein paar schwache Spots. Stefan räumte Johans Bierkrug in die Spülmaschine und schaltete sie ein. Leises Wummern ertönte.

»Na gut«, Stefan schenkte Johan ein seltsam bedrücktes Lächeln. »War schön, dass du da warst.«

»Ja ...« Johans Magen rebellierte. Seine Knie waren ganz weich.

Stefan kam hinter der Schank hervor, marschierte an Johan vorbei zur Tür und schloss auf. Der Schlüssel schepperte. Kühle Nachtluft wehte herein.

Johan stand auf, um zu gehen, blieb aber auf Stefans Höhe stehen, der ihm die Tür aufhielt. Er bekam kaum Luft, jeder Muskel seines Körpers sträubte sich, in die Nacht hinauszuschreiten.

»Stefan ...«, sagte Johan, machte einen Schritt auf die Nacht zu, seufzte, machte einen halben Schritt zurück. »Ich weiß nicht, wie ich ...«, hilfesuchend blickte er Stefan an. »Mir ist echt komisch ... mi... mit dir.«

In einer fließenden Bewegung schlug Stefan die Tür zu, packte Johan am Kragen, drängte ihn rückwärts gegen die Holzverkleidung des Eingangsbereichs und ... drückte ihm einen Kuss auf den Mund. Drei Sekunden Lippen auf Lippen, dann löste er sich, lehnte Stirn an Stirn, nahm die Finger vom Kragen und strich über Johans Hals hoch, fuhr unschlüssig über die Schultern abwärts und hielt sich am Stoff der Ärmel fest.

Für einen Augenblick war es mucksmäuschenstill. Dann setzte wieder das Wummern der Spülmaschine

ein. Ein Auto raste am Wirtshaus vorbei, tiefer Bass-
rhythmus trommelte über den Parkplatz bis in Johans Bauch. Sie atmeten heftig. Zwischen ihren Mün-
dern strömte der Atem hin und her. Blonde Haare kitzelten Johans Stirn.

Stefan setzte immer wieder an, etwas zu sagen,
pustete die Worte jedoch ungesagt auf Johans Lippen.
Schließlich fasste er doch noch Mut und flüsterte:
»Das sollten wir nicht ... oder?«

Johan war den Tränen nahe. »Besser nicht ...«

»Mir gehts schon lang anders, wenn ich dich seh,
Johan.« Stefans Nase streifte Johans Nasenflügel.

»Mir auch.«

»Kann das falsch sein?« Stefan löste sich von
Johan, blickte ihn furchtsam an. Seine Pupillen zuckten hin und her, wie er so aus nächster Nähe zwischen Johans linkem und rechtem Auge hin und her-
schaute. »Ich mein ... wenns uns doch beiden so
geht ...«

»Ich weiß nicht«, krächzte Johan.

Plötzlich begann Stefan leise zu singen – erst bewegte er nur die Lippen, dann formten sich deutlich
Worte. Er hatte eine schöne, weiche Singstimme.

I'm a man, you're a man, let me kiss you, take my
hand, don't be shy, don't be feared, love is love, that's
not weird ...

Johan schnappte nach Stefans Lippen. So weich. So
warm. Wie ein Regenschauer prasselte die Lust in seinen Bauch, seine Stirn, seine Knie. Verzweifelt ver-
harrten sie Lippen an Lippen, bis ihnen die Luft aus-
ging. Stefan kam den letzten Schritt näher, seine Finger tasteten nach Johans Händen. Er schloss die Augen, schluckte, öffnete ein wenig den Mund und um-

fasste zärtlich Johans Oberlippe, dann seine Unterlippe, verschränkte ihre Finger miteinander.

Nach jedem weiteren kleinen Vorstoß hielten sie schnaufend inne. Scheu näherten sie sich immer wieder an, brachen für Momente aus sich heraus, schnappten gierig nacheinander, bremsten abrupt ab – *was tun wir hier?* – ein Quäntchen Furcht, ein Quäntchen Unglauben, dann sammelten sie neuen Mut, ein neuer zärtlicher Biss. Irgendwann begegneten sie einander mit weit geöffnetem Mund, tauchten mit den Zungen tief in den anderen. Sie lösten die Finger und schlangen die Arme umeinander. Aus dem zaghaften Schwanken zwischen Vorstoß und Zaudern wurde endlich ein Fließen. Ihre Körper schmiegten sich so natürlich und weich aneinander, als hätten sie sich nach langer Zeit wiedergefunden.

Plötzlich musste Johan kichern. Dabei war ihm überhaupt nicht nach Lachen, er fand an der Sache nichts witzig, außer vielleicht die furchtbare Angst, die er davor gehabt hatte. Es war kein befreiendes Lachen – seine Nerven spielten verrückt. Johan wollte aufhören, aber er konnte nicht. Er fürchtete, Stefan vor den Kopf zu stoßen, aber sein Körper kicherte einfach weiter, obwohl er aus Verzweiflung über das, was gerade mit ihm passierte, Tränen vergoss.

»Ist gut«, flüsterte Stefan und schlang die Arme um ihn, streichelte ihm den Nacken. »Ist gut.«

Vom tröstenden Klang in Stefans Stimme und der haltenden Umarmung kippte das Lachen in ein bitterliches Schluchzen. Johan krallte sich an Stefan fest, seine Knie gaben nach, und zusammen sanken sie vor der Eingangstür zu Boden.

»Es tut mir lei-hei-heid«, heulte Johan aus Scham vor seinen Tränen, dann wucherte in der Verzweiflung Trotz, und im Trotz Wut, und in der Wut Gier, und in der Gier Leidenschaft. Er schnappte nach Stefans Lippen und küsste ihn so gierig, dass er ihn versehentlich sogar biss. Doch Stefan hielt dagegen und mit einem Mal war alle Angst vergessen, regierte nur noch die Lust.

Wie im Vollrausch vergaß Johan, wo er war, sank in sein eigenes kleines Bewusstsein, das Wohnzimmer seiner Seele, in dem er agierte wie ein Kind, eigensinnig und frei, in dem es kein Morgen gab, keine Konsequenzen, in dem er nur wollte, wollte, wollte und nicht in Frage stellen musste, ob es ihm zustand.

Als er sich wiederfand, lag Stefan unter ihm, sein Hemd geöffnet, die nackte Brust glänzte vom Schweiß und hob und senkte sich heftig. Johan selbst war fast völlig nackt, nur an seiner rechten Wade hingen noch Jeans und Shorts. An seinem Arsch spürte er den Druck eines forschen Ständers; das vertraute Verlangen, gedehnt und ausgefüllt zu werden, machte ihn ganz benommen. Er dachte nicht über Vorbereitung nach, und schon gar nicht an Verhütung, leckte nur flink über die Handfläche, fuhr damit halbherzig über Stefans Harten und ließ sich auf ihn sinken.

»Faaaa...«, stöhnte Stefan, bäumte sich auf und funkelte Johan ebenso überrascht wie dankbar an.

Ein lustvoller Schauer packte Johan. Ein richtiger Schwanz fühlte sich völlig anders an als das, was er sich bisher eingeführt hatte. Er war wärmer – war überhaupt warm –, pulsierte, und drang viel, viel tiefer, da sich Johan nicht aus Angst zurückhielt, als peinlicher Sexunfall in einer Notaufnahme zu landen. Mit ganzem Gewicht setzte er sich auf Stefans Becken und wurde von der Unendlichkeit und den Grenzen in seinem Inneren ganz blöd.

Das Aufregendste aber war, dass er nicht allein die Kontrolle über das hatte, was in ihm passierte – obwohl er oben saß. Völlig unerwartet kippte Stefan das Becken und stieß zu. Johan ächzte empört auf, dann zündete diese so fremde, fordernde Begierde eine Leidenschaft, die ihm fast die Sinne schwinden ließ.

»Noch mal«, bettelte er und blickte Stefan wie durch einen Schleier hindurch an. »Mach das noch mal.«

Stefan packte Johan an den Hüften, stellte die Fersen auf, und gab Johan – rums – einen so heftigen Stoß, dass dieser von der Wucht fast abgeworfen wurde.

»Aaah!«, stöhnte er auf und krallte sich an Stefans Schultern fest.

»Komm her«, flüsterte Stefan hastig, zog Johan zu sich und schlang die Arme um ihn. Brust an Brust, Bauch an Bauch, presste er ihm das Gesicht in die Halsbeuge und legte los. Mit schnellen, heftigen Stößen hämmerte er sich in Johan hinein, unterbrach nur zwei, drei Mal, weil er rausrutschte – positionierte die Füße neu, fädelte sich vorsichtig wieder ein und fuhr ungebremst fort – dann kam es ihnen auch schon. Fast gleichzeitig spritzten sie ab, Stefan in Johans Arsch und Johan auf Stefans Bauch.

Keuchend und eng umschlungen blieben sie liegen, bis die Kälte über ihre verschwitzten Leiber kroch und sie frösteln ließ.

Schweigend lösten sie sich voneinander und begannen sich anzuziehen.

Johan fühlte bereits den Kater dieser Leidenschaft aufsteigen. Die Reue. Was er eben getan hatte, war nicht er selbst gewesen. So etwas machte er nicht. Er küsste keine Männer, er heulte nicht, und vor allem ließ er sich nicht ficken. Er musste besessen gewesen sein, hypnotisiert, besoffen, vielleicht hatte ihm Stefan etwas ins Bier getan. Niemals würde sich Johan einen Schwanz in den Arsch rammen lassen und es auch noch genießen. Er hatte sich vergessen, sich selbst verloren, sich vor Stefan gedemütigt, sich selbst gedemütigt.

Die Schuld begann die Erinnerung an das eben Erlebte zu zersetzen, es mit Eis zu überziehen, machte es derb, schmutzig, würdelos. In Johans Kopf tobte ein Krieg, und in diesen Sekunden war es gleich schlimm, dass er geweint hatte, und dass er darum gebettelt hatte, gefickt zu werden. Jetzt hatte ihn Stefan in der Hand. Wenn er wollte, konnte er ihn vernichten. Vielleicht sollte Johan ihn verprügeln, ihm so klar machen, dass er gefälligst über das hier die Klappe zu halten hatte.

Doch er konnte nicht. Probehalber ballte er die Fäuste, aber da war keine Kraft in ihnen. Er sprang hoch, ohne Stefan anzusehen, verschloss hastig den Gürtel, zog den Reißverschluss zu und packte den Türgriff.

Für einen Augenblick kam jenes Gefühl wieder hoch, das er vorhin gehabt hatte, vor all dem, als er einfach nicht hatte gehen können. Alles in ihm drängte danach, sich umzudrehen und Stefan anzusehen. Doch der Moment ging vorüber. Johan drückte die Stirn gegen das Glas der Eingangstür und schloss die Augen.

»Das hier ist nie passiert«, flüsterte er. »Hörst du? Das hier ist nie passiert.« Die Worte rissen ihn inwendig auf. Er musste würgen. *Widersprich mir. Überzeuge mich. Durchschau mich.*

»Ich weiß nicht, wovon du sprichst«, sagte Stefan mechanisch und in seiner Stimme schwang unsägliche Traurigkeit mit.

Johan riss die Tür auf und lief los. Er nahm nicht wahr, wie er ins Auto stieg, den Wagen startete, das Gaspedal durchdrückte, lenkte. Er erinnerte sich an keine Entscheidung, hier oder dort langzufahren. Alles passierte wie in Trance, alles war, als würde er es nur träumen und irgendwie wünschte er sich auch, dass das alles nur ein Traum war. Zugleich wollte er dieses Erlebnis um nichts in der Welt missen.

Er konnte nicht feststellen, ob er laut war, als er vor dem Elternhaus parkte, die Haustür aufschloss und in sein Zimmer hoch marschierte. Sein Kopf war zu vollgestopft mit Gedanken, schreienden, tobenden Gedanken. Bäuchlings fiel er mitsamt Schuhen und Sweater – die Kapuze ins Gesicht gezogen – auf sein Bett. Eine heiße, unendliche Traurigkeit wallte in ihm hoch, dann kippte er in den Schlaf. Nur einmal wachte er nachts auf, weil er fror. Er zog die Decke über seinen Körper, rollte sich zusammen wie ein Embryo und wusste für selige Minuten nichts von dem, was vorgefallen war. Das kam erst am nächsten Morgen und es knallte in sein Bewusstsein wie eine Bratpfanne.

3 | Wet-Shirt-Contest

»Wo warst denn letzte Woche?« Thomas kletterte auf den Barhocker neben Johan und warf einen Blick auf die zehn Schnapsgläser. Vier davon hatte Johan bereits gekippt.

»Nicht da«, knurrte Johan, setzte das fünfte an die Lippen und warf den Kopf zurück. Vom Magen züngelte Feuer hoch.

»Das haben wir bemerkt – aber *wo* warst? Ein paar haben gemeint, dass du vielleicht ang'fressen bist, wegen dem Karaokeabend beim Seiler, weils alle abgehauen sind.«

Ein Bild blitzte vor Johans geistigem Auge auf: Gelb schummriges Licht von der Schank, bläuliches Licht von der Eingangstür, Stefan unter ihm, offenes Hemd, verschwitzt, keuchend, und dieser Blick ... dieser Blick ...

»Blödsinn.« Johan griff nach Glas Nummer fünf und kippte es runter. »Ich bin euch nicht bös – war ja auch ein scheiß Abend.«

»Mh.« Thomas nickte. »Ich versteh ja noch immer nicht ganz, was dich eigentlich geritten hat. Ich mein ... *so* zu warst nicht, dass mans auf den Alkohol schieben könnt.«

Johan stellte das fünfte Glas ab und nahm das sechste. »Verarschen hab ich euch wollen.« Schluck. Feuer. Knistern im Kopf. Ein Steppenbrand verkohlte vorübergehend alle Gedanken und Erinnerungen. Endlich.

»Aha«, murmelte Thomas. In seinem Oberstübchen rumpelte es, dann leuchtete sein Blick auf. »Ach so, ein Witz ist das gewesen!« Er lachte auf. »Na *der* ist dir gelungen. Wir haben uns echt schon gefragt, ob du ...«

Johan warf Thomas einen strengen Blick zu. »Ob ich *was?*«

»Nix.«

»Thomas!«

»Ob es dir in den Schädel reinregnet.« Beschämt senkte Thomas den Blick. »'Tschuldigung. Ich hab eh gesagt, du wirst dir was dabei gedacht haben, aber ... weißt ja, wie sie sind.«

»Und *du* bist die intellektuelle Elite, ja?« Johan schüttelte den Kopf und griff nach dem siebten Schnaps.

»Was?«

»Vergiss es!« Mit dem Feuer kam auch Säure hoch. Johan rülpste.

»Es geht mich ja nix an – aber was wird das hier?« Thomas nickte zu den leeren Schnapsgläsern.

»Du hast Recht. Das *geht* dich nix an.«

»Ich weiß immer noch nicht, wo du letzte Woche gewesen bist«, meinte Thomas nach einer kleinen Pause, in der er die kleine Wunde der Zurückweisung leckte.

»Das geht dich *auch* nix an.« Das achte Glas kostete bereits ein klein wenig Überwindung.

»Es ist ja nur, weil ... sonst bist *immer* da. Wir haben uns halt gefragt ... Vor allem, weil du auch nicht ans Telefon gegangen bist. Nicht einmal auf die SMS hast geantwortet.«

»Ihr werdets ja mal *einen* Abend ohne mich auskommen.«

»Ja eh.« Thomas blickte eine Weile gedankenschwer vor sich hin. »Der Abend hat sich richtig gezogen, ohne dich.«

»Ist das *mein* Problem, dass ihr euch ohne mich nix anzufangen wissts?«, lallte Johan und fixierte Glas Nummer neun.

»Vielleicht solltest ein bisserl langsamer machen«, meinte Thomas mit Blick auf die Schnapsglasformation.

»Ist keine Schnepfe da, der du das Geld reinstopfen kannst?«

Thomas begann breit zu grinsen. »Ach, das weißt ja noch gar nicht: Ich bin jetzt mit der Sabrina zusammen.«

»Und?« Johan warf einen Blick durchs Lokal. Das Hirn folgte der Bewegung nur mit Verzögerung. Rasch hielt er sich am Tresen fest. »Wieso nervst dann *mich?* Ist sie nicht da?«

»Das ist das zweite, was ich dich fragen wollt. Die anderen täten gern wissen, wann wir weiterfahren. Im *Sono* habens heute Wet-Shirt-Contest und im *Dominic* ist ab 23:00 Happy Hour, da gibts zu jedem Cocktail einen zweiten gratis dazu. Die Burschen wollen geschlossen ins *Sono*, die Mädels würden lieber ins *Dominic*. Wenn wir uns richtig organisieren, können wir beides machen.«

Johan runzelte die Stirn. »Wet-Shirt und Cocktails? Ihr seids mir eine schwule Truppe, he.«

»Wieso schwul? Das sind ja praktisch nackerte Titten – die ziehen doch extra diese Shirts an, die so durchsichtig werden, wenn ...«

»Da schau her, kennst dich aus, mit der Mode.«

Thomas' Blick verfinsterte sich. »Ich bin mit der

Sabrina zusammen – das ist *zufällig* eine Frau. Was bist denn so deppert heut?«

Weil du mir am Wecker gehst. Weil ihr mir alle am Wecker geht. Weil ich mir selbst am Wecker geh. Und vor allem: *Weil ich seit zwei Wochen an nichts anderes denken kann, als an das, was mit dem Stefan vor der Schank passiert ist. In diesem Augenblick, Thomas, während ich mit dir rede, stell ich mir vor, wie er mir inwendig bis ins Herz rauf stößt. Und völlig wurscht, wie sehr ich mich dafür verachte, völlig wurscht, wie viel ich sauf, mir steht er, wenn ich an den Stefan denk, mir steht er von der Früh bis in die Nacht, mir steht er, wenn ich mit der Säge Holzbalken zuschneide, mir steht er, wenn ich mit meiner Mutter in der Küche steh und sie mich fragt, wie es mir geht, mir steht er, wenn ich auf der Landstraße rechts ranfahre und heul. Und wenn ich eins nicht bin, dann einer, der heult. Und deswegen geh ich mir selbst am Wecker. Und ihr alle miteinander geht mir am Wecker, weil das nicht passiert wäre, wenn ihr mich nicht im Stich gelassen hättet. Und du gehst mir am Wecker, weil du jedem erzählen kannst, dass du mit Sabrina zusammen bist und sich jeder für dich freut. Und mir geht am Wecker, dass du mit ihr tanzen und schmusen darfst und sie dich deswegen für einen tollen Hecht halten, während ich noch nicht einmal denken darf, dass ich mit dem Stefan ...*

Johan leerte knapp hintereinander das neunte und zehnte Schnapsglas und rutschte entschlossen vom Hocker. »Tittenparty. Los, fahrn wir.«

Thomas strahlte. »Na geht doch. Ich sags gleich den anderen.« Und weg war er.

Johan wankte ein wenig, als er Richtung Ausgang marschierte. Die Welt wirkte seltsam holprig, die

Schritte ungedämpft. Das Licht zog Schlieren, alles raste an ihm viel schneller vorbei, als seine Geschwindigkeit vermuten ließe. Bewegungsunschärfe.

Er plumpste auf seinen Sitz hinterm Steuer und stöhnte. Säure brodelte den Magen hoch bis zum Hals. Rasch riss er die Autotür auf und neigte sich über den Asphalt. Er würgte, die Kehle brannte, und der Magen schien sich, nun, da er schon dabei war, gleich völlig entleeren zu wollen. Keuchend ließ sich Johan gegen die Lehne sinken. Eiskalter Schweiß klebte die Kleidung an seinen Körper. Er hatte Durst, aber er wagte es nicht, sich nach vorn zu beugen, um die Mineralwasserflasche aus dem Fußraum des Beifahrersitzes zu holen. Nicht einmal zum Handschuhfach nach den Kaugummis zu greifen traute er sich. Er presste den Kopf in die Nackenstütze und schloss die Augen. Alles begann sich zu drehen. Aber es war nicht unangenehm. Die Finger in die Seiten des Sitzes gekrallt genoss Johan den Flug durch das All in seinem Inneren, die orangeroten Loopings, die blitzenden Sterne.

Ein Hämmern ließ ihn hochschrecken.

Thomas' Gesicht erschien im Seitenfenster. »Was ist? Wir warten schon alle!« Hinter der Scheibe klang seine Stimme gedämpft.

»Ja, ja«, nuschelte Johan, packte das Lenkrad und startete den Wagen, setzte den Blinker und lenkte auf die Straße.

Den Weg zum *Sono* kannte er im Schlaf. Manchmal, wenn Thomas an seiner statt fuhr, konnte er sogar mit geschlossenen Augen die Häuser und Hügel sehen, die Laternenmasten, wusste, noch ehe Thomas verlangsamte, wo man bremsen, noch ehe das Ticken des Blinkers ertönte, wo man abbiegen musste. Wenn er betrunken mit dem Auto fuhr, so redete sich Johan jedenfalls ein, fuhr er sicherer. Weil er sich der Tatsache bewusst war, dass er betrunken war, und viel besser aufpasste. Als er den Führerschein frisch erhalten hatte, hatte er die Erfahrung machen müssen, wie schnell ein anderes Auto um die Ecke hüpfen konnte und wie unerwartet rasch eine Kurve auftauchte, daher fuhr er, wenn er betrunken war, auf extreme Weitsicht. Er bremste ab, noch lange, bevor eine Querstraße zu erahnen war, und hob den Wagen sanft und bedächtig in die Kurven.

Es war ein Fahren auf Wolken – und endlich erhoben sich hinter einem Hügel die grässlichen Arkaden, die *Einkaufsmeile* der Region. Da konnte man sich im Solarium orange brutzeln lassen, sich bei *Ronny* alle erdenklichen Weichteile piercen und Arschgeweihe tätowieren und bei *Kosmetik-Moni* die Augenbrauen erst wegzupfen und dann aufmalen lassen. Am Ende konnte man das alles bei *Schnipp'n'Schnapp* mit einer wasserstoffblonden Lesbenfrisur garnieren. Oder man trug seine gebrauchten Spiele zum *Game-Center* und bekam dafür neue gebrauchte Spiele. Oder man ließ sich in den engen, überfrachteten Boutiquen von modischen Fetzen bedrängen. Ein paar selbsternannte Künstler boten *kreativ* getöpferte Wandteller mit Sinnsprüchen oder Windspiele aus den Federn überfahrener Fasane an, oder handgeschöpfte Seifen, Kerzen Faltencremes.

Johan kam nur hierher, wenn er neue Sonnenbrillen oder für seine Mutter ein Geschenk brauchte. Oder Samstagnacht, wenn sie ins *Sono* wollten, das gleich dahinter lag und tagsüber wie eine verlassene

Lagerhalle aussah. Jetzt warfen Laser hektische Licht-formationen auf die Wolken – die sausenden Sterne von Bethlehem – oder Hinzhausen.

Nachdem Johan den Wagen sicher vor dem *Sono* ge-parkt hatte, griff er nun doch noch nach der Mineral-wasserflasche. Meh, abgestanden, aber vor lauter Durst soff er die Flasche in einem Zug aus. Dann kon-trollierte er sein Gesicht im Rückspiegel und strich sich einige schweißnasse Strähnen aus Stirn und Schläfe. Er hatte schon mal besser ausgesehen. Seine Haut war teigig weiß, die Augen rot geschwollen und mit Ringen versehen, als hätte er mit dem Lidschatten da-nebengetroffen. *Wenigstens sieht dich Stefan so nicht.*

Roaaar! Johan schlug mit einer Faust gegen das Ar-maturenbrett.

Autotüren knallten, unter Gekicher und Gegröle wankte die Truppe auf den Eingang der Diskothek zu. Verstört registrierte Johan, dass sie nicht auf ihn war-teten. Normalerweise betrat *er* als Erstes ein Lokal. Das war ungeschriebenes Gesetz. Hatte er sich mit dem Karaokeabend tatsächlich dermaßen die Reputa-tion zerstört?

Wet-Shirt-Contest ... Na dann! *Auf, auf!* Mit einem Stoßseufzer stieg Johan aus dem Wagen und sah, wie Thomas Sabrina gegen ein Auto drückte, um ihre Mandeln mit der Zunge zu untersuchen. Die Erinne-rung blitzte auf, wie er Stefan auf dieselbe Weise im Mund herumgefuhrwerkt hatte. Ein Stich im Magen. Ein Zischen bis in den Schritt.

»Thomas!«, brüllte Johan über die Autodächer hin-weg – einfach nur, um ihm zu nehmen, was er selbst nicht haben konnte.

Erschrocken fuhr Thomas hoch und schaute sich irritiert um.

»Ficken könnts daheim! Abmarsch!« Johan nickte auffordernd Richtung Eingang.

Miteinander tuschelnd setzten sich Thomas und Sabrina in Bewegung und marschierten an Johan vorbei wie an einem despotischen Schuldirektor, der sie am Klo beim Rauchen erwischt hatte.

»Buh!«, machte Johan und sie fuhren zusammen. Johan lachte. »Scheißts euch nicht an.«

Der Wet-Shirt-Contest war bereits voll im Gange. Dass sich auf der Bühne dieselben Weiber ihr Selbstwertgefühl über Noten für ihre Titten holten, die abseits der Bühne beleidigt waren, wenn ihnen jemand auf die Fleischknödel starrte, widerte ihn an. Ohne einen Blick auf das Geschehen zu werfen, steuerte Johan die Bar an.

Dann erinnerte er sich, dass er ein Mann war, und dass ein *echter* Mann prompt zwei Drittel seines Gehirns abschaltete, wenn er die Chance witterte, nackte oder halbnackte Brüste zu sehen; und aktuell hatte es Johan mehr als nötig, zu beweisen, dass er ein *echter* Mann war. Seit Tagen quälte er sich nämlich damit herum, dass Thomas und Sabrina – und vielleicht mittlerweile schon alle –, wussten, dass er noch bei Stefan im Wirtshaus geblieben war. Allein. Und Stefan war doch wirklich ein verboten scharfer Typ.

Zugegeben, daraus gleich zu schließen, dass Johan mit ihm fickte, war vermutlich auch für die kreativeren Köpfe seiner Truppe etwas weit hergeholt, aber ... hatte er sich an dem Abend nicht auffällig herausgeputzt gehabt? Johan war nur einen Gedankensprung davon entfernt, entlarvt zu werden. In jedem Blick, den ihm jemand zuwarf, witterte er die Fragen: *Ist er, oder ist er nicht? Hat er, oder hat er nicht?*

Also steuerte Johan die Bühne an, drängte sich in die erste Reihe und zwang sich, auf die Fleischbeutel zu glotzen, die trotz der Shirts besorgniserregend unverhüllt waren. Wie Thomas versprochen hatte, war der nasse Stoff fahrlässig durchsichtig, und lenkte die Aufmerksamkeit auf abstoßend präsente Brustwarzen.

Johans Zunge erinnerte sich an Stefans Nippel – neckisch kleine Kiesel auf salziger, warmer Haut. Johan schluckte, schloss die Augen, hörte Stefans erregtes Schnaufen, das gierige Schmatzen wilder Küsse, unterdrücktes Stöhnen und dieses betörend ungehaltene *Faaa...* aus Stefans Kehle; das leise Wummern der Spülmaschine ...

»Was ist jetzt ... willst?« Jemand rempelte Johan gegen den Oberarm und streckte ihm eine Wasserflasche entgegen. Dankbar, sein Mund war staubtrocken, griff Johan danach, setzte die Flasche an die Lippen und begann zu trinken. Wohlig floss das Nass seine Kehle abwärts – die umstehenden Gäste lachten.

»Saufen kannst nachher«, blökte der Veranstalter und riss Johan die Flasche vom Mund. »Anpritscheln sollst sie.« Mit einem Kopfnicken deutete er auf ein Mädchen, das mit herausgestreckter Brust darauf wartete, mit Wasser bespritzt zu werden.

Erst jetzt bemerkte Johan, dass seine Freunde gespannt jede seiner Bewegungen verfolgten, dass sie ihn anfeuerten und überhaupt ganz aufgekratzt waren. Vermutlich hatte er *ihnen* seinen Auftritt jetzt zu verdanken.

Nach kurzem Zögern marschierte Johan entschlossen auf die Tussi zu, die ihn mit großen Augen anglupschte und in Erwartung, dass es gleich eiskalt würde, die Luft anhielt. Erstmals seit zwei Wochen bemühte sich Johan nicht, seine Dauererektion zu verbergen. Er drehte die Flasche über dem Busen auf den Kopf und verteilte das Nass gewissenhaft, unterstützt vom begeisterten Grölen der Zuschauer. Gulp, Gulp, Gulp schlüpfte das Wasser an den eindringenden Luftblasen vorbei, und als nur noch ein kleiner Rest in der Flasche gluckerte, kippte Johan sie, und – flusch – spritzte ihn dem Mädchen ins Gesicht. Es war ein Reflex, weil das alles hier so albern war, weil es für ihn keinen Unterschied machte, ob Busen oder Gesicht, weil es ihm idiotisch vorkam, sie nur hier, nicht aber dort anzuschütten.

»Iiiiiih!« Das Mädel blinzelte und drückte sofort ihre Zeigefinger unter die Augen, um zu verhindern, dass die Wimperntusche aus ihr einen traurigen Clown machte.

Die Menge lachte.

Der Veranstalter schob Johan unwirsch zur Seite. »Schleich dich, du Trottel.«

Das war die perfekte Gelegenheit. Seit zwei Wochen wartete Johan doch nur auf eine Chance, sich abzureagieren und endlich die quälenden Erinnerungen an Stefans Liebkosungen loszuwerden.

Er gab dem Veranstalter einen so saftigen Rempler, dass er gegen das Mädchen stolperte. »Schwuchtel.«

»Was?« Der Kerl fuhr herum und funkelte Johan gefährlich an. Er hatte in etwa dieselbe Gewichtsklasse wie Johan, und die Art, wie er sich sofort in Stellung brachte, verriet, dass er schon viele Provokationen mit Fäusten geregelt hatte. »Was hast gesagt,

G'schissener?«< Herausfordernd präsentierte er die gestählte Brust.

»Schwuchtel«, wiederholte Johan, wich dem prompt folgenden Kinnhaken gekonnt aus, ging hinter seinen Fäusten in Deckung und kickte dem Kerl kräftig mit dem Knie in die Seite.

Die Zuschauer johlten auf, die Mädchen mit den nassen Shirts drängten sich wie Küken an eine Wand und quietschten mit jedem Schlag auf.

Johan begriff schnell, dass er bei diesem Kerl die Kraft von der Leine lassen konnte, und es tat so gut, mal wieder richtig zuzuschlagen, so verdammt scheißgut, sich völlig dem Hass zu überlassen und sich an jemandem abzureagieren. Auch, wenn er bald den Eindruck gewann, eher würde sich an *ihm* abreagiert. Wums. Wums. Wums. Faustschläge und Tritte trafen ihn in die Seiten, den Bauch, die Schultern, Arme, Schenkel. Trotz allem, oder gerade deswegen, erwachte sein Sportsgeist und er lief zu Höchstform auf, schlug und trat um sich, wie eine aus den Fugen geratene Maschine. Nur am Rande registrierte er, dass sein Shirt zerriss und sich ein paar weitere Männer auf ihn stürzten, Türsteher, Security, Provinzhelden.

Johan kämpfte mit vollem Einsatz und bekam die Abreibung seines Lebens verpasst. Die Kerle waren allesamt stärker und kampferprobter als er, vor allem aber in der Überzahl. Jeder Schlag und jeder Tritt kickte eine weitere Erinnerung an Stefans leidenschaftliche Berührungen aus dem Körper.

Bald tat Johan jeder Muskel weh, die Haut brannte an den Stellen, wo er getroffen worden war, aber solange er sich rühren konnte, wollte er nicht aufgeben.

Männer stöhnten, keuchten, ächzten. Augenblicke, in denen Johan schwach wurde, dann traf ihn der nächste heilsame Schlag und der dumpfe Schmerz vertrieb die elende Lust. Ein paar Mal wurde er am Kopf erwischt, dann taumelte er kurz und verlor die Orientierung.

Schließlich fand er sich auf dem Asphalt des Parkplatzes wieder, auf allen vieren, Blut spuckend.

»So, und jetzt schleichst dich, sonst darfst mit der Polizei auch noch raufen«, rotzte ihm einer der Türsteher hin.

Das klägliche »Fwuchtel«, das ihm Johan hinterherkrächzte, hörte der bullige Kerl nicht mehr.

Zitternd vor Schmerz und Erschöpfung versuchte Johan aufzustehen, aber seine Beine waren wie Schaumgummi. Wie ein Sack plumpste er immer wieder zu Boden.

Schritte näherten sich, dann kniete sich Thomas zu ihm.

»Was war denn los, da drin?«

Johan ächzte und schüttelte den Kopf.

»Hilfst mir, ihn hochzuheben?«, bat Thomas seine Freundin über Johans Kopf hinweg.

Zu zweit zerrten und zogen sie an Johan, bis er endlich mit zitternden Knien aufrecht stand.

»Wieso bist ihn denn so blöd angegangen?«, fragte Sabrina, als sie – Johan zwischen ihren und Thomas' Schultern hängend –, auf Johans Auto zuhumpelten.

»Weil er eine Fwuchtel if«, nuschelte Johan.

»Na und? Ist noch lang kein Grund, ihn deppert anzugehen«, meinte Sabrina.

Johan brauchte ewig, um die Schlüssel aus der Hosentasche zu pfriemeln. Routiniert grapschte sie ihm

Thomas aus der Hand und sperrte den Wagen auf – schwerfällige Schlüsselübergabemanöver auf Disco-parkplätzen gehörten zur Samstagnacht wie das halbe Dutzend Cola-Rum.

Ächzend übergaben Thomas und Sabrina Johan dem Fahrersitz.

»Wo hast den Verbandskasten?«, fragte Sabrina.

Thomas eilte zum Kofferraum und kam mit der kleinen roten Kiste wieder. »Sie ist Krankenschwester«, erklärte er stolz, als Sabrina den Verbandskasten öffnete und professionell darin herumwühlte.

»Also ... du hast was gegen Schwule, ja?«, fragte sie, während sie vorsichtig an der Platzwunde über Johans Braue herumhantierte. Ihr Gesicht war so nah, dass er ihren Atem spüren konnte.

»Du etwa nicht?«, knurrte Johan.

»Wieso sollt ich? Sind Menschen wie du und ich.« Sie klebte ein Pflaster auf die Braue und widmete sich der aufgeplatzten Unterlippe. Behutsam tupfte sie das Blut vom Kinn, um herauszufinden, wo die Wunde anfing. »Im Krankenhaus haben wir einen schwulen Arzt. Ist mit einem Anwalt liiert. Zusammen sind die ganz normal – fast schon so fad wie meine Eltern. Die sind überhaupt nicht so überkandidelt, wie mans im Fernsehen immer sieht. Wenn mans nicht weiß, würd mans nie erraten. Aber er sagt halt, dass er sich nicht verstecken will, dass er zeigen will, dass' eben ganz normale Leute sind.«

»Jetzt sinds also auch schon bei uns angekommen«, sagte Thomas unheilschwanger. »Bald rennens hier überall herum, wirst sehen.«

Vor Johans Augen entstand das Bild einer Gay-Parade, die mit Pauken, Trompeten und Pompons auf das Dorf zurollte – lauter halbnackte Männer in Lederkluft, Transen und Tunten, die mit Glitter um sich warfen und jeden *Süßer* nannten.

Sabrina tupfte Jod auf die Wunde – Johan zuckte. »Autsch.«

»Willst denen allen eine reinhaun?«, fragte sie.

»Wenn die den Johan sehen, hauens eh freiwillig wieder ab«, meinte Thomas.

Johan schielte zu ihm hoch. »Wie meinstn das?«

»Ach was, die finden ihn sicher voll schnuckelig.« Sabrina grinste Johan breit an. »Du bist genau ihr Typ.«

»Was?«, fragte Johan empört.

»Hast mich schon verstanden.« Sie drückte ihm den Wattebausch in die Hand. »Halt das ein wenig drauf.«

Thomas lachte. »Hahaha, Johan der Schwuchtelschwarm.«

»Pass auf!«, fauchte Johan, aber ihm fehlte die Kraft, aufzuspringen und Thomas eine reinzuhauen.

»Verdient hättest das ja, für die Aktion vorhin«, meinte Sabrina.

Johan kochte und zugleich lähmte ihn Panik. »Wenns weiter so deppert daherredets, wasch ich mit euch den Beton hier auf.«

»Weißt eh, was man über die stark Homophoben sagt.« Grinsend stopfte Sabrina das Verbandsmaterial zurück in den Kasten.

»Das ist ein totaler Blödsinn«, schmetterte Johan zurück. »Das haben die nur erfunden, weils nicht wahrhaben wollen, dass nicht jeder ihr Herumgehampel super findet.«

»Eine Verschwörung also«, meinte Sabrina wie zu einem kleinen Kind. »Weil die euch homophobe Trottel so geil finden, ja?«

Thomas grinste.

»Was red ich mit dir überhaupt darüber«, knurrte Johan.

»Ja ...«, Sabrina klappte den Verbandskasten zu und schmunzelte. »Das interessiert mich auch, warum dich das Thema so fesselt. Schon ein bisserl verdächtig, findest nicht auch, Thomas?« Sie reichte ihrem Freund den Verbandskasten.

Rasch eilte Thomas damit zum Kofferraum, um nicht Stellung beziehen zu müssen.

»Wennst keine Frau wärst, würdest schon bluten, darauf kannst dich verlassen«, knurrte Johan.

»Bluten kann ich von allein«, sagte Sabine lachend. »Aber das weißt vielleicht nicht. Der Thomas hat mir erzählt, dass du noch nie eine Freundin gehabt hast.« Sie stemmte die Hände in die Hüften. »Frauenfeindlich, Jungfrau *und* homophob, die Indizien verdichten sich, Johan. Es wird eng für dich.«

»Ich *bin* keine Jungfrau mehr«, platzte Johan heraus und schrie: »Thomas, du Sauschädel! Was redest mit deiner Freundin über *meine* Privatangelegenheiten!«

»Sie hat halt gefragt«, gab Thomas kleinlaut zu.

Johan sprang hoch, wankte kurz, aber Zorn und Angst verliehen ihm genug Kraft. Wutentbrannt stakste er um das Auto herum auf seinen besten Freund zu.

Thomas machte erschrocken ein paar Schritte zurück. »Geh, beruhig dich wieder. Ist ja nix passiert.«

»Hast nicht gehört, was deine blöde Schnepfe behauptet? *Mir* wills andichten, dass ich so ein ... so ein *Kranker* bin!«

»Ist ja nur Spaß«, verteidigte sich Thomas.

»Lach ich?«, Johan zeigte auf sein zerschrammtes Gesicht. »Siehst mich lachen? Schau ich aus, als würd ich das *lustig* finden?«

»Nein ... aber ... was regst dich gleich so auf? Ich mein ... wär doch auch nix dabei, wennst ... na wenns so wär.«

Johan fühlte sich innerlich fallen. »Willst damit sagen, dass du mich *auch* für *so* einen hältst?«

Beschwichtigend hob Thomas die Hände. »Ich mein nur, dass es wurscht wär.«

»MIR ABER NICHT!«, brüllte Johan so laut, dass Thomas zusammenzuckte.

Plötzlich sprang Sabrina vor Thomas hin. »Jetzt reiß dich zusammen, he!«

»HALT *DU* DICH DA RAUS!«

»NEIN! WENNST IHN ANFASST, REISS ICH DIR DAS GESICHT RUNTER. UND ICH *WEISS*, WIE DAS GEHT!«

Johan schnaubte und ließ die Fäuste sinken. »Wissts was? Gehts scheißen. Aber wehe ich krieg mit, dass ihr mit wem darüber redets ...! Wenn ich auch nur das *leiseste* Sterbenswörtchen von *irgendwem* hör, reiß ich euch den Arsch auf, dann ist mir wurscht, dass du eine Frau bist, oder du mein Freund, und mir ist wurscht, ob ihr damit was zu tun habts. Dann seids tot, alle beide.« Wutentbrannt drehte sich Johan um und setzte sich hinters Steuer.

»Geh, Johan ...«, rief Thomas versöhnlich, aber Johan wollte nichts mehr hören. Er knallte die Autotür zu, startete den Wagen und raste rückwärts, nur

Millimeter vor Sabrinas und Thomas' Knie bremste er ab. Ihre entsetzten Gesichter im roten Schein der Rücklichter wirkten wie Wachsfiguren in einem Horrorkabinett. Johan legte den Vorwärtsgang ein, stieg aufs Gas und brauste davon.

»Scheiße! Scheiße! SCHEISSE!«, brüllte Johan, rüttelte am Lenkrad und schlug darauf ein, bis das Auto quer über die Fahrbahn schleuderte. *Stefan!* Im letzten Moment riss Johan den Wagen herum. Der Schreck stach in seinen Gliedern. Ein Moment, dem Tod so nah, und was war sein erster und einziger Gedanke? Obwohl sie es ihm doch gerade erst aus dem Leib geprügelt hatten?

Scheiß aufs Leben!

Johan trat aufs Gas, beschleunigte – hundert, hundertdreißig, hundertsechzig –, vorne war eine scharfe Kurve, geradeaus ein Baum. Zu Allerheiligen stand dort ein Dutzend weißer Kreuze. Kein Jahr verging, an dem sich nicht ein Jugendlicher um diesen Baum wickelte und das Leben aushauchte.

In wenigen Sekunden könnte alles vorbei sein, Johan musste nur draufhalten.

Kann das falsch sein?, flüsterte Stefan an seinem Ohr, *wenns uns doch beiden so geht.* Der Geruch seiner Schulter, der Stoff seines Hemdes, die tröstende Kraft seiner Arme, die Brust in die Johan sein Gesicht drückte. *Ist gut ... ist gut.*

Johan trat auf die Bremse, der Wagen versuchte auszubrechen, drückte von hinten an, Johan krampfte die Hände ums Lenkrad, Reifen quietschten, dann tauchte auch schon die Kurve vor der Schnauze des

Autos auf. Rumpeln. Gras und Steine schlugen gegen den Unterboden. Der Wagen stand. Puh!

Fast eine Minute lang hockte Johan steif wie ein Brett da, die Fäuste ums Lenkrad geballt, wagte kaum zu atmen. Sein Herz schlug schnell und flach. Dann kam die Übelkeit. Mit zitternden Fingern nestelte er am Türgriff herum, bekam ihn in der Hektik kaum richtig zu fassen, dann kippte er aus dem Wagen, plumpste mit den Knien voran ins hohe Gras und würgte.

»Scheiße! Scheiße! Scheiße!« Mit der Faust packte er ein Büschel Halme und riss es aus dem feuchten Boden. Dann noch eine Hand voll, noch eine. »Scheiße«, krächzte er und begann zu heulen. Schluchzend drückte er sich ein Büschel Halme ins Gesicht und winselte immer wieder: »Scheiße. Scheiße. Scheiße.«

Plötzlich leuchteten Scheinwerfer auf. Kies knirschte. Eine Autotür knallte. Schritte.

»Ist alles okay?« Die Silhouette eines Mannes erschien neben Johan.

Rasch wischte sich Johan mit einem Ärmel übers Gesicht. »Ja, alles super.«

»Sicher?«

»Ja«, Johan fuchtelte mit einer Hand Richtung Feld. »Meine Freundin muss nur pinkeln.«

»Die Freundin ...« Der Mann blickte in den Wagen. »Und du kniest derweil im Acker und reibst dir Erde ins Gesicht.«

»Ich wills erschrecken«, behauptete Johan, rappelte sich auf die Beine und klopfte Staub von den Jeans.

»Ist vielleicht nicht so gescheit, den Dreck in die Wunden reinzuschmieren«, meinte der Mann.

»Ich bin eh Tetanus geimpft.«

Der Mann schüttelte den Kopf, winkte ab und stapfte zum Auto zurück. »Ihr Jungen werdets uns auch nicht retten.«

»Wiederschaun«, rief Johan.

»Ja, Wiederschaun«, grüßte der Mann beiläufig, setzte sich ins Auto und fuhr davon.

»Scheiße.« Johan trat gegen einen Stein und ließ sich auf den Fahrersitz plumpsen. Es wäre jetzt schön, sich an Stefan lehnen zu können. Es wäre schön, von ihm gehalten zu werden, von ihm ein *Ist gut* ins Ohr geflüstert zu bekommen. Es wäre schön, wenn er einfach nur da wäre. Es wäre schön, seine Haut zu berühren – nicht nur mit der Hand, mit dem ganzen Körper. Es wäre schön, in seinem Mund zu versinken.

Wie frei sich Johan mit ihm gefühlt hatte. Alles war so möglich erschienen, so normal, so natürlich, so verdammt richtig. Er hatte sich *ganz* gefühlt. Vielleicht das erste Mal überhaupt, dass er nicht darüber nachgedacht hatte, wie er wirkte, was man von ihm denken könnte, wer er war. Er hatte die Maske abgelegt, und die Rüstung, war nicht nur körperlich nackt gewesen, sondern auch seelisch. Bis ins Herz hatte Stefan Johan schauen dürfen, und sich nicht abgewandt. Im Gegenteil: Er hatte Johan das Gefühl gegeben, ein guter Mensch zu sein.

Ob er gerade hinter der Schank stand? Ob er auch an Johan dachte? Ob er ihm verzieh, wie es geendet hatte? Er verstand das gewiss. Ihm musste es doch genauso gehen.

Johan schaute auf die Uhr im Armaturenbrett. 22:37. Bis Mitternacht hatte der Seilerwirt bestimmt geöffnet. Ob er Stefan besuchen sollte? Er könnte ja nur kurz vorbeifahren, die erleuchteten Fenster anschauen und dann weiter überlegen. Spontan. Vielleicht setzte er sich an die Schank, trank ein Bier. *Nur als Gast.* Dann würde er schon sehen, wie Stefan reagierte. Vielleicht unterhielten sie sich ein wenig ...

In der Hose pochte es. *Wem lügst du was vor? Du willst es mit ihm treiben. Du willst dich in seinen Armen vergessen. Du willst Urlaub von deinen Zweifeln und deinem Selbsthass. Du willst, dass er dir wieder das Gefühl gibt, richtig zu sein, und wertvoll. Und du willst seinen Schwanz in dir spüren, weil dich die bloße Vorstellung, körperlich mit ihm verbunden zu sein, ganz verrückt macht – das geht gar nicht rein in deinen Schädel, dieses Metaphysische, dieses Niederknien vor der Natur, die so etwas möglich macht.*

Johans Herz begann schneller zu schlagen. Sein Bauch wurde warm. Ja. Er würde zu Stefan fahren. Jetzt. Sie würden sich wieder in den Armen liegen. Heute Nacht. Scheiß auf Morgen. Heute Nacht musste er die Liebe eines Mannes spüren, musste Stefan so nah sein, wie er nur konnte. Und was Morgen war ... das würde er morgen sehen. Johan wollte ja nicht gleich heiraten, er wollte nur ein wenig ... aufblühen.

Entschlossen schlug er die Autotür zu, startete den Wagen und legte den Rückwärtsgang ein, rollte bis auf die Straße und steuerte den Seilerwirt an. Mit einem Mal fühlte er sich beflügelt, leicht, regelrecht euphorisch. Die Vorfreude ließ ihn bis hinter beide Ohren grinsen, im Bauch flatterten Schmetterlinge und von den Schenkeln bis zum Nabel zog und ziepte die Erregung.

4| Öffnungszeiten

Johan fuhr um ein Haar am Seilerwirt vorbei, so dunkel war es dort. Kein Licht. Keine Autos am Parkplatz. Johan kontrollierte die Uhrzeit. 23:15. War es möglich, dass sie schon geschlossen hatten? An einem Samstag? Johan lenkte auf den Parkplatz und kämpfte gegen ein vages Gefühl von Enttäuschung an. Er versuchte sich zu beruhigen, indem er sich sagte, dass es ohnehin besser wäre, wenn Stefan keine Schicht mehr hätte, dann hätte er mehr Zeit für ihn.

Johan stieg aus und marschierte zur Eingangstür.

Öffnungszeiten:
Dienstag - Freitag 11:30-15:00 und 18:00-22:00
Samstag, Sonn- und Feiertage: 11:30 - 24:00
Montag Ruhetag.

Johan bildete mit den Händen eine Abschirmung gegen das Licht der Laterne und versuchte, durch das geriffelte Glas hindurch ins Lokal zu schauen. Kein Licht. Auch nicht aus der Küche. Er presste das Ohr an die Tür. Kein Geräusch. Nicht *ein* Mucks. Er machte ein paar Schritte zurück, blickte hoch zu den schwarzen Fenstern im ersten Stock – dort lag die Wohnung der Seilers.

Konnte es sein, dass sie schon schliefen? Um *diese* Zeit? Der Vater vielleicht, wenn er zu viel getrunken hatte. Aber Markus war siebzehn ... unwahrscheinlich, dass er jetzt schon schlief. Vielleicht war er mit Freunden unterwegs.

Stefan hatte letztens mehrmals betont, wie anstrengend der Sonntag wäre – lag er vielleicht deswegen schon in den Federn?

Jetzt verfluchte sich Johan dafür, dass er die vergangenen beiden Wochenenden das Sonntagsessen verweigert hatte. Aber er hatte Stefan nicht sehen wollen, noch viel weniger im Beisein der Eltern. Die bloße Vorstellung, wie er mit ihnen dort saß, Stefan im Blick, den Kopf voller erotischer Erinnerungen ... Außerdem war er fest davon überzeugt gewesen, Stefan nie wieder sehen zu wollen. Davon war er noch bis vor einer Stunde überzeugt gewesen und doch stand er da und war drauf und dran, vor Sehnsucht zu winseln wie ein Kojote bei Vollmond.

Johan suchte nach einer Glocke für die Wohnung, marschierte um das Gebäude herum, um einen eventuellen Privateingang zu suchen. Er fand zwar eine Tür, sie schien aber nur für Lieferanten zu sein. Trotzdem rüttelte er daran.

Schließlich klopfte er gegen die Eingangstür zum Lokal, zischte: »Stefan! Mach auf!«, als erwartete er, dass dieser drin im Dunkel auf ihn lauerte. Johan hämmerte fester gegen die Tür, rief lauter: »Stefan! Mach auf! Ich bins, der Johan. Lass uns reden!« Kein Mucks. Johan marschierte zum Lieferanteneingang, hämmerte auch dort gegen die Tür. »Stefan, bitte! Mach mir auf!«

Nichts.

Die Verzweiflung darüber, Stefan – auf den er sich gerade so gefreut hatte, auf den einzulassen er sich so mühsam durchgerungen hatte – heute Nacht nicht zu sehen, machte ihn ganz verrückt. Er hob ein paar Kieselsteine auf und warf sie gegen die Fenster im ersten Stock.

»Stefan! Jetzt mach auf! Ich *muss* mit dir reden!«

Keine Reaktion. Johan wurde allmählich sauer.

»Jetzt spiel nicht den Eingeschnappten!« Johan marschierte zu seinem Auto, griff durchs offene Fenster und drückte auf die Hupe. Einmal, zweimal, huuuuuuup.

In den Nachbarhäusern gingen Lichter an und Fenstern auf.

»Ruhe, da unten!«

»Was schreist denn so herum!«

»Schau, dass du weiterkommst! Siehst ja, dass geschlossen ist.«

Mist. Rasch sprang Johan ins Auto und raste davon. Ob ihn jemand erkannt hatte? Sein Herz hämmerte wie verrückt. Was hatte er sich bloß dabei gedacht? Was, wenn ihm jetzt einer ... wenn sie dahinterkamen ...

»Verflucht!«, knurrte Johan.

Noch schlimmer, als die Tatsache, dass ihn eventuell Stefans Nachbarn gesehen hatten, wog die Erkenntnis, dass er heute Nacht alleine bleiben würde. Diese ins Leere schießende Sehnsucht! Es fühlte sich an wie Verrat. Er war gedemütigt worden. Weil er zugelassen hatte, dass ... weil er seine Gefühle zugelassen hatte. *Stefan* hatte ihn gedemütigt, indem er nicht aufgemacht hatte. Er *musste* ihn gehört haben. Warum hatte er ihn im Regen stehen lassen?

Nur weil Johan das nach dem Sex gesagt hatte?

Das war doch kein Grund. Stefan gehörte zu *seinesgleichen.* Er *wusste* doch, wie das war. Er hatte einen Gleichgesinnten im Stich gelassen, völlig egal, ob sie miteinander geschlafen hatten oder nicht, das gehörte sich nicht. Wen hatten sie denn schon, außer einander? Da stellte man gefälligst persönliche Animositäten beiseite und stand einander bei!

Anrennen hatte er Johan lassen! Hatte sich vielleicht ins Fäustchen gelacht! Hatte ihn mit Genugtuung da draußen schreien und sich zum Deppen machen lassen!

So ein Arsch! Dabei hatte sich Johan so auf ihn gefreut, hatte sich für ihn geöffnet, hatte ihm sein wahres Gesicht gezeigt! In den Arsch hatte er ihn ficken dürfen, und dann ließ er Johan vor der Tür verrecken!

Johan wurde heiß. Vor Scham wurde er ganz taub, ganz wächsern. Was für eine Blamage. Und das nach *diesem* Abend. *Die Freundin ist im Feld pinkeln!* Geil. *Das* war Johans Leben. Lügen und Demütigungen. Und das erotischste Ereignis der Woche war, sich von vier Muskelprotzen verprügeln zu lassen. *Mimimi, du weißt, was man über stark Homophobe sagt, mimimi, Thomas hat gesagt, du bist Jungfrau, mimimi ...*

»Schlampe! Blöde Schnepfe!« Johan rüttelte am Lenkrad. Was, wenn sie es herumerzählte, wenn sie jetzt gerade alle im *Dominic* bei Cocktails beisammenhockten und darüber spekulierten, ob Johan schwul war? Wem hatte Thomas *noch* erzählt, dass er Jungfrau war? Woher wusste Thomas überhaupt davon? Nur weil Johan in seiner Gegenwart noch nie eine abgeschleppt hatte? Er könnte es ja mit einer Arbeitskollegin getrieben haben, oder in der Schule mit einer. Was ging ihn das überhaupt an? Nur, weil Johan nicht herumprotzte? Das hatte er noch nie nötig gehabt. Mit seinem demonstrativen Frauenhass schlug er sich hervorragend durch. Da erwartete keiner, dass er sich weibertechnisch hervortat, und sie fanden lustig, wenn er sie demütigte, *verdient* demütigte, diese Wesen, die nicht wussten, was sie wollten. Sie demütigten sich ja schon selbst durch ihre eigene Existenz.

Die Jungs fanden seine Sprüche lustig, vor allem jene, die gerade an Liebeskummer litten, die frisch getrennt waren, die von ihren nervigen Freundinnen geplagt wurden – und war nicht jeder Kerl geplagt, wenn er eine Frau hatte? Man brauchte sich ja nur Thomas anzuschauen. Schon stand er unter Sabrinas Fuchtel und ließ sich gegen Johan aufhetzen! So waren sie, die Weiber. Falsch bis obenhin. Kein Wunder, dass Johan schwul war. Er hatte das beileibe bessere Übel gewählt.

Hrmpf. *Gar nichts* hatte er gewählt. Er hatte das nicht entschieden. Und war Stefan etwa besser? Der jetzt wusste, dass Johan ihn mehr begehrte als umgekehrt?

Johan drehte das Radio auf.

I'm a man, you're a man, let me kiss you, take my hand, don't be shy, don't be feared, love is love, that's not weird …

Johan grapschte zum Lautstärkeregler, um –

5 | Scheißkraxn

Etwas kitzelte Johans Nase. Er schnaubte. Es roch nach saftiger Wiese. Es war unerträglich heiß, Johans Gesicht verglühte regelrecht. Er öffnete die Augen und presste sie sofort wieder zu. Da war nur Weiß. Grelles, schmerzhaftes Weiß. In der Nähe zwitscherten Vögel. Ein paar Fliegen summten hektisch herum, setzten sich immer wieder auf sein Gesicht und drückten ihm ihre kleinen, kühlen Stempel auf die Haut.

»Gehts weg, ihr Scheißviecher«, krächzte Johan, und fuchtelte mit der Hand. »Au!« Sein Arm fühlte sich tonnenschwer an, das Schlüsselbein schmerzte, *alles* schmerzte. Johan versuchte sich zu bewegen, aber er rührte sich nicht von der Stelle. Diese Hitze, diese unerträgliche Hitze. Und dieses scheißnervöse Summen der Fliegen.

Wieder kitzelte etwas Johans Nase. Er schüttelte den Kopf – oder versuchte es. Der Nacken war verspannt, der Kopf wog so schwer wie ein Planet. »Ahhh«, jammerte er, hob die bleierne Hand und tippte sich ins Gesicht. Glitschige Krusten. Die Augen abgeschirmt blinzelte Johan. Er hockte im Auto. Angeschnallt. Durch das Seitenfenster drückte Gras. Das Feld vor ihm stand hochkant, wie eine Wand zu seiner Linken. Die Vögel flogen aufwärts oder abwärts. Der Körper war so schwer, so steif.

Allmählich gewöhnten sich die Augen an die Helligkeit. Die Sonne stand hoch am Himmel. Mittag. Es musste Mittag sein.

Johan legte die Handfläche aufs Gras im Fenster. Erst nur, um die kühlen, feuchten Halme zu spüren, dann, um sich hochzustemmen. Der Gurt hielt ihn fest. Schwerfällig tastete er an der Schnalle herum, und als sie endlich aufsprang, plumpste er auf die Autotür. »Aaaau!« Die Fensterkurbel rammte sich in seine Hüfte.

Eine Minute lang blieb Johan keuchend liegen, dann schielte er hoch zur Beifahrertür. Umständlich wand er sich herum, setzte sich auf. Die Schultern schmerzten, als er überkopf versuchte, die Tür zu öffnen. Aber sie klappte immer wieder zu, kaum hatte er sie einen Spalt breit geöffnet.

»Raaaaaa!« Erschöpft ließ Johan die Arme fallen. Schnaufte. Wartete, bis das Brennen in Schultern und Armen nachließ. Dann streckte er sich wieder und kurbelte das Beifahrerfenster runter. »Scheiß Kraxn!«, fluchte er. Billig war sie gewesen, immerhin. Aber keine elektrischen Fensterheber, und wie es aussah, hatte der Airbag, den er vorschriftsmäßig hatte einbauen lassen müssen, den Unfall auch verschlafen. Mehrmals musste Johan pausieren, bis er das Fenster endlich geöffnet hatte. Überkopf kurbeln, wenn einem jeder Muskel schmerzte, war eine echte Herausforderung.

Dann der nächste Kraftakt. Johan sammelte sich, hielt sich am Türrahmen fest, stemmte sich mit den Beinen gegen das Gras, und zog sich aus dem Wagen. Auf der Beifahrertür blieb er hocken und schaute sich um. Rings um ihn Feld. Die Straße machte ein paar Meter weiter und einen guten Meter höher eine Kurve. Sein Auto lag in einer Mulde, von ein paar Halmen gerade so versteckt, dass man es von der Straße aus nicht sehen konnte. Zumindest, wenn man nicht extra darauf achtete.

Johan warf einen Blick auf den Wagen unter sich. Er musste kein Automechaniker sein, um einen Totalschaden festzustellen. *Irgendwann zerlegst dich mit der Kiste*, hatte Opa immer gewarnt. Nun. *Die Kiste* war zerlegt, aber Johan ... Er blickte an sich runter. Bewegte nacheinander bewusst Zehen, Füße, Knie, Schultern, Ellenbogen. Die Finger waren dran, er konnte sich hin und her drehen, auch den Kopf. Ihm tat zwar jeder Muskel und jede Sehne weh, und im Gesicht dürfte er ein paar Kratzer abbekommen haben, neben den Platzwunden von der Rauferei, aber ansonsten schien er unversehrt davongekommen zu sein. Ein echtes Wunder, besah er sich den zerknautschten Blechhaufen.

Die Luft streichelte angenehm kühl über seinen verschwitzten Körper, und ehe sich Johan entscheiden wollte, was er als Nächstes zu tun gedachte, genoss er den Frieden der sonntäglichen Stille. In der Ferne begannen Glocken zu läuten. Johan zupfte sein Handy aus der Gesäßtasche. Auch das war unversehrt geblieben. Punkt zwölf Uhr. Er seufzte, betrachtete die Berge, den Schatten des dichten Waldes, der versuchte, an ihnen hochzuklettern. Eigentlich war das ein richtig schönes Fleckchen Erde hier. Vielleicht blieb er für immer auf dem Wrack sitzen. Keine Menschen. Keine Ansprüche. Keine Erwartungen. Keine Masken.

Aber irgendwann meldete sich der Magen. Außerdem war Johans Kehle staubtrocken. Er musste duschen, oder besser ein Bad nehmen. Und er brauchte ein Bett. Zwar musste er fast zwölf Stunden weggetreten gewesen sein, aber erholt fühlte er sich nicht.

Johan tippte eine Kurzwahl und drückte das Telefon ans Ohr.

»Papa? Ich hab einen Unfall gebaut.«

6| Suppenprobleme

Johan wartete an der Bushaltestelle. Ein paar Windböen wehten Regentropfen unter das Dach. Er zupfte die Kapuze tiefer ins Gesicht und grub die Hände in die Taschen des Sweaters. Seit fünfundvierzig Minuten saß er nun schon hier und mittlerweile war er bis auf die Knochen durchgefroren.

Der tiefe Fall des Discokönigs.

Es war Mittwochabend. Johans Auto diente dem Schrotthändler als Organspender, sein Körper war mehr blau als weiß, das Gesicht voller Schrammen, und es fand sich niemand, aber auch wirklich niemand, der ihn von der Arbeit heimführen wollte. Alle waren verhindert. Entweder selbst noch in der Arbeit oder in der Schule oder daheim unabkömmlich.

Der Unfall hatte sich rasch herumgesprochen, ebenso die Schlägerei. Und *natürlich* ging jeder davon aus, dass Johan in den Graben gerauscht war, weil er stockbesoffen gewesen war. Das stimmte zwar nicht – zugegeben, er war auch nicht vollkommen nüchtern gewesen –, aber es hätte an jedem anderen Samstagabend zutreffen können. Obwohl es beileibe nicht seine erste Schlägerei gewesen war, und er definitiv nicht der Erste, der sich mit dem Auto in den Graben gelegt hatte, um dort seinen Rausch auszuschlafen, hatten viele Eltern plötzlich Vorbehalte gegen Johan.

Vermutlich keine neue Entwicklung, nur nutzten sie jetzt die Gelegenheit, ihre Abneigung nicht mehr zu verbergen. Sie verbaten ihren Kindern, soweit möglich, Johan zu helfen. Das war wahrscheinlich eine Art kollektive Erziehungsmaßnahme. Würde Johan nicht wundern, wenn seine Eltern das in die Wege geleitet hätten.

So froh sie zunächst gewesen waren, dass ihm nichts passiert war, so hemmungslos hatten sie nach dem ersten Schock all die Bedenken ob seines Lebenswandels herausgebrüllt, die sich offenbar in den letzten Monaten aufgestaut hatten. Die Discotouren, besoffen mit dem Auto fahren, erst in der Früh heimkommen, sich mit allem prügeln, was sich ihm in den Weg stellte. Eine Schande wäre er, schämen täten sie sich seinetwegen. Wie ein Halbaffe benähme er sich, wenn er mit seinen Leuten unterwegs war. Es täte ihm gut, jetzt mal eine Weile kein Auto zu haben und mit dem Bus fahren zu müssen, da hätte er vielleicht Zeit, über sein Verhalten nachzudenken.

Hatte Johan sie erst reden lassen, blabla, diese Leier kannte er schon, er hatte sie hundertmal gehört, bekam sie ein anderes Gewicht, als er realisierte, dass er danach nicht losziehen und mit seinen Kumpels über die Alten ablästern konnte. *Keine Zeit. Was anderes vor. Muss morgen früh raus.* Sogar Thomas hatte nach dem Vorfall vor dem *Sono* erst einmal genug von Johan. Außerdem hätte Sabrina gesagt, mimimi ...

Alles hatte mit diesem blöden Karaokeabend begonnen. Hätte sich Johan bloß nie darauf eingelassen. Es gab nur einen, der Schuld daran war, dass alles den Bach runterging und er nun alleine im Regen hocken durfte und sich den Arsch abfrieren, weil in dieser Scheißgegend nur alle zwei Stunden ein Bus fuhr: Stefan.

Theoretisch hätte Johan auch zu Fuß heimlatschen können, aber erstens schüttete es in Strömen, und zweitens tat ihm noch immer jede Faser seines Körpers weh. Hätte er nicht seine Mutter und ihre Vorwürfe ertragen müssen, wäre er sogar in Krankenstand gegangen, ans Herz gelegt hatte ihm das der Arzt. Aber nein danke. Johan brauchte die Ablenkung in der Arbeit und auch, wenn die Holzbalken diese Woche das zehnfache als sonst wogen, waren die paar Stunden dort seine heile Welt. Wenigstens in der Arbeit war alles wie gehabt, lief alles seinen gewohnten Gang. Ein roter Faden durch den Alltag, an dem sich Johan entlanghangeln konnte.

Gelegentlich rauschte ein Auto vorbei, dessen Fahrer ihn blöd anglotzte. Offenbar sah man nicht oft jemanden gegen Abend an einer Bushaltestelle warten. Auf die Idee, ihn mitzunehmen, kam keiner. Lust, Auto zu stoppen, hatte Johan aber auch nicht. Am Ende müsste er sich noch über den Unfall und die Schlägerei ausfragen lassen, sich Tadel und Vorwürfe anhören, und sich diese eine Frage stellen lassen, die auch die Eltern immer wieder gestellt hatten: Was ist nur los mit dir in letzter Zeit? Dann würden wieder Szenen jener Nacht aufblitzen, ihm verräterisch die Farbe ins Gesicht trieben, und er könnte nur schweigen, schlucken und mit den Schultern zucken wie ein Idiot. *Weiß nicht.*

Ein weißer Wagen brauste heran, die Reifen schmatzten auf dem nassen Asphalt, der Fahrer glotzte heraus ... ein blonder Kerl ... Johans Herz machte einen Hüpfer ...

Die Reifen blockierten, schleiften ein paar Meter über die Straße, dann knarzte Kies und der Wagen kam zum Stehen. Johan wagte kaum zu atmen. Das konnte nicht sein. Nicht jetzt. Nicht heute.

Doch er war es. Ungewohnt, in Jeans und Regenjacke, stapfte Stefan auf ihn zu. Johan sprang hoch, trat von einem aufs andere Bein. Sein Herz hämmerte wie bescheuert gegen den Brustkorb, der Bauch kitzelte. Er wusste nicht, wohin schauen, nicht, was tun. Am liebsten wollte er loslaufen. Fluchtreflex.

»Johan!«, sagte Stefan und im nächsten Moment prallte er gegen Johans Brust, schlang die Arme um ihn, quetschte ihn. Er roch nach Regen und Gummi und dem Geschmack seiner Zunge. Er roch fremd. Johan presste die Lippen auf das kalte, nasse Material der Regenjacke, schloss die Augen und zupfte scheu an Stefans Gesäßtasche herum. Erst nach und nach kam der Mut, und er schob die Hände höher, unter die Jacke, drückte sie gegen Stefans unteren Rücken, an die Stelle, an der sonst die Schürze verknotet war. Das war es! Stefan roch nicht nach Schank. Kein Biergeruch, kein Spülmittelgeruch, kein Küchengeruch.

»Ich hab von deinem Unfall gehört«, nuschelte Stefan an Johans Hals und – konnte das sein? – küsste ihn dort? In aller Öffentlichkeit? Doch! Ja! Er drückte ihm die Lippen auf den Hals, warm und weich. Sein Atem schickte Gänsehaut über Johans Rücken. »Mir ist das Herz stehen geblieben. Ich hab gedacht, jetzt hats dich erwischt und ...«, Stefan pustete unter Johans Ohr. »Ich hab geglaubt, ich seh dich nie wieder.«

»Stefan – nicht hier! Lass mich los!«

»Gottseidank ist dir nix passiert«, flüsterte Stefan und löste die Umarmung, um die Hände auf Johans Wangen zu legen. »Wie du ausschaust! Johan! Scheiße.« Er schob die Finger in Johans Nacken und schnappte nach seinen Lippen.

Johan keuchte überrascht, überwältigt. Wie wunderbar Stefan schmeckte. Viel besser, als er in Erinnerung hatte, viel direkter, viel ... er war *alles*. Diese weichen Lippen! Diese zärtliche Art, wie Stefan erst die Ober-, dann die Unterlippe umschloss und schließlich den Mund öffnete, um mit der Zunge, dieser herrlichen feuchten Zunge, suchend in Johans Mund zu gleiten.

Johan ließ geschehen. Er sperrte den Kiefer auf, schloss die Augen und verlor sich im Spiel eines verzweifelt innigen Kusses.

Von der Ferne näherte sich ein Auto.

Rasch stieß Johan Stefan von sich, machte einen Schritt von ihm weg, wandte ihm den Rücken zu, zupfte seine Kapuze tiefer ins Gesicht, wischte sich über den Mund und stopfte betont cool die Hände in die Taschen des Sweaters.

Das Auto brauste herbei, der Fahrer glotzte heraus, das Auto verschwand in der Ferne.

Johan drehte sich um. Stefan stand mit hängenden Armen da und blickte ihn ganz wund an.

»Was willst hier?«, fragte Johan.

»Na, was werd ich wollen, Johan. *Dich* will ich.«

»Das kannst dir abschminken. So einer bin ich nicht.«

»Was für einer?«

»Du weißt genau, was ich mein.«

Stefan zeigte Johan die Handflächen. »Komm schon, *mich* brauchst doch nicht anlügen. Ich erzähl schon nix weiter. Mir gehts doch auch ... komisch, seitdem.«

»Mir gehts nicht *komisch*«, fauchte Johan. »*Scheiße* gehts mir. Ich wollt das nicht, was wir ... Das war nicht *ich,* verstehst? Ich war betrunken und vielleicht hast mir sogar was ins Bier reingetan. *So was* tu ich nämlich nicht, kapiert? Das war eine einmalige Sache. Das war ein großer Fehler.« Johans Stimme brach. Er räusperte sich. »Ich will nix von dir und ich wünsch mir, das wär alles nie passiert.«

»Wieso sagst das?«

»Was heißt: *Wieso sagst das?* Ich sags, weils so *ist.*«

»Ist das so«, sagte Stefan traurig.

»Darauf kannst einen lassen.«

»Okay.« Stefan drehte sich weg, blickte über die Felder, wischte sich etwas aus dem Gesicht.

Johans Magen drehte sich um. *Nicht heulen, Stefan, wenn du heulst, dann ...*

»Interessierts dich, was *ich* dazu zu sagen hab?«, fragte Stefan.

»Nein!«, platzt Johan heraus, dann seufzte er. »Sag.«

»Interessierts dich, oder nicht? Ich brauch das nicht, dass du mir nur gnadenhalber zuhörst.«

Johan schnaubte, schlug mit der Faust gegen eine Säule des Wartehäuschens, verdrehte die Augen. »Na sag schon. Ich wills wissen.«

»Okay.« Stefan seufzte, blickte sich nach der Bank um, setzte sich und schob die gefalteten Hände zwischen die Schenkel. »Ich hab mich lang geziert dagegen, dass ich ... so bin. Ich wollt das nicht.« Er warf Johan einen scheuen Blick zu. »Du kennst das ja, du bist immer noch drin in der Phase. Aber ... ich kanns nicht länger unterdrücken. Ich *wills* nicht länger unterdrücken, verstehst?« Stefan griff sich an die Brust.

»Das muss raus ... ich erstick. Ich kann das nicht aushalten, die ganze Zeit die anderen Leut sehn, die alle sein dürfen, wie sie sind. Ich mein ... von der Schank aus hab ich einen guten Blick und ... *alles* dreht sich nur darum. Leut kommen zusammen, Leut werden zusammen alt. Sie verlieben sich, verloben sich, heiraten, sie bleiben zusammen, Silberhochzeit und so weiter. So alt könnens nicht werden, als dass ihnen die Liebe nicht wichtig wär, auch wenns irgendwann nur noch gute Freunde sind. Aber das ist eine Freundschaft mit Basis, verstehst? Das ist Zusammenhalt, Kämpfe, die man nur mit Liebe so durchhält, das ist eine ganz eigene Kraft ... und ...« Stefan blickte Johan mit geröteten Augen an. »Ich will das auch, Johan. Aber ich kann das mit einer Frau nicht. Ich habs versucht. Ich krieg keinen hoch. Mir grausts. Ich hab mir gesagt, das ist vielleicht nur oberflächlich. Wenn man sich kennt und liebt, dann ist das wurscht, was da unten ... herumbaumelt, oder ob man Titten hat. Aber ich kann mich nicht verlieben, egal wie sehr ich will ... und du kannst mir glauben, ich hab wollen, und wie ich wollen hab. Ich hab Affirmationen gemacht, mit Notizzettel am Spiegel und Fotos und alles ...« Stefan seufzte und schaute auf seine Schuhspitzen. »Bei dir hab ich das alles nicht gebraucht. Bei dir wars das ganze Gegenteil. Das war so leicht, mich in dich zu verknallen und ich habs mir versucht, auszureden. Ich hab ja nicht gewusst, dass du auch ...« Stefan blickte wieder hoch zu Johan. »Aber so wenig, wie das gegangen ist, mich in ein Mädel zu verlieben, so wenig ist das gegangen, mir dich auszureden.«

Johan lehnte sich unauffällig mit dem Rücken gegen das Glas des Wartehäuschens. Seine Knie zitterten und er sagte im Geiste Zahlen auf, damit er Abstand von dem nehmen konnte, was Stefan sagte, damit es ihm gelang, das Ohr leiserzudrehen, die Tür zum Herzen geschlossen zu halten. Aber Stefan rammte und rammte die Schulter dagegen, das Holz splitterte.

»Ich hätt *nie* gedacht, dass wir ... dass du ... Noch zwei Sekunden vorher hätt ich nicht gedacht, dass was passieren könnt, zwischen uns. Johan, es ist viel Scheiße passiert, seitdem, verdammt viel Scheiße, das ganze Leben bricht auseinander, die Familie ... alles, aber was mich aufrecht hält, was mich nicht verzagen lässt, und was mich lächeln lässt, egal wie schlechts mir gerade geht – das bist du. Ich kann das, was wir zusammen gemacht haben, nicht einfach wegschieben, ich *will* es nicht ... das ist mir zu wichtig. Ich hab mich mein Leben lang zurückgehalten, hab mich geduckt, die Zukunft war wie ein schwerer Bleideckel, der alles runtergedrückt hat, der mir den Blick versperrt hat, aber jetzt ... das ist der Anfang, Johan. Ich will, dass das ein Anfang ist. Ich will all das haben, was die anderen auch haben. Ich will mir auch den Schädel zerbrechen, welche Suppe ich essen soll, weil ich mir über des Allerwichtigste keine Gedanken mehr machen muss, weil *er* neben mir hockt, weil *du* ...« Stefan ließ den Kopf hängen. »Ich sehs an deinem Blick ... du brauchst gar nix sagen.«

»Stefan, ich ...« Johans Stimme brach, ein kläglicher Laut, wie Schluckauf, drang aus seiner Kehle. »... ich kann nicht ...« Rasch wandte er sich ab, stakste in den Regen hinaus. Die Kälte war genau das, was er jetzt brauchte. Ihm war, als verdampften die Tropfen, ehe sie sein Gesicht benetzten, ehe sie die heißen Tropfen aus seinen Augen wegspülen konnten. Das nasse Gras schlug gegen seine Schenkel, tränkte seine Hose, machte sie schwer. Die Schuhe sogen sich voll, schmatzten im weichen Erdreich. Johan marschierte schneller, immer schneller, begann zu laufen, zu sprinten, rannte, als wäre der Teufel hinter ihm her, bis er auf einen glitschigen Stein trat, ausrutschte und ins klatschnasse Gras fiel.

Er schürfte sich die Handballen auf, schlug mit einer Faust ein paar Mal in den Schlamm. »Raaaa!«, schrie er, bis eine Wut hochkroch und das Verletzliche, das Traurige und Weiche wegdrängte.

Schnaufend setzte er sich auf und blickte zur Bushaltestelle. Stefan war weg. Sein Auto war weg.

»Scheiße«, sagte Johan, und erst jetzt, wo er nicht Gefahr lief, gesehen zu werden, schluchzte er los.

7 | Kein Zutritt

Der Geruch frisch geschnittenen Holzes hing in der Luft. Eine Säge heulte auf. Johan lehnte am Kundenschalter und notierte auf einem Auftragszettel Maßangaben.

»Johan, kommst dann ins Büro, wennst fertig bist?«, rief Kainz, der Chef.

»Klar!«

»Wann kann ich vorbeikommen und das abholen?«, fragte der Kunde.

»Gleich morgen Früh um neun, wenns wollen«, sagte Johan.

»Passt.« Der Kunde verabschiedete sich und schlenderte davon.

Johan legte den Zettel feinsäuberlich ins Auftragsfach und rief seinem Kollegen zu: »Du, Ferdl, ich bin kurz beim Chef!«

»Jaja«, winkte Ferdl ab und wandte sich wieder seiner Arbeit zu.

Geschäftig steuerte Johan das Büro des Chefs an und riss die Tür auf. »Sie wollten ...«

Wums.

Johans Herz polterte gegen den Brustkorb, sein Kiefer klappte runter. »Stefan?«

Stefan fuhr herum und schnappte ebenfalls überrascht nach Luft.

»Was machst du da?«, krächzte Johan und bemerkte das Namensschild auf Stefans Brust. *Seiler Stefan.* Er trug Firmenkluft.

»Ah, ihr kennts euch schon«, sagte der Chef erfreut. »Na umso besser. Johan, der Stefan fängt ab sofort bei uns an. Ich will, dass du ihn gründlich herumführst, ihm alles zeigst, erklärst, wie das so läuft bei uns. Dem Ferdl hab ich schon bescheid gesagt, dass du diese Woche nicht im Zuschnitt bist. Fangts am besten bei den Fliesen an, der Martin ist schon unterrichtet, dass ihr kommts. Vielleicht zeigst dem Stefan heut auch noch Sanitär und Lampen, wenn sichs ausgeht. Morgen seids dann Gartenabteilung, Zoo, Haushalt, sagst vielleicht nachher noch der Barbara, dass ihr sie morgen belästigts. So gehts die ganze Woche Abteilung für Abteilung durch ... bis hin zum Lager. Am Montag wird der Stefan dann an der Kassa anfangen ...« Der Chef schenkte Stefan ein Lächeln. »... mit der Rechnerei kennt er sich ja vom Wirtshaus aus. Aber er soll trotzdem über alles gut bescheid wissen, die Kunden verwechseln ja dauernd die Kassa mit der Information.«

Johan öffnete den Mund, um zu protestieren, schloss ihn jedoch wieder, schluckte schwer und starrte Stefan geistlos an.

»Also, Stefan ...«, entschlossen streckte ihm der Chef die Hand hin. »Willkommen in unserer Truppe. Hoffen wir, es gefällt dir bei uns.«

Stefan straffte die Schultern, warf Johan einen kurzen Blick zu und nickte. »Sicher.«

»Gut, gut.« Der Chef musterte Johan und Stefan kurz, dann wandte er sich ab, marschierte um seinen Schreibtisch herum und setzte sich. »Na, los, los, Johan, worauf wartest? Walte deines Amtes. Und mach bitte die Tür zu, wenns draußen seids.«

Mit großen Schritten stakste Johan durch den gesamten Baumarkt, so schnell, dass ihm Stefan kaum folgen konnte. In seinem Hirn befand sich nichts. Leere. Der Zusammenprall zwischen seiner Insel, seinem Rückzugsort, der derzeit einzigen Oase im Wüstensturm seines Lebens, und Stefan, der Folterkammer seines Herzens, vor der er doch *gerade* in die Arbeit flüchtete, zerfetzte die letzten Fragmente seines ohnehin ziemlich ausgedünnten Selbst.

Ihm fiel nicht ein Wort ein, das er sagen konnte, nicht ein Gedanke, den er zu dieser Entwicklung denken sollte. Also marschierte er so schnell durch die Abteilungen, dass ihm der Gegenwind seines eigenen Schreitens übers Gesicht streifte, und riss alle paar Schritte eine Hand zur Seite. »Schrauben. Farbe. Sanitär. Lampen ...« Im Prinzip all das, was ohnehin auf den riesigen Schildern stand, die von der Decke hingen. Und als er das Ende des Marktes erreicht hatte, machte er auf den Fersen kehrt und eilte zurück, zeigte in die Regalreihen auf der anderen Seite. »Werkzeug. Haushalt. Sesselleisten. Alarmanlagen ...«

Ohne anzuhalten, rannte Johan durchs Lager, schnauzte »Lager«, und riss eine schwere Metalltür auf, auf der ein Schild mit der Aufschrift *Für Kunden kein Zutritt* hing.

Geräte summten und blinkten, Rohre dröhnten. Das war das technische Herz des Baumarktes. Klimaanlage, Heizung, Strom ...

Johan knallte die Tür zu, marschierte auf und ab, holte Luft, aber er hatte keine Worte, die Fassungslosigkeit ... die ersten Gedanken rollten nur mühsam herbei, brachen hart aus seiner Kehle.

»Was machst du hier! Rennst mir nach?«

Stefan wirkte ein wenig verloren. »Ich hab nicht gewusst, dass du hier arbeitest.«

»Das kannst wem anderen erzählen. Weiß doch *jeder*, dass ich da bin.«

»*Ich* habs *nicht* gewusst. Glaubst, sonst wär ich da?«, meinte Stefan leise.

»Das ist *mein* Reich hier, *mein Reich*. Du hast hier nix verloren. Ich kann nicht mit jemandem arbeiten, der mich ... Nein! Aus! Das geht nicht.«

»Ich weiß nicht, was du meinst«, sagte Stefan nüchtern. »Es ist ja nix vorgefallen. Hast selbst gesagt.«

»Das ... das ...«, Johan schnappte nach Luft. »Fang jetzt nicht *so* an!«

»*Wer* hat denn *so* angefangen, ha?«, meinte Stefan dumpf.

»Was willst überhaupt hier? Musst nicht hinter der Schank stehen?«

Stefan senkte den Blick. »Das ist vorbei.«

»Was heißt das: *vorbei?*«

»Na, dass es vorbei ist.« Stefan zuckte mit den Schultern. »Sie haben uns rausgeschmissen. Der Markus ist zu seiner Mama in die Stadt, und der Papa ist untergetaucht, von dem hab ich seit zwei Wochen nix mehr gehört.«

Johan schluckte. »Das hab ich nicht gewusst.«

»Ja ... gibt ja auch nur dich in deiner Welt«, murmelte Stefan.

»So ist das auch wieder nicht.«

Stefan bemühte ein schiefes Lächeln. »Stimmt. Disco und Cola-Rum hast auch noch.«

»Pfff«, Johan rollte mit den Augen. »Nicht mehr, seit das Auto weg ist.«

»Also doch allein«, folgerte Stefan.

Johan atmete rascher. Er zuckte mit den Schultern, strich mit einem Finger über ein verstaubtes Gerät. »Vielleicht. Vielleicht auch nicht.«

»Ich brauch den Job«, sagte Stefan. »Es ist nicht so leicht, schnell an was zu kommen, bei der Konjunktur ... und weil der Kainz immer bei uns Essen war ... Er hat mir die Stelle angeboten und da hab ich natürlich sofort zugesagt. Wenn ich gewusst hätt, dass du da arbeitest ...«

»Das heißt, du lebst nimmer daheim?«, fragte Johan, der geistig in einer ganz anderen Situation steckte. »Ich mein – über dem Wirtshaus?«

»Längst nimmer. Da haben wir auch raus müssen. Das ganze Haus gehört der Bank – beziehungsweise den neuen Eigentümern.«

»Vor zwei Wochen?« ... *als ich den Unfall hatte?*

»Vier Wochen schon fast«, sagte Stefan.

Oh.

Oh.

Oh. Johan hielt sich an einem der Rohre fest. »Das hab ich nicht gewusst. Ich hab gedacht ...« ... *dass du mich abblitzen lässt.* »Wo wohnst denn jetzt?«

»Kramersiedlung. Die Genossenschaftswohnungen. Die Mama vom Markus hat mir den Beitrag ausgelegt, aber ich möcht ihr das so schnell wie möglich zurückzahlen. Na, ja, und Miete fällt natürlich auch an ...«

Genossenschaftswohnung. Kramersiedlung. Dorthin, wohin sie alle verschwanden, die einst coolen Jungs, und für ihre Freundinnen Wohnzimmerschränke aufbauten.

»Und ...? Ist es ...?«

»Geht. Eng ists halt ein bisserl, aber eigentlich wollt ich eh schon länger von daheim weg. Also ist die ganze Tragödie auch ein Befreiungsschlag für mich, wenn man so will. Wenn das mit dem Papa nur nicht wär. Das macht mir Sorgen.«

»Mh«, machte Johan betroffen. »Weil du immer *die Mama vom Markus* sagst ... ist sie nicht ...«

»Nein. Deswegen haben die sich damals scheiden lassen. Der Papa hat eine Affäre gehabt, mit meiner Mutter – und da bin ich entstanden. Also – *eigentlich* war er mit ihr schon vor der Hochzeit zusammen, war seine *eigentliche* Liebe, aber die hat er nicht haben können, weil die Eltern dagegen waren.«

»Oh ... Und ... sie ist ...«

»Ja ... das ...« Stefan blickte seufzend zur Wand. »Die hat sich um den Baum gewickelt ... du weißt schon, da wo es alle früher oder später erwischt. Angeblich ein Unfall, aber der Papa meint, das war Absicht, weil ...« Stefan schluckte. »Weils mit mir schwanger war. So hats mich wegmachen wolln ...«

Johan wurde eiskalt.

»Sie habens noch so lang am Leben erhalten, bis sie mich rausholen haben können ...« Stefan grinste schief. »Der Papa hat keine zwei Sekunden lang überlegt ... hat mich zu sich geholt. Aber für seine Ehe war das freilich das Aus. Sie habens zwar mit einem eigenen Kind noch zu retten versucht – so ist der Markus gekommen – aber im Prinzip wars vorbei, wie er mich zu sich geholt und seine Frau vor vollendete Tatsachen gestellt hat. Sie ist dann in die Stadt gezogen und der Papa ist mit uns zwei allein dagestanden. Aber er hat das super gemacht. Er sagt, ich schau meiner Mutter ...«

Johan machte einen Schritt auf Stefan zu und schlang die Arme um ihn, drückte ihn, drückte ihn so fest er konnte. *Ein Kind der Liebe*, dachte er. *Ein Kind der Liebe.* Er schnaubte in Stefans Schulter, seine Wimpern klebten und er krallte die Finger ins Shirt.

Zaghaft legte ihm Stefan die Hände auf den Rücken. »Es ist okay«, sagte er leise. »Das ist lang her. Und *ich* hab von dem allen ja eh nix mitgekriegt.«

»Ich hab kein Problem damit, dass du da arbeitest«, nuschelte Johan an Stefans Schulter. »Wir kriegen das hin. Ich mein – wennst an der Kassa stehst und ich beim Zuschnitt – da laufen wir uns praktisch eh nie übern Weg.«

Stefan wand sich aus der Umarmung. »Ich such mir was anderes. Ich bleib nur, bis ich was gefunden hab. Dann bin ich weg. Dann hast endlich deine Ruh von mir.«

Johan schluckte. Sein Brustkorb krampfte sich zusammen. »Okay. Deal!« Er streckte die Hand aus.

Stefan schaute sie an, schüttelte den Kopf und zeigte zur Tür. »Solltest mir nicht die Fliesen zeigen, oder so was?«

»Ja, natürlich …«, sagte Johan flink, drängte sich an Stefan vorbei und verließ die Kammer.

8 | Aufriss

Die Discokugel drehte sich langsam und glitzerte in den buntesten Farben. Unten im Erdgeschoss brodelten dutzende Leiber zu eingängigen Rhythmen. Johan saß eine Etage höher, eine Art Loge, wie im Theater, die sich um das ganze Lokal wand, und von der aus man auf die Tanzfläche hinunterschauen konnte.

Zu einem Spottpreis hatte sich Johan ein Kleinmotorrad zugelegt, um die Zeit zu überbrücken, bis er sich einen Wagen leisten konnte. Das hieß allerdings auch, dass er sparen musste – nicht den gesamten Lohn in der Disco verprassen. Brav hockte er bei einem – seinem ersten – Bier und beobachtete das Treiben. Irgendwie hatte das alles etwas Bizarres, wenn man nüchtern war und dem Geschehen nicht an der Bar den Rücken zuwandte.

Thomas und Sabrina wackelten herbei, Hand in Hand, keuchend und verschwitzt vom Tanzen, und ließen sich Johan gegenüber auf die Bank plumpsen.

»Pause«, ächzte Thomas.

Sabrina fächelte sich mit dem Saum ihres Shirts Luft auf den Bauch und blies sich eine Strähne aus der Stirn. »Erst mal was trinken.«

Das war eine Aufforderung. Das hieß, Johan sollte sie beide einladen.

»Was wollt ihr denn?«, fragte er.

»Pina Colada und eine Cola«, sagte Sabine.

»Ein Bier«, sagte Thomas.

Johan winkte den Kellner herbei. »Zwei Bier, eine Cola, eine Pina Colada.«

»Kommt sofort.«

Fünf Minuten später zahlte Johan stolze dreißig Euro. Über die Preise hatte er sich bis vor drei Wochen noch keine Gedanken gemacht. Jetzt taten sie weh. Der neue Wagen rückte wieder ein wenig in die Ferne, aber Johan *musste* zahlen. Er befand sich gerade beim mühsamen Aufstieg zurück in seine alte Rolle. Bei Thomas hatte er sich nicht einmal entschuldigen müssen, damit er wieder mit ihm redete, und auch Sabrina schien den Vorfall vergessen zu haben.

Das Kleinmotorrad trübte allerdings Johans Aufstiegschancen. Aktuell fuhr er dem Diskokonvoi nicht voran, sondern hinterher. Ganz vorne war nun Gerald, was ihm Johan bei aller Ironie sogar gönnte.

Vielleicht musste es nicht unbedingt die Spitze der samstäglichen Nahrungskette sein, Platz zwei oder drei waren auch okay. Gerade prominent genug, um respektiert zu werden, aber nicht *so* prominent, um für die falsche Wahl des Lokals geächtet zu werden. War ohnehin viel zu stressig gewesen, da oben, und verdammt einsam. Aber der Platz an der Peripherie war wertlos und gefährlich. Hier konnte er sich ohne Freundin auf Dauer nicht halten, ohne sich verdächtig zu machen, Frauenhass hin oder her. Wusste doch jeder, dass sich die Betas paarten, während die Alphas rauften.

Der Weg über das Herz seiner Kumpels führte über Einladungen. Wer spendabel war, war Mittelpunkt, und das war der Haken an der Sache mit dem Aufstieg, solange Johan sparen musste. Aber wenn er den Wagen erst einmal hatte ... Peng ... würde es wieder aufwärtsgehen. Er musste nur zwei, drei Monate durchhalten. Im Herbst sollte er es geschafft haben.

Plötzlich fiel sein Blick auf einen Blondschopf in schwarzen Jeans und weißem Hemd, der am Rand der Tanzfläche herumschlenderte. Johans Herz machte einen Satz. Der Kerl hatte eine frappante Ähnlichkeit mit Stefan. Lag vielleicht an den hochgekrempelten Ärmeln und dem sehr gestrafften Gang ... ein *Kellnergang*, trainiert durch das gekonnte Balancieren gefüllter Tabletts zwischen engstehenden Stühlen. Davon kam der elegante Hüftschwung, das schmeichelte der Haltung.

Der Kerl hielt an und sah sich um. Er wirkte nicht wie jemand, der häufig ein solches Lokal aufsuchte. Gewöhnlich hatten Vierzehnjährige, die zum ersten Mal hierherkamen, diesen leicht verschreckten Blick, nicht Männ... – Moment! Das war Stefan!

Was machte Stefan hier?

Johan reckte den Hals, um einen besseren Blick auf ihn werfen zu können. Er war es tatsächlich! Was machte er hier? Er war noch *nie* in einem der Lokale gewesen, die Johan für gewöhnlich Samstagnacht aufsuchte.

Stefan hatte die ersten vier Hemdknöpfe geöffnet – mindestens einen zu viel, fand Johan. Er sah aus wie auf der Jagd. Aber wonach? Hatte er nicht behauptet, er wolle keine Frauen? Hoffte er etwa, hier einen Kerl ...

Oh Mann, er hatte sich richtig zurechtgemacht. Er sah *so was* von auf der Jagd aus.

»Entschuldigts mich«, murmelte Johan, sprang hoch, eilte zur Treppe und trippelte abwärts.

Als ihn Stefan entdeckte, begannen seine Augen zu leuchten – ach was, er begann als Ganzes zu strahlen. »Johan.«

»Was machst denn *du* hier!«, fuhr Johan ihn an. Der Duft von Stefans Rasierwasser wehte ihm schon von einem Meter Entfernung entgegen.

»F... ...ich ... a ... ...ehen.«

»Was?«, schrie Johan gegen die Musik an.

Stefan neigte sich vor, über seinen Ausschnitt konnte ihm Johan bis zum Bauchnabel sehen. »Freu mich auch, dich zu sehen«, schrie ihm Stefan ins Ohr.

»Bist auf Aufriss?«, rief Johan und streifte mit der Nase Stefans Schläfe. Die Nähe machte ihn ganz wuschig.

»Ich wollt mich nur umschauen. Ich war noch nie da herin. Wieso fragst?«

»Weilst vier Kilometer gegen den Wind *ficken* auf der Stirn stehen hast«, schrie Johan ihm ins Ohr.

Stefan blickte an sich herab. »Wirklich?«

»Mach das Hemd zu!«, forderte Johan. »Ich kann dir bis zum Nabel reinschauen.«

Ein Grinsen schob sich in Stefans Gesicht. »Geh, den kennst ja eh schon!«

Johan zuckte und schaute sich hastig um – hatte das jemand gehört? »Reiß dich zusammen, sonst zeig ich dir, wo Gott wohnt.«

Stefan grinste noch breiter und berührte mit den Lippen Johans Ohr. »Das hast mir auch schon gezeigt.«

»Pass auf, was du sagst!«, knurrte Johan und wich einen Schritt zurück.

»Immer«, rief Stefan über den Beat hinweg und registrierte mit Genugtuung Johans missmutigen Blick auf seinen Ausschnitt. »Vi... ...a ...us!«

»Was hast gesagt?«

Stefan kam wieder so unerhört nah, dass Johan seine Körperwärme spüren konnte. Er musste regelrecht kochen, so viel Hitze verströmte er. »Vielleicht bin ich ja wirklich auf Ficken aus!«

Johan schnappte nach Luft, starrte Stefan an. Meinte er das ernst? »Da wirst aber ein Pech haben, da herin!«, schrie Johan.

»A... i...on ...e...«

Johan verdrehte die Augen und neigte sich vor, bis sein Ohr fast Stefans Nase berührte.

»Ich find mir schon wen.«

»Da herin sind aber keine ...« Johan bremste sich abrupt ab.

Stefan grinste. »Aber klar. Ich kenn sogar einen.«

»Ist das nicht der Typ vom Seilerwirt?«, rief Thomas.

Johan rückte erschrocken zurück, starrte zwischen ihm und Stefan hin und her.

»Ja, bin ich!«, rief Stefan. »Stefan.«

»Genau!« Thomas zeigte auf ihn, dann nickte er zu Sabrina neben sich. »Weißt, dass du uns zusammengebracht hast?«

»Wirklich?«

»Ohne deine Liköre hätts mich nie durch einen Weichzeichner gesehen«, rief Thomas.

Sabrina lachte auf und boxte ihm spielerisch in die Seite.

Thomas blickte zwischen Johan und Stefan hin und her. »Ich hab gar nicht gewusst, dass' euch kennts.«

»Vom Lokal – er ist immer mit seinen Eltern bei uns essen gewesen«, erklärte Stefan.

»Von der Arbeit!«, sagte Johan zeitgleich und funkelte Stefan düster an.

»Ja, und von der Arbeit auch«, verbesserte sich Stefan. »Jetzt sind wir Kollegen.«

»Ach so? Hast gar nicht erzählt«, rief Thomas Johan zu.

»Da gibts auch nix zu erzählen«, meinte Johan.

»Komm, lass uns tanzen.« Sabrina zerrte an Thomas' Arm.

»Weißt was«, rief Thomas. »Setz dich zu uns, ich lad dich auf was ein, zum Dank für die Fee.«

»Ist nicht nötig!«, sagte Johan stellvertretend.

»Okay, gern!«, rief Stefan.

»Super!« Thomas zeigte Daumen hoch und stolperte hinter seiner Freundin her auf die Tanzfläche.

Verdammt!

Verärgert fuhr Johan zu Stefan herum. »Musst du unbedingt ...?«

»Hm?«, machte Stefan und strahlte Johan so verknallt an, dass ihm die Knie weich wurden.

»Okay«, brummte Johan. »Dann komm halt mit.«

Als er voraus die Treppe hochstieg, konnte er Stefans Blick auf seinem Arsch fühlen. Hoffentlich starrte er nicht so auffällig, wie es sich anfühlte. Mit jeder Stufe wurde die Jeans ein wenig enger.

Johan plumpste auf die Bank und rutschte bis zum Geländer der Loge. Stefan setzte sich neben ihn und rückte auf – so schwungvoll, dass er gegen Johan prallte.

Oh, diese verheißungsvolle Wärme, diese ersehnte Nähe ...

»Setz dich rüber!«, knurrte Johan, wich aus und zeigte auf den Platz ihm gegenüber.

Getroffen blickte ihn Stefan an – *aber ich möchte neben dir ...* –, seufzte, erhob sich, und setzte sich wie gewünscht auf die andere Seite des Tisches. Wie Johan rutschte er bis zum Geländer weiter, sodass er ihm schließlich direkt gegenübersaß.

Na toll.

Ergeben lehnte sich Stefan zurück, streckte unter dem Tisch die Beine aus, stieß gegen Johans Knöchel, beließ das so, und strahlte ihn erwartungsvoll an.

»Schau nicht so!«, rief Johan über den Tisch hinweg.

»Wie denn?«, fragte Stefan grinsend und blickte sich nach allen Seiten um, dann hob er die Hände zur Knopfleiste seines Hemdes und – öffnete einen weiteren Knopf.

Mit einem Ruck fuhr Johan hoch und lehnte sich über den Tisch. »Spinnst komplett?«

Stefan funkelte ihn an, zuckte mit den Schultern.

»Was glaubst, was du da machst?«, zischte Johan.

»Sag dus mir.«

»Willst, dass wir auffliegen? Willst, dass' uns das Hirn aus dem Schädel schlagen? Hör auf mit dem Wahnsinn!«

Zu allem Überfluss begann auch noch das bekannte Intro ...

I'm a man, you're a man, let me kiss you, take my hand, don't be shy, don't be feared, love is love, that's not weird ...

Stefan zuckte erfreut mit den Augenbrauen, begann die Lippen synchron zum Text zu bewegen und wippte kaum merklich mit den Schultern zum Rhythmus. Der Song schien ihm durch und durch zu gehen, und obwohl er sich zusammenriss, entging Johan nicht, wie sich Stefans Muskeln strafften, wie sich sein Körper unter seiner Kleidung wand, und wie er unterdrückt die Hüften kreiste.

Johan wurde heiß, sein Unterleib zog sich süß zusammen, sein Schritt begann wild zu pulsieren. Ergeben ließ er den Kopf auf die Tischplatte fallen und drückte Stirn und Nase gegen das Holz. Sein Atem ging heftig, der Brustkorb drückte im raschen Rhythmus gegen die Tischkante. Stefan drängte Schienbein an Schienbein, drückte Knie an Knie und zündete einen Funken bis in Johans Bauch. Mit einem Mal stand Johan so unter Strom, dass er das Gefühl hatte, jede seiner Zellen begänne zu vibrieren.

Was machst du nur mit mir?

Johan war auf einmal so weich, so unfassbar weich, nur in seiner Mitte pochte ein Pfahl und wollte ... wollte, wollte so sehr. Seufzend hob Johan den Kopf, legte das Kinn auf den übereinandergestapelten Fäusten ab und funkelte Stefan an. *Wie du dahockst: so scheißnackt unterm Gewand, nackt und brennheiß. Und wie du mich anschaust: Greif mich an, schleck mich ab, lass mich rein. Du schaffst mich, Stefan.* Johan schluckte, seufzte, schauderte.

»Du hast mich«, murmelte Johan ergeben.

»Was?« Stefan beugte sich vor.

»Du hast mich. Ich geb auf. Mach mit mir, was du willst.«

Das Lächeln rutschte aus Stefans Gesicht. Seine Mundwinkel und Augenbrauen zuckten, er wurde ganz fahl. »Was?«

Johan richtete sich auf, schaute sich nach eventuellen Zeugen um, dann schob er eine Hand unter den Tisch und legte den anderen Arm machohaft großzügig auf die Tischplatte. »Nimm ...«

Stefan blinzelte ihn irritiert an. Er war völlig neben der Spur, blickte fragend um sich.

»Hier unten.« Johan deutete auf die Tischplatte.

Endlich begriff Stefan und schob, weit weniger unauffällig, beide Hände unter den Tisch.

Stefans Finger waren heiß und feucht und zitterten leicht. Johan schnappte eine Hand und streichelte mit dem Daumen über den Handteller. Dann drückte er zu, hielt Stefan fest.

I'm a man, you're a man, let me kiss you, take my hand, don't be shy, don't be feared, love is love, that's not weird ...

»Verstehst?«, fragte Johan leise und leckte sich über die Lippen.

Stefan schluckte, sein Brustkorb ging heftig, sein Blick schwankte noch zwischen Furcht und Unglauben. An seinen Wangen entstand eine Landkarte aus Flecken. Er nickte zaghaft.

»Und? Hast dir schon was ausgesucht?«, rief Thomas.

Flink ließ Johan Stefans Hand los und prallte zurück. *Scheiße.* Er blickte Thomas gehetzt an, doch der schien nichts bemerkt zu haben – aber Sabrina.

Sie schaute zwischen Johan und Stefan hin und her. »Alles klar, bei euch beiden?«

Stefan, der Verräter, grinste bis über beide Ohren, ein Blick wie ein Sonnenaufgang. »Ja.«

Sabrina schmunzelte. »Super.«

»Stefan, was willst?«, fragte Thomas und winkte den Kellner herbei.

Stefan bestellte ein Bier. Johan ebenfalls, obwohl seines noch unangetastet dastand. Den Fehler bemerkte er aber erst, als der Kellner sein Bier brachte und plötzlich zwei vor ihm standen. Stefan lachte.

Seine Augen glänzten. Himmel, er schmachtete Johan so hemmungslos an, dass man es noch im Nachbarort leuchten sehen musste.

Johan gab sich betont cool, räusperte sich übermäßig oft, rieb sich die Nase, kratzte sich am Kopf, ließ den Ellenbogen lässig über das Gelände hängen wie beim Fenster eines Autos, und versuchte, so viel Platz wie möglich einzunehmen. Alphapose halt. Irgendwie musste er Stefans Blick kompensieren, davon ablenken, ihn dazu bringen, damit aufzuhören.

»Wir fahren nachher alle noch ins *Sono*«, rief Thomas. »Kommts ihr mit?«

Stefan blinkte Johan an wie ein Leuchtturm.

»Da hab ich Lokalverbot«, behauptete Johan. Das war nicht unwahrscheinlich, aber er wusste es nicht sicher.

»Ach so ...«, Thomas wirkte ein wenig ratlos. »Blöd ...«

»Macht nix«, Johan winkte ab. »Ich bleib noch ein bisserl hier. So lang kann ich heut eh nicht, muss morgen fit sein.« *Wofür?*

»Sicher?«, fragte Thomas.

Sabrina schmunzelte.

Johan warf ihr einen drohenden Blick zu. *Sag was, und ich mach dich kalt.*

»Ja ...«, antwortete Stefan an seiner statt und funkelte Johan an. »Ist ur schön hier.«

Oh Scheiße! Johan wandte den Blick ab und hielt sich dabei unauffällig den Mund zu, um nicht laut loszuschreien.

»Findest?«, fragte Thomas.

»Ja – ich war noch nie in einer Disco«, erklärte Stefan und holte nervös Luft. In seiner Stimme konnte man sogar sein Herzklopfen hören.

Johan fuhr zu ihm herum.

»Echt? Noch nie?«, rief Thomas.

»Die Arbeit im Wirtshaus ...«, erklärte Stefan und blickte Johan so erwartungsvoll an, als könnte er mehr darüber erzählen.

Thomas folgte seinem Blick und grinste. »Na, dann bist ja genau beim Richtigen.« Stolz klopfte er Johan aufs Schulterblatt. »Mit Disco kennt er sich aus, unser Johan, gell Johan?«

»Wolltets nicht ins *Sono?*«, knurrte Johan.

»Stimmt ... ja!« Thomas sprang auf, nickte Sabrina auffordernd zu, dasselbe zu tun. »Dann, habts noch einen Spaß, ihr zwei.«

Sabrina grinste. Die blöde Kuh grinste. Wahrscheinlich würde sie Thomas gleich vor der Tür über ihrer Beobachtung unterrichten.

Scheiße. Johan wollte brüllen, wollte aufspringen und irgendetwas kaputtschlagen – aber dann sah er Stefan mit seinem fast bis zum Nabel aufgeknöpften Hemd und einem Blick ... einem Blick ...

Verdammt, sah er für die anderen auch so schwul aus? So unfassbar, himmelschreiend schwul?

Johan klatschte eine Hand auf den Tisch und sprang hoch. »Lass uns gehen.«

»Ich hab aber noch nicht ausgetrunken«, meinte Stefan.

Irritiert blickte Johan auf die Bierflasche. Sie war noch voll. »Willst, dass ich dich anbettel?«, fragte er.

»Anbe ...?«

»Ich will – *muss* – hier weg. Ich ...« Seufzend ließ sich Johan wieder auf die Bank plumpsen, schaute sich um und neigte sich zu Stefan, der ihm sofort ebenfalls entgegenkam. Für einen Moment glaubte Johan, Stefan wollte ihn hier und jetzt über den Tisch hinweg küssen. Das Herz blieb ihm stehen, und so sehr er es abgelehnt hätte, so hungrig prickelten seine Lippen. »Ich muss ...« Johan schluckte, die Luft ging ihm aus. »Ich muss mit dir allein sein, verstehst?« Oh, wie betörend Stefans Augen funkelten, wie verliebt er blickte. Johan war kurz davor, über den Tisch zu hechten. »Verstehst, was ich sagen will?«

Stefan schluckte schwer und nickte.

»Willst das Bier immer noch austrinken?«, fragte Johan und schob ihm, ohne ihn aus den Augen zu lassen, seine Flaschen hin. »Kannst meine beiden auch noch haben.«

Stefans Lippen wurden noch weicher. Er leckte darüber und schüttelte den Kopf. Ein kleines, frivoles Zugeständnis, das Johan noch wuschiger machte.

»Gut ... dann ...« Johan kontrollierte mit einem flinken Griff den Hosenstall – musste nicht jeder sehen, dass er einen Ständer hatte – und sprang hoch. »Knöpf dir das Hemd zu und komm.«

Im Aufstehen nestelte Stefan an seiner Knopfleiste herum, dann rannte er hinter Johan her. Er war nur einen Wink davon entfernt, Johans Hand zu nehmen, wie er da so halb neben und halb hinter ihm an der Tanzfläche vorbei Richtung Ausgang marschierte.

Johan registrierte zwar ein paar neugierige Blicke, aber er hatte jetzt keinen Kopf dafür, sich darüber Sorgen zu machen. In seinem Hirn war nur noch Platz für einen einzigen Gedanken: Muss. Stefan. Bespringen.

9| Schwule Schweine

Johan jagte das Motorrad aus der Ortschaft raus, in die nächste rein, lenkte auf den Parkplatz eines Supermarktes, an der Absperrung vorbei, bretterte bis nach hinten zu den Müllcontainern und parkte, wo man es von der Straße aus nicht sehen konnte. Zwar wusste er nicht, ob seine Leute das Motorrad überhaupt schon mit ihm in Verbindung brachten, aber sicher war sicher. Er würde den Teufel tun, es für jeden sichtbar in Stefans Wohnsiedlung abzustellen.

Quer über den Parkplatz lief er auf die beiden Scheinwerfer zu. Stefan öffnete ihm bereits die Beifahrertür, da hatte Johan gerade mal die Hälfte des Weges zurückgelegt. Beunruhigt schaute sich Johan um – beobachtete sie jemand? –, dann sprang er in den Wagen.

»Hallo«, grüßte ihn Stefan entzückend verlegen, ruckte kurz vor und zurück, dann kippte er zu Johan und drückte ihm einen Kuss auf den Mund.

»Ste–mmm ...« Johan riss sich los und schaute hektisch aus den Fenstern. »Spinnst? Doch nicht hier? *Überhaupt nicht* irgendwo, wo irgendwer ist.«

»Geh, ist doch eh keiner da.«

»Es ist *immer* irgendwo einer, und der erzählts dann weiter ... willst, dass' uns die Schädel einschlagen?«

»Dafür bist ja wohl eher *du* zuständig«, meinte Stefan und lenkte auf die Straße.

»Das ist was anderes.«

»Ja?«

»Ich bin allein, wenn ich zuschlag. Das ist eine Sache, Mann gegen Mann. Die anderen halten sich da raus, lassen das *mich* erledigen.«

»Ah, ein *Kodex*«, meinte Stefan amüsiert.

Johan ignorierte die Spitze. »Ja. Ein *Kodex*, so kann man das sagen. Es ist eine faire Angelegenheit. Und wenn ich merk, dass der andere schwächer ist, dann halt ich mich zurück, verstehst?«

»Ein *Gentleman-Kodex* also«, neckte Stefan.

»Lach nur. Aber wenns uns zusammen erwischen, dann läuft das anders. Dann gibts keinen *Gentleman-Kodex*. Dann gibts kein Mann gegen Mann. Dann gehns zu zehnt, zu zwanzigst auf uns los. Da kennens keine Hemmungen.«

Stefan presste die Lippen zu einem Strich. »Siehst das nicht ein bisserl gar dramatisch?«

»Glaub mir. Ich kenn meine Leut. Wenns uns *nur* tothauen, haben wir noch Glück.«

»*Nur* ...«, wiederholte Stefan leise.

»Na ja, kannst dich ja vorher noch mit einem Baseballschläger vergewaltigen lassen. Am besten noch, wenn ich dabei zuschaun muss, oder umgekehrt.« Johan wurde von seinen eigenen Worten schlecht.

Auf einmal wirkte Stefan ziemlich klein. Betroffen starrte er auf die Straße. »Glaubst wirklich, dass' zu so etwas fähig wären?«

»Ich würds nicht ausschließen.«

»Und warum ...« Stefan, schluckte, blickte aus dem Augenwinkel vorsichtig zu Johan. »Wieso gibst dich dann mit denen ab?«

»Weils die einzige Möglichkeit ist, die Kontrolle zu behalten«, sagte Johan in die Nacht hinaus. »Die einzige ...« Die Landschaft zog vorbei, in der Ferne sammelten sich die Lichtpünktchen von Ortschaften. »So weiß ich immer, was gerade Sache ist«, erklärte Johan gedankenverloren. »Wer wo was sagt, denkt, plant ... Ich kenn die Gerüchte und kann rechtzeitig dagegenlenken.«

»Und ...«, begann Stefan behutsam. »Wennst diesen Überblick hast ... also ... kennst noch andere? Wie uns?«

Johan schüttelte den Kopf. »Beim Gerald hab ichs geglaubt. Aber nein, sonst gibts keine. Wir zwei sind die Einzigen weit und breit.«

Stefan versank in lautes Schweigen. Holte immer wieder Luft, um etwas zu sagen, seufzte sie wortlos wieder hinaus.

»Was?«, fragte Johan.

»Das stimmt nicht.«

»Was stimmt nicht?«

»Dass wir die Einzigen sind.«

»Woher willst das denn wissen? Du bist ja nie unterwegs.«

»Von der Schank aus seh ich einiges. Und man erfährt einiges.« Stefan setzte den Blinker und lenkte auf eine andere Straße. »Wenn ichs zusammenrechne, und die Fälle weglass, wo ich das für völlig ausgeschlossen halte, dann komm ich auf ... hm ... acht, oder neun, nein acht. *Sicher* acht, aber vielleicht auch neun. *Ohne* uns.«

Johan glotzte Stefan an. »Du verarschst mich doch jetzt.«

»Warum sollt ich? Das sind nur meine Beobachtungen.«

»Hier? In unserer Gegend? Nur von den Leuten, die zu euch ins Wirtshaus gekommen sind? *Neun?* Bist dir da *ganz* sicher?«

»Eine Restunsicherheit bleibt natürlich immer, aber ... neunundachtzig Prozent. Zweiundneunzig. Wären dann aber immer noch sieben, acht Leut, wenn mans ausrechnet.«

Johan stieß überwältigt Luft durch die Zähne und ließ den Kopf in die Nackenstütze fallen. »Das ist sauviel, wenn man bedenkt, wo wir sind.«

»Zehn Prozent, sagt man«, meinte Stefan. »Allein in meinem Dorf wärn das theoretisch zwanzig Leut. Und das ist ein Kaff. Da gibts mehr Schweine als Menschen. Und bei den Schweinen ist das sicher nicht anders.«

Johan musste grinsen. »Schwule Schweine. Scheiße.« Er lachte auf. »Ich hab immer *schwule Sau* gesagt ... aber das müsst dann eigentlich ...«

»... lesbische Sau heißen«, ergänzte Stefan und lachte.

Johan griff sich an die Stirn. »Ich bin so ein Depp. Echt.« Er seufzte. »Ich hab über so was noch *nie* nachgedacht. Nie.« Er griff sich auf den Bauch. »Da geht jetzt irgendwas auf, da drin.«

Stefan blickte zwischen Straße und Johans Bauch hin und her. »Wegen den lesbischen Säuen oder den schwulen Ebern?«

»Weil ich mich endlich mit jemandem unterhalten kann – über all das«, sagte Johan.

»Über homosexuelle Schweine.«

»Ja. Auch.« Johan griff, ohne darüber nachzudenken, nach Stefans Hand, die dieser leicht auf dem Schalthebel liegen hatte. Stefan spreizte die Finger, damit Johan seine dazwischenschieben konnte, und seufzte so tief, dass ihm fast ein Jauchzen entkam. Das fand Johan so süß, dass er ihre Hände an den Mund führte und in Stefans Handfläche küsste.

»Ich bau gleich einen Unfall«, krächzte Stefan.

Rasch legte Johan ihre beiden Hände wieder auf den Schalthebel.

»Da sind wir schon.« Stefan nickte zur Wohnsiedlung, die ein bisschen deplatziert wie ein paar Streichholzschachteln in der Gegend herumstand – an den äußersten Rand einer Ortschaft gedrängt.

Johan nahm die Hand von Stefans Fingern und schaute sich um. »Lass mich da aussteigen.«

»Das sind aber noch gut dreihundert Meter«, sagte Stefan, lenkte aber rechts ran.

Johan legte die Hand auf den Türgriff. »Wie ist die Hausnummer?«

»25b. Zweiter Stock, erste Tür links. Tür Nummer 12.«

»Okay.« Johan lächelte Stefan an. »Dann bis nachher.«

»Kein Kuss für unterwegs, nein?«, fragte Stefan.

Johan schüttelte den Kopf. »Wir sehen uns ja eh gleich wieder.« Dann sprang er aus dem Auto und schlug die Tür zu.

Kühle Nachtluft empfing ihn. Sein Bauch kribbelte, als er den roten Rücklichtern hinterher schaute, sah, wie Stefan in der Ferne den Wagen auf den Parkplatz lenkte.

Johan schlenderte, ließ sich extra Zeit, schaute Stefan dabei zu, wie er ausstieg und suchend in seine Richtung blickte.

Bitte tu das nicht!

Johan ging in die Hocke, klaubte ein paar Steinchen auf, schob die Schuhe über die Fersen runter und ließ jeweils ein paar Steinchen hineinrieseln. Dann stand er wieder auf. Die Steine drückten empfindlich gegen die Sohle. Irgendwo hatte Johan mal gelesen, dass man auf diese Weise seinen natürlichen Gang verändern konnte. Praktisch, wenn man Überwachungssysteme überlisten wollte. Praktisch vielleicht auch, wenn man dem Dorffunk ein Schnippchen schlagen wollte.

Johan zupfte die Kapuze tief ins Gesicht, zog die Schultern hoch, und marschierte los. Die ersten Schritte humpelte er, dann fand er eine Art, aufzutreten, ohne, dass es wehtat. Ein bisschen lief er wie auf glühenden Kohlen, aber das passte schon, sein Holzfällerschritt hätte ihn doch schon von Weitem verraten. Dennoch schlich er über die dunkelste Stelle an die Siedlung heran, schaute erst um die Ecke, ehe er einen Weg beschritt. 25b. Er drückte gegen die Tür. Sie war verschlossen. Er suchte die Klingelschilder ab. *Seiler.* Drückte. Der Summer ging.

Johan betrat das Haus, horchte in den Gang – kein Mucks – und schlich lautlos die Treppen hoch. Als er die oberste Stufe erreichte, sah er schon die nur angelehnte Tür. Flink schaute Johan den Flur rauf und runter, dann – husch, husch – eilte er auf die Tür zu, schlüpfte in die Wohnung und schloss leise ab.

Kaum rastete das Schloss ein, drängte sich Stefan von hinten an ihn, biss ihm zärtlich in den Nacken und hauchte: »Endlich ...« Er packte Johans Hüften, zog ihn an sich und drängte ihn mit einem kleinen Schritt wieder näher zur Tür. Die Lippen auf Johans Hals gedrückt, heftig atmend, schob Stefan die Hände über Johans Leisten nach vorn und strich mit Nachdruck über die rasch anschwellende Härte. Sein Steifer drückte fordernd gegen Johans Hintern.

Johan stöhnte auf, presste Hände und Stirn ans Türblatt.

Stefan verlor keine Zeit. Von hinten an ihn gepresst öffnete er Johans Gürtel, den Hosenknopf, zog den Reißverschluss runter und zerrte mit einem energischen Ruck die Jeans über Johans Hüfte runter. Mit beiden Händen fuhr er ihm in den Slip, umfasste mit einer die Hoden und holte mit der anderen den Schwanz heraus.

Johan ballte die Fäuste und unterdrückte mit Gewalt ein Stöhnen. Seine Knie zitterten vor Erregung.

Beherzt leckte ihm Stefan über den Nacken, drückte ihm die Nase ins Haar, hauchte ihm auf die Haut. Seine Finger waren zielstrebig, kein bisschen zaghaft, und genau das, dieses Selbstbewusstsein, mit dem er ihn anfasste, machte Johan fast verrückt und scheißenochmal willig.

Plötzlich drehte ihn Stefan herum. In Erwartung eines wilden Kusses öffnete Johan den Mund – und biss ins Leere. Stefan kniete bereits vor ihm, zerrte ihm hastig den Slip runter und fing die Eichel mit der Zunge. Geschickt schloss er die Lippen um den Schwanz und schob ihn sich tief in den Mund.

Johan stöhnte auf und blickte verblüfft an sich runter. Vor Begeisterung über dieses unerwartete Geschenk sabberte er Stefan fast auf den Schädel. Eifrig raffte er Shirt und Sweater hoch bis zur Brust, damit Stefan ungehindert loslegen konnte, und um einen besseren Blick auf dieses geile Spiel zu haben.

Stefan entließ ihn, schleckte um seine Eichel herum und blickte voll Verlangen zu ihm hoch. Den Mund geöffnet schaute er ihm in die Augen und lud ihn ein, in diese Wärme hineinzugleiten. Vorsichtig schob sich Johan über die Lippen, drang tiefer und wurde von Zunge und Gaumen in Geiselhaft genommen. Stefan schloss die Augen und begann ihn so herrlich zu saugen, dass Johan fast heulen musste. Und kaum dachte er, geiler könnte es nicht mehr werden, drang ein Finger in ihn. Erst zuckte er abwehrend, dann ließ er bereitwillig zu, dass Stefan ihn drin massierte.

Johan verlor die Kontrolle. Er wollte noch *warte!* rufen, wollte die Erregung ein paar Sekunden länger auskosten, doch ihm entkam nur ein »Wohaah!« Er breitete die Arme aus und presste die Hände gegen die Wände des schmalen Flurs und ergoss sich zitternd in Stefans Kehle.

Unbeirrt saugte Stefan weiter, fuhr mehrmals von der Wurzel zur Eichel, als wollte er jeden Tropfen herausmelken, und drückte von innen gegen einen Punkt, der Johan Sternchen sehen ließ.

Erst, als nach dem großen O das klamme Kribbeln einer Gänsehaut über Johans Körper knisterte, und sein Teil zuckend zusammenschrumpelte, zog Stefan den Finger heraus und stand auf. Das Zelt in seiner Jeans strapazierte grotesk fordernd den Stoff. Johan wollte es schon berühren, da fing Stefan flink seine Finger ab, legte ihm eine Hand auf die Schulter und nickte abwärts.

»Und jetzt du ...«

Vorsichtig ließ er Johans Hand los, als wäre sie ein wildes Tier, das sofort zuschnappen könnte, löste den

Gürtel und öffnete den Knopf nur mit Zeigefinger und Daumen, die anderen Finger weggestreckt, als wollte er jede unnötige Berührung vermeiden. So vorsichtig, als hantiere er mit Sprengstoff, hob er den Bund seines Slips über die hochwippende Erektion, ohne sie zu streifen, und schob ihn dann bis knapp unterhalb seiner Hoden.

Johan hätte Stefan zwar jetzt gerne geküsst, aber was da unten auf ihn lauerte, ließ ihm ebenfalls das Wasser im Mund zusammenlaufen. Er kniete sich hin und in Erwartung an das Folgende stemmte Stefan – wie eben noch Johan – die Hände gegen die Wände und hielt die Luft an.

Johan wollte nach der prallen Erektion greifen.

»Nein!«, stieß Stefan rasch hervor. »*Nur* mit dem Mund ... *bitte* ...«

»Okay«, sagte Johan, leckte sich über die Lippen, öffnete den Mund und vergewisserte sich, ehe er ihn einfing, ob er den vor Erregung hochzuckenden Schwanz auch wirklich erwischen würde. Dann schnappte er zu und der bitter-salzige Geschmack des warmen, harten Stück Fleisches füllte seinen Mund.

»Faaaa...«, stöhnte Stefan auf.

Johan ließ den Schwanz auf seiner Zunge tiefer gleiten und spürte ein Vibrieren, ein drängendes Fließen und Pulsieren.

»Faaa...«, jammerte Stefan in süßer Not, zuckte und spritzte auch schon einen feinen warmen Strahl gegen Johans Gaumen, gefolgt von einem kleineren, schwächeren.

Johan schluckte im Reflex, schmeckte das Sperma nur im Hals, und da war es würzig.

»Faaa... Scheiße, faaa... zu schnell, viel zu schnell«, fluchte und keuchte Stefan weiter oben, und packte seinen Schwanz, als wollte er ihn vor Johan in Sicherheit bringen.

Knieweich stand Johan auf und zog sich dabei die Hosen hoch. Den Schwanz in der Faust schaute Stefan zu, wie Johan den Knopf verschloss und den Reißverschluss hochzog.

»Schleichst dich leicht gleich wieder?«, fragte er besorgt.

Johans Magen krampfte sich zusammen. »Soll ich?«

»Ich könnt dir noch einen Kaffee anbieten, oder ... ich glaub, ein Bier hab ich nicht da. Nur Wasser sonst.«

»Durst hätt ich schon«, meinte Johan.

Erleichtert atmete Stefan auf, zog flink die Hosen hoch und verschloss sie auf dem Weg zur winzigen Küche.

Man sah auf den ersten Blick, dass hier noch nicht lange jemand wohnte. Alles wirkte unpersönlich, kahl, und als Stefan Schränke auf und zuklappte, waren auch diese bis auf Kleinigkeiten völlig leer. Nicht einmal einen Vorhang hatte er vor dem ...

»Scheiße«, Johan ging in die Hocke, duckte sich und krabbelte bis zum Fenster, als wäre die Wohnung unter Beschuss. »Mach die Rollo runter.«

Stefan begriff nicht sofort, bestaunte Johans eigenartiges Verhalten, dann registrierte er das nackte Fenster, das vor der Schwärze der Nacht nur die Küche spiegelte. »Ach so ... Moment.«

Ratsch, Ratsch. Fenster zu.

Johan stand auf, ein dumpfes Gefühl im Bauch. »Meinst, uns hat jemand gesehen?«

»Da gehts eigentlich nur aufs Feld raus – erst in so hundert, zweihundert Meter Entfernung fängt der Ort an. Da müsst einer schon mit dem Fernglas warten.«

»Und wer sagt, dass da kein so ein Spinner wohnt, der genau das macht, und Protokoll führt?«

Stefan musterte Johan von Kopf bis Fuß. »Ich versteh ja deine Angst ... und was du mir erzählt hast ... was deine Freunde mit uns machen könnten ... da wird mir auch ganz flau, aber ... *das* ist ein bisschen paranoid, meinst nicht auch?«

»Lieber paranoid, als verstümmelt im Straßengraben.«

»Also entweder kennst deine Freunde *zu* gut, oder überhaupt nicht.«

»Du schnallst den Ernst der Lage nicht«, meinte Johan verletzt.

»Der Thomas und die Sabrina, zum Beispiel ... die schauen mir nicht aus wie Leute, die ... na ja ... was du sagst.«

Oh Mist. Sabrina!

»Die vielleicht nicht«, sagte Johan verzweifelt. »Aber die sagen es den anderen und ... Ich glaub, die Sabrina weiß es.«

Stefan hob die Augenbrauen. »Das von uns?«

»Ja.«

»Und wieso glaubst das?«

»Sie hat so geschaut, heut. Die weiß es. Und ... Scheiße ... die hats sicher schon dem Thomas erzählt und der kann das Maul nicht halten ...« Johan wurde schlecht.

Stefan kam auf ihn zu und wischte ihm mit dem Daumen zärtlich übers Kinn. »Geh nicht immer vom Schlimmsten aus. Es sind nicht alle Leut bös. Die meisten tun nur so. Wie du.«

Eine kleine Blase der Erkenntnis oder Erleichterung platzte in Johans Hirn und Bauch. »Meinst?«

»Sicher. Ich hab dir doch von den acht, neun Leuten erzählt ...«, sagte Stefan beruhigend. »Die leben alle noch.«

»Aber wer weiß, was sie durchgemacht haben.«

»Sie habens überlebt. Und das tun wir auch.«

Fragend blickte Johan Stefan in die Augen. »Wieso hast du keine Angst?«

»Hab ich. Ich hab eine Scheißangst, sogar. Aber die Angst, dass du mir wegrennst, ist größer als alles. Sollens mich steinigen – so lang ich weiß, dass ich dich hab, steh ich das durch.«

Johan schluckte. »Du redest ... als wärst verliebt in mich.«

»Das hab ich dir doch schon längst gestanden.«

»Wirklich?«

»Schon am ersten Abend«, Stefan fuhr mit den Fingerkuppen sanft über Johans Wange, als wollte er nur prüfen, ob er ausreichend rasiert war, dann nahm er die Hand wieder weg und wandte sich der Spüle zu, drehte Wasser auf, prüfte die Temperatur. »Du hast nur die Angst im Kopf.«

»Meinst, ich kann heut Nacht hier bleiben? Bei dir?«, hörte sich Johan fragen.

Stefan drehte das Wasser ab und fuhr herum. »Ist das dein Ernst?«

»Wie nur was.«

»Die *ganze* Nacht?«

»Oder die halbe, wenns zu viel ist.«

Stefan machte einen Schritt auf Johan zu und schlang die Arme um ihn. »Du kannst bleiben, so lang du willst.« Er drückte Johan kleine Küsse auf den Hals, die Wangen, den Kiefer, das Kinn, dann endlich, endlich auf den Mund.

Johans Hirn sprühte Funken, er empfing Stefans Zunge, erwiderte ihr vorsichtiges Suchen, lud sie zu einem wilden Spiel, zu einem Tanz, der Raum und Zeit außer Kraft setzte.

Plötzlich löste sich Stefan von ihm, schob die Finger in Johans Handfläche, packte ihn, strahlte ihn auffordernd an und zog ihn zögernd mit sich. Johan folgte ihm, und die Ahnung, wohin, machte seine Knie weich, befeuerte die sich wieder aufbauende Erektion.

Stefan griff durch eine offene Tür in einen dunklen Raum, und an der Decke erhellte eine einzelne Energiesparlampe, die an ein paar Drähten hing, das Zimmer. Darunter lag, unter zerwühlten Laken, eine Matratze.

»Das wird alles noch«, sagte Stefan entschuldigend, dann bemerkte er ihr Spiegelbild im Fenster, hüpfte über die Matratze und ließ mit einem einzigen *Ratsch* die Jalousie runter. Er drehte sich um und lehnte sich mit dem Hintern gegen das Fensterbrett. Ein scheues Lächeln machte sein Gesicht weich – was nach der Szene im Flur fast ein wenig understatement wirkte. »Mir ist richtig schlecht vor Freude, dass du da bleibst.«

»Ja ...« Johan blickte auf die zerwühlten Laken, in denen Stefan jede Nacht alleine schlief. Eine Vorstellung, die sein Herz schwer machte. »Bei mir ist das noch nicht angekommen«, erklärte er, und ergänzte, für den Zweifelsfall: »Das mit uns.«

Stefan kämpfte vergebens gegen ein Grinsen an. »Uns ...« Er rieb sich die Arme, zog die Schultern hoch, fröstelte kurz.

»Frierst du?«

»Bisserl.«

»Es ist doch überhaupt nicht kalt.«

»Nervosität. Da frier ich immer.«

»Wegen mir?«

Stefan blickte verschämt zu Boden.

»Du hast keine Angst davor, dass' uns erwischen und weiß Gott was mit uns machen könnten, aber wegen *mir* machst dich fertig?«

»Wirst nachher wieder sagen, dass nix war? Dass nix passiert ist? Dass ich dir irgendwas ins Trinken gemischt hab?«, fragte Stefan. »Wennst morgen Früh gehst, kennst mich dann noch? Oder müssen wir dann wieder wochenlang umeinander herumtanzen, bis du es nicht mehr aushältst.«

Johan verfiel. *So* sah Stefan ihn?

Er hatte guten Grund, so zu denken.

»Ich will trotzdem, dass du bleibst«, stellte Stefan klar. »Aber ich muss es wissen, um mich darauf einzustellen. Vielleicht tuts dann nicht ganz so weh.«

»Stefan ...«

»Komm ... sag.«

»Ich kann da draußen nicht dein Freund sein«, erklärte Johan. Warum musste Stefan die schöne Stimmung von eben kaputtmachen?

»Das verlang ich auch gar nicht. Ich will nur wissen, ob du das für dich selbst zulassen kannst, auch nachher noch, wennst wieder allein bist. Ob wir uns wieder ... *sehen.* Von mir aus heimlich, wie heut, aber ... bist bei mir, auch wenn wir uns draußen nicht einmal anschauen dürfen?«

Johan schnaubte. »Ich weiß nicht. Beim letzten Mal hätt ich auch geglaubt, dass ichs kann, weil sichs in dem Moment so richtig angefühlt hat ... aber wenn ich meine Mutter anschau, oder meinen Vater ... ich weiß nicht, ob ich dann noch ... glauben kann, dass das gut ist, was wir machen, dass es richtig ist.«

Stefan presste die Lippen zu einem Strich, nickte, und verlagerte das Gewicht aufs andere Bein. »Zumindest zu *mir* bist jetzt ehrlich.«

»Tut mir leid.«

»Na, ja, jetzt weiß ich wenigstens, an was ich denken kann, wenns mir wieder zu früh kommt.«

Johan klappte der Kiefer runter. »Soll ich *gleich* gehen?«

Stefan ruckte hoch. »Nein!«

»Setz mich nicht unter Druck, Stefan! Für mich ist das ein Irrsinn, dass ich überhaupt hier bin. Ich hätt mir nie gedacht, dass ich *jemals* in meinem Leben mit einem ... *jemandem* ... zusammen sein könnt. Ich hab mir nicht, so wie du, die große Liebe vorgestellt, mit Silberhochzeit und Suppe und allem. Ich hab mir vorgestellt, dass ich mich allein durchs Leben schummle. Dass ich *immer* allein bleib. Und jetzt bist da, und ich muss mich dran gewöhnen, dass es diese Möglichkeit für mich gibt, verstehst? Dass das *doch* möglich sein könnt, für mich. Ich bin ein Einzelkämpfer. Immer gewesen ... Und jetzt gehst in meinem Herzen und in meinem Hirn ein und aus und willst, dass ich von jetzt auf gleich Vertrauen hab und einen Teil der Kontrolle abgeb.« Johan kräuselte die Stirn. »Ich mein, ich *würd* das gern, wirklich, aber ich ... brauch Zeit.«

Stefan strahlte Johan an. »Ich geh in deinem Herzen und deinem Hirn ein und aus?«

»Ich hab mir gedacht, dass du mich auf das festnagelst.«

»Merkst was?«, fragte Stefan.

Johan blickte sich um. »Was soll ich merken?«

»Du bist schon da. Du schüttest mir dein Herz aus. Das *ist* Kontrolle abgeben, das *ist* Vertrauen. Du brauchst keine Zeit mehr – das willst dir einreden, weilst aus irgendeinem Grund cool sein musst.«

Johan taumelte ein wenig. Mit einem Sprung war Stefan da und packte ihn an den Ellenbogen. »Dir ist schon klar, dass *du mich* aufgerissen hast, ja?«

»Was?«

»*Du* hast angefangen. Ich hab nur reagiert. Aber den ersten Schritt, den hast *du* gemacht.«

Johan schluckte.

Mit dem Daumen strich Stefan über Johans Lippen. »Und jetzt bist hier bei mir.« Er funkelte Johan an, neigte sich vor, küsste ihn.

Gerade als Johan richtig in Fahrt kam, unterbrach Stefan, öffnete den Reißverschluss von Johans Sweater, streifte ihn ihm über die Schulter, bis er zu Boden sank, packte das Shirt am Saum und hob es hoch. Johan streckte die Arme in die Luft, ließ es sich abstreifen. Sein Herz raste, er atmete heftig, blickte an sich herab, wo Stefan – ein zweites Mal an diesem Abend – seinen Gürtel löste, die Jeans öffnete. Nur zog er sie nun mitsamt Slip runter und ging in die Hocke, um Johan die Schuhe auszuziehen, die Socken, ihm beide Hosen von den Füßen zu streifen.

Schließlich stand Johan splitternackt und bis in die Haarspitzen erregt vor einem angezogenen Stefan.

Johan griff nach Stefans Hemd, wollte es ihm aus der Hose ziehen.

»Warte!«, sagte Stefan, fing Johans Hände ab und schob sie zurück neben seine Hüften. »Lass mich dich erst ... Ich will mich voll und ganz auf dich konzentrieren können ... das geht nicht, wennst mich angreifst.« Stefan fuhr mit der Fingerspitze von Johans Hals bis zum Nabel abwärts. »Ist das okay?«

Johan schauderte – und nickte.

»Gut.« Stefan begann Johan zu streicheln, sah sich dabei zu, wie er die Fingerkuppen über den Rippenbogen führte, die Leisten entlang, die Seiten hoch, über die Arme, das Schlüsselbein, die Schulter, dann wieder abwärts, berührte seinen Schwanz und seine Hoden nicht anders, als jeden anderen Millimeter Haut, auch als Johan zuckte und aufstöhnte. Immer wieder hob Stefan den Blick, forschte in Johans Augen, wie er die Berührungen auffasste, schritt hinter ihn, streifte über den Nacken, die Schulterblätter, die Furche der Wirbelsäule abwärts, fuhr die Spalte des Pos entlang, die Falte zu den Oberschenkeln hin, alles total sanft, alles, ohne dabei konkret sexuell zu werden, obwohl es genau das für Johan war: hocherotisch.

Als er genüsslich die Augen schloss, bat Stefan: »Mach sie auf. Schau mich an.«

Stefan ging in die Hocke und tat mit den Beinen, Füßen, Fingern und Händen das, was er mit dem Oberkörper gemacht hatte. Selbst, als ihm Johans Erektion fast gegen die Stirn tippte, ignorierte er sie fürs Erste. Immer wieder durchlief Johan ein Schaudern, aber er mochte es – *liebte* – was Stefan da machte.

Und dann – völlig unerwartet, kippte Stefan nach vorn und küsste Johans Rist, seine Knöchel, die Schienbeine hoch, die Knie, die Schenkel ... oft streifte er nur mit geöffneten Lippen über die Haut, an manchen Punkten hielt er an, um sie ganz oft zu küssen. Die Stellen, an denen Johan besonders empfindlich war, Leisten, Schwanz und Hoden, klarerweise, aber auch um den Bauchnabel oder den unteren Rücken, den Hals, streifte er nur mit der Nase, bedachte er nur flüchtig mit Zärtlichkeiten. Erst zum Schluss, als Johan bereits minutenlang in seiner Lust dahinköchelte, schlang Stefan die Arme um ihn und drückte sich an ihn, Stoff auf Haut.

»Danke«, flüsterte er, löste sich, zog sein Hemd aus der Hose und knöpfte es auf, während Johan ihm den Gürtel öffnete. Zusammen zerrten sie Stefan die Hosen runter, dann plumpste Stefan auf den Hintern, um sich die Schuhe und Socken abzustreifen und die Hosen von den Füßen zu strampeln. An den Händen stützte sich Stefan ab, rutschte rasch rückwärts und legte sich auf den Rücken, die Knie abgewinkelt, die Schenkel gespreizt, eine Erektion, die über dem Bauch wippte.

»Komm.«

Johan sank auf die Knie, küsste Stefans Knöchel, Waden, streifte mit den Lippen über die Innenseiten der Schenkel, küsste ihm die Hoden, die sich sofort noch fester zusammenballten, den Schwanz, der zuckte, kletterte über Stefan hoch, bis er seine Lippen fand.

Irgendwann rollte sich Stefan herum, streckte die Arme unter die Kissen und wühlte dort herum, dann drückte er Johan eine Cremedose in die Hand. »Schmier dich damit ein, *vorher*.« Noch ehe Johan begriff, was Stefan konkret wollte, fügte dieser hinzu. »Ich hab nix anderes, aber damit gehts auch.«

Dann fiel der Groschen. Mit offenem Mund starrte Johan auf die wunderschön definierte Rückansicht – tausendmal angeschmachtet, durch Hemd, Gilet, Jeans, und durch die Schnüre der flaschengrünen Schürze betont. Auf die Idee, dass *er* mal randürfte ... war er noch gar nicht ... wow.

Fast ein wenig überfordert und vor Lust ganz benommen setzte sich Johan auf und schraubte den Deckel ab. Der intensive Geruch einer Wundschutzcreme kam ihm entgegen. Zaghaft drückte er zwei Finger in die kühle, fette Masse und blickte ungläubig abwärts, auf den runden, freundlichen Hintern.

»Bist dir sicher?«

»Sonst würd ichs dir nicht anbieten«, nuschelte Stefan in die Matratze.

Johan stellte die Dose zur Seite und verteilte die Creme auf seinem besten Stück, bis es über und über mit weißen Schlieren überzogen war. Kein besonders erhebender Anblick. Stefans Hintern dagegen ...

Zwar hatte sich Johan schon oft selbst penetriert, aber immer im Blindflug. Er wusste, wie es sich anfühlte, nicht aber, wie es konkret aussah, wie man sich aktiv annäherte. Obwohl sie bisher keine Hemmungen gehabt hatten, richtig zur Sache zu gehen, hatte Johan nun ein wenig Scheu oder Respekt davor, genauer ... *nachzusehen*. Also entschied er sich für die Methode, die er kannte: Blindflug.

Behutsam legte er sich auf Stefan, küsste seinen Nacken, seine Schultern und furchte mit dem Schwanz immer wieder durch die Spalte, in der vagen Hoffnung, schon irgendwann an der richtigen Stelle anzudocken.

Schließlich griff Stefan nach hinten, packte ihn und drückte ihn gegen eine Stelle, die sich kaum vom Rest des Körpers unterschied – also die nicht versprach, eine Öffnung zu sein – und sagte: »Versuchs nochmal.«

Johan vollführte einen weiteren Hüftschwung, doch statt abzurutschen, umfasste ihn plötzlich etwas Warmes, Festes. Sein Hirn machte *Peng* und dann war er reines Fühlen. Erst irgendwann, später in der Nacht, konnte er nachvollziehen, was er gerade erlebte, wie er sich immer weiter schob, was zugleich überraschend leicht und überraschend schwer ging. Es war das erste Mal, dass sein Schwanz so warm und fest umschlossen wurde, er dieses betörende Gefühl von ... *aufgenommen* werden erlebte. Johan wurde weich wie Butter, innerlich, äußerlich war er hart wie ein Brett, stockstarr zunächst, als hätte er Angst, versehentlich rauszurutschen und nie, nie wieder dieses Willkommen zu spüren. Dann hielt er sich an Stefans Schultern fest, der sich wiederum in die Matratze krallte, und begann, sich im holprigen Rhythmus hineinzudrücken.

Im Laufe der Nacht aber lernte er Fertigkeiten, Rhythmen, Stellungen. Dinge, über die er nie nachgedacht hatte, immerhin brauchte sein Dildo keine Abwechslung, er hatte keine Beine, keinen Mund, keine Hände, keinen Arsch und auch alles andere nicht – vor allem keine Neugier, keine Begeisterung, keine

Experimentierfreude, keine Ideen, wie es vielleicht noch geiler war. Und er lag nicht zwischen den immer wieder aufwallenden Momenten der Ekstase eng umschlungen mit Johan da und presste die Handfläche gegen seine Handfläche, oder malte Buchstaben auf seinen Nacken, oder zupfte an seinem Haar, oder pustete ihm auf den Hals, bis Johan lachte. Er stellte keine Hypothesen auf, oder gab hinterher, wenn sie wieder einmal keuchend und verschwitzt in die Matratze fielen, Feedback.

Ein bisschen fühlte sich Johan im Laufe der Nacht wie ein Kind auf Zeltlager, das fern der Eltern *alles* durfte, solange es kein Erwachsener mitbekam. Er fühlte sich frei, verwegen, frivol. Alles schien möglich, alles aufregend, jedes noch so bescheuerte Hirngespinst machbar, und Hirngespinste kamen ihnen einige. Es war, als würden sie alles, was sie bisher versäumt hatten, in dieser Nacht ausprobieren müssen. Aber ohne Stress oder Druck, da war kein drängendes Wollen dahinter, sondern einfach nur ... Spaß. Faxen. Erotische Faxen. Eine durch und durch wollüstige Nacht, und erst, als bereits die Sonne durch die Ritzen der Jalousie blitzte, schliefen sie ein, so fest miteinander verwoben, dass sie selbst nicht mehr wussten, zu wem welches Bein und welcher Arm gehörte.

Die Vögel zwitscherten und ehe Stefan in den Schlaf sank, nuschelte er an Johans Nacken: »Ich hab dich mit jeder Sekunde, die wir miteinander verbringen, mehr lieb.«

10| Kilimandscharo

Johan schlug die Augen auf. Kahles Zimmer. Weiße, unberührte Wände. Künstliche Dämmerung am helllichten Tag – hinter der Jalousie: die Sonne. Ein warmer Körper schmiegte sich von hinten an ihn, ein Arm lag über seinem und hielt ihn fest. Im gleichmäßigen Rhythmus drückte Stefans Bauch gegen Johans Rücken, Atem blies ihm in den Nacken, verteilte sich abwärts bis in den schmalen, verschwitzten Spalt, der mit jedem Atemzug zwischen ihnen entstand. Wie Wellen eines Meeres.

Johan streichelte ganz zart Stefans Handballen. Die Finger zuckten leicht. Die Morgenerektion zupfte ungewohnt an der Vorhaut. Von Creme und Sperma war sein Schwanz total verklebt. Johan strich ein paar Mal darüber, um das komische, ziepende Gefühl zu vertreiben. Stefans Schwanz drückte mal mehr, mal weniger gegen seinen Hintern, schien sich manchmal regelrecht an ihm zu winden. Auch zwischen den Backen kitzelte es, Johan hatte fast das Gefühl, da liefe etwas aus ihm heraus. Er hob vorsichtig ein Bein an, wischte mit der Hand über seinen Hintern. Dasselbe schmierige Gefühl wie auf seinem Schwanz. Das ganze Zimmer roch nach dieser Creme, Schweiß und Sex.

Vorsichtig hob Johan Stefans Arm an, um sich behutsam auf den Rücken zu drehen, legte sich die Hand auf die Brust und schaute ihm ein wenig beim Schlafen zu.

Ihm ging auf, dass er es nicht glauben konnte – das hier. Stefan nackt neben ihm. Friedlich schlafend. Am Morgen nach einer langen Nacht, in der sie sich weiß Gott wie oft geliebt hatten – eine regelrechte Orgie war es gewesen. Und das spürte Johan auch. Aber es war eine angenehme Zerschundenheit, ein befriedigendes Wundsein. Ein Beweis.

Und doch, dass Stefan hier war, passte nicht in den Kopf. Dort gab es zwei Stefans. Einer war der unerreichbare Kellner, höflich, flink, mit weißem Hemd, schwarzem Samtgilet und flaschengrüner, knöchellanger Schürze. Der Kerl, der hinter der Schank stand und Gläser polierte und dessen Finger flink durch die Fächer seiner riesigen Geldbörse kletterten. Der andere war der entfesselte Liebhaber, der ihm das Herz ausschüttete, der ihn überall küsste, wo seine Lippen hinkamen, der in ihn kroch, in den er hineinkroch. Ein Kerl, der Johan so nah war wie niemand sonst in seinem Leben – ja, fast wie ein neuer Körperteil, der ihm über Nacht gewachsen war, und den er *brauchte*. Durch den seine wichtigsten Arterien und Nervenbahnen gingen, und dessen Amputation er nie überleben würde. Es musste dranbleiben, das Organ namens Stefan, musste für immer mit seinem Herzschlag verbunden sein.

Zwischen diesen beiden Stefans gab es keine Verbindung. So sehr sich Johan bemühte, die Bilder wie Folienschablonen übereinanderzuschieben, den Kellner mit dem nackten Kerl neben sich und den nackten Kerl neben sich mit dem Kellner, so sehr er versuchte, ein ganzes Bild daraus zu machen – es gelang ihm nicht. Weil der Stefan hinter der Schank niemals eine Option gewesen war. Er war kein Mann gewesen, auf den Johan gehofft hatte, mit dem er sich was hätte vorstellen können. Er war mehr eine Art Konstrukt gewesen, ein theoretisches Konzept. So, wie er sich etwa vorstellte, mal vom Gipfel des Kilimandscharo zu spucken. Da wusste er auch von vornherein, dass das nie passieren würde, und zwar schon deswegen, weil er zwar den Namen des Berges kannte, nicht aber wusste, wo auf dieser Welt er stand.

Stefan im Kopf war der Kilimandscharo. Und der hier, der war das Meer, das Johan wie selbstverständlich umschloss und zu einem gesunden Planeten machte, auf dem Leben möglich war.

Johan hob das Kinn, schielte hoch zum Fenster, durch die Ritzen der Jalousie hindurch. Wie spät es wohl war? Mit den Zehen schlüpfte er in den Bund seiner Jeans und schob sie vorsichtig höher. Ihn bloß nicht wecken. Fast fünf Minuten bugsierte er das Kleidungsstück herum, das sich wehrte, ihm immer wieder entwich. Dann endlich grapschte Johan in die Gesäßtasche und zupfte sein Handy heraus.

11:23

Scheiße! War heute nicht Frank wieder da? Hatte er nicht zugesagt, nach langem mal wieder dabei zu sein, beim Sonntagsessen? Johan wurde hektisch und ihm war danach, Stefan von sich zu stoßen und aufzuspringen – zugleich aber wollte er ihn auf keinen Fall wecken. Also riss er sich zusammen und schluckte die Panik runter, packte Stefans Handgelenk, wand sich unter seinem Arm hervor und hielt immer wieder inne, wenn Stefan im Schlaf aufatmete. Behutsam legte er seine Hand auf ein Kopfkissen, das er darunterschob, als wäre es eine Johan-Attrappe. Lautlos sammelte er Kleider und Schuhe auf, tappte in die

Küche und zog sich rasch an. Er suchte nach einem Trinkglas, befüllte es mit Wasser und kippte zwei volle Gläser runter, dann schlich er in den Flur.

Ehe er zur Wohnungstür marschierte, bog er noch einmal Richtung Schlafzimmer ab, legte die Schläfe gegen den Türrahmen und schaute Stefan beim Schlafen zu. Am liebsten hätte er sich wieder ausgezogen und zu ihm gelegt, da begann sein Handy zu vibrieren.

Rasch drückte Johan den Anrufer weg, ehe Stefan vom schrillen Klingelton geweckt wurde, und schlich zur Wohnungstür. Durchs Guckloch prüfte er, ob jemand draußen am Gang war, drückte das Ohr ans Türblatt. Alles leise. Sachte öffnete er, steckte den Kopf heraus, wand sich aus der Wohnung, zog die Tür vorsichtig zu. Als er die Treppen abwärtslief, rollte er gekonnt mit den Sohlen ab, um jede unnötige Geräuschquelle zu vermeiden. Es duftete nach Schnitzel. Irgendwo lief ein Radio. Geschirr klapperte. Gelegentlich hielt Johan atemlos inne, wenn er sich einbildete, dass eine Tür aufgemacht worden war.

Unten angekommen zog er die Haustür auf, blickte links den Innenhof runter, der grün bepflanzt war und auf dem eine Kinderrutsche, ein Klettergerüst und ein Sandkasten aufgestellt waren. Buntes Plastikspielzeug und ein auf den Boden hingeschleudertes kleines Fahrrad verrieten, dass da eben noch Kinder gespielt haben mussten.

Johan schob sich aus dem Haus, zog die Kapuze tiefer ins Gesicht, hob die Schultern an, stopfte die Fäuste in die Taschen des Sweaters ...

»Johan?«

Im ersten Reflex wollte Johan wegrennen so schnell er konnte, doch dann blieb er stehen, straffte die Schultern, zog die Kapuze runter und drehte sich betont cool um.

Severin. Einer der gefallenen Partylöwen, die hier mit ihren gepiercten, tätowierten Tussis hausten. Obwohl er gewiss schon einen Wohnzimmerschrank aufgebaut hatte, war er noch regelmäßig bei den Discotouren dabei. Auch gestern.

»Was machst denn *du* hier?«, fragte Severin.

»Äh ...« Verdammt. Johan hatte sich für so viele Situationen Ausreden zurechtgelegt – nur nicht für diese. Wie hätte er auch ahnen sollen, dass er je an einem Sonntagvormittag aus dem Haus seines Liebhabers schleichen würde? Das hatte er nie vorgesehen. »Ähm ...«, er kratzte sich am Kopf, zupfte sich an der Nase, schaute sich um. Verdammt, verdammt.

»Wo bist denn gestern geblieben?«, fragte Severin, ohne die Antwort abzuwarten. »Wir haben dich im *Sono* vermisst.«

»Da hab ich Lokalverbot«, griff Johan zur bewährten Ausrede. »Weißt eh, wegen der Schlägerei beim Wet-Shirt.«

Severin lachte auf. »Ach ja, richtig. Bam, da hast es dir voll gegeben, Alter. – Die haben dir echt ein Lokalverbot aufgedrückt? Na arg. Hab ich gar nicht gewusst. Jetzt wird mir auch klar, warum man dich in letzter Zeit so selten sieht.«

»Ja, ja.« Johan schaute sich um, verlagerte das Gewicht von einem aufs andere Bein, kratzte sich am Hinterkopf. »Ist ein bisschen deppert gelaufen, in letzter Zeit. Mit dem Unfall und alles ... ohne Auto ist das halt nicht so ...«

»Na, dass ich dich *hier* treff ...«, Severin schüttelte den Kopf. »*Was* hast gesagt, machst noch mal da?«

»Ähm ... Besuch. Hab nur was abgeholt. Abgegeben. Mein Kollege wohnt da und ich hab mir von ihm ... ähm ... das Dings ausgeborgt, na ... das, ähm ... Dings ... Sachen ... Lötkolben. Genau! Den Lötkolben. Weil ich an der Platine von meiner Spielekonsole ... na du weißt schon.«

»Klar«, sagte Severin. »Wie heißt er denn, dein Kollege. Ich kenn fast alle hier ... ihn wahrscheinlich auch.«

»Äh ...«, Johan wurde heiß. Er konnte das glühende Stechen an den Wangen spüren, das bedeutete, dass er rot wurde. »Seiler.«

»Seiler, Seiler, Seiler«, murmelte Severin. »Der Stefan? Seiler Stefan? Der vom Wirten!«

»Mh.«

»*Der* ist dein Kollege?«

Johan grinste schief. »Kann man sich nicht aussuchen, weißt eh.«

»Schon klar.« Severin nickte und musterte Johan eindringlich. »Nimm dich in acht vor dem.«

»Wieso?«

Severin schaute sich um, dann Johan wieder fest ins Gesicht. »Nur so. Man redet Sachen über ihn. Weiß nicht, obs stimmt, aber Vorsicht ist Vorsicht.«

Johan wurde abwechselnd heiß und kalt. Der Boden unter seinen Füßen fühlte sich an wie Teig. »Was sagt man denn?«

»Wie gesagt, ich bin mir nicht sicher ... gestern habens so geredet ...« Severin dämpfte die Stimme. »Angeblich soll er nicht so ... sattelfest sein, in Sachen Frauen, wennst verstehst.«

134

Johan glotzte ihn wie betäubt an.

»Habens halt gesagt«, meinte Severin. »Ein bisserl hab ich mir das aber eh schon gedacht, wie er so immer herumschleicht, weißt eh, so typisch mit den Hüften, wie die das halt so machen.«

»Ach so? Hab ich noch nicht drauf geachtet«, krächzte Johan.

»Schaust einmal genauer hin, wenn er bei euch rumwackelt – dann weißt, was ich mein.«

»Nein danke.« Johan verzog das Gesicht. »Ich glotz einer Schwuchtel doch nicht aufm Arsch. Das hätts wohl gern.«

Severin lachte auf. »Du immer.«

»Na ja«, sagte Johan und nickte zu den Feldern. »Ich muss ... mein Bruder ist heut wieder da.«

»Richtest ihn schöne Grüße aus«, bat Severin.

»Aber klar. Bis irgendwann dann.«

»Bist nächstes Wochenende eh am Kirtag in Labendorf, oder?«, rief Severin, während sie bereits in verschiedene Richtungen davongingen.

»Sowieso. Ist ein Pflichttermin«, rief Johan.

»Na dann ... und pass auf dich auf ... du weißt schon ...« Severin machte einen tuntigen Hüftschwung.

»Immer!«, rief Johan und marschierte querfeldein los.

Scheiße, scheiße, scheiße. Und er hatte gestern mit Stefan im *Dominic* an einem Tisch gesessen, mit ihm das Lokal verlassen ... und jetzt erwischte ihn Severin hier, wo Stefan wohnte. Wann würden sie eins und eins zusammenzählen?

Das Gras unter Johans schnellen Schritten knisterte, er fiel in den Laufschritt, querte eine Landstraße, rannte über die Felder, lief in direkter Luftlinie zu seinem Motorrad auf dem Supermarktparkplatz. Es stand noch genau so da, wie er es abgestellt hatte. Was, wenn gestern Nacht jemand gesehen hatte, wie er in Stefans Auto gestiegen war? Johan drehte sich im Kreis, schaute sich um. Die nächsten Wohnhäuser hockten erst in einigem Abstand in ihren Gärten. *Da müsste schon einer auf der Lauer liegen. Sei nicht so paranoid.*

Johan schwang sich aufs Motorrad, kurvte geschickt um den Schranken des Parkplatzes herum, lenkte auf die Straße und gab ordentlich Gas.

Er bretterte gerade in die Zielgerade, als die Eltern ins Auto stiegen. Frank sperrte das Haus ab und eilte im Laufschritt zum Wagen.

»Wo bist denn gewesen?«, rief die Mutter. »Ich hab anrufen wollen, bist aber nicht rangegangen.«

»Unterwegs«, murmelte Johan und stellte das Motorrad in die Einfahrt.

»Ich hab das nicht gern, wennst mich wegdrückst«, klagte sie.

»Pech.«

»Na? Wieder voll auf Tour?«, fragte Frank breit grinsend. »Lang hat die Einkehr aber nicht angehalten.«

»Steigts jetzt ein«, bat der Vater.

Johan setzte sich neben Frank auf den Rücksitz. *Wie in alten Zeiten.* Wobei, *so lange* waren die alten Zeiten noch nicht her. Ein paar Wochen gerade einmal, aber Johan erschienen sie wie Jahre. Einst der Dreizehnjährige, der brav bei den Eltern hockte und den Kellner anschmachtete ... und jetzt ...

»Mah, was stinkt denn da so?« Die Mutter drehte sich um. »Bist *du* das, Johan? Irgendwie parfümiert und arg schweißig ... Mah, da wird mir ganz schlecht.«

»Hab halt keine Zeit gehabt zu duschen«, knurrte Johan und schnupperte an seinen Achseln. Gut, er duftete vielleicht nicht nach Rosenwasser, aber so extrem, wie die Mutter behauptete, war es auch wieder nicht.

Frank grinste. »Stinkst wie eine Hochzeit aus einer Bullenzuchtstation und einer Parfümerie.«

Johan boxte ihm in den Oberschenkel. »Sei nicht so deppert.«

»Hast wieder gesoffen, die ganze Nacht«, tadelte der Vater hinterm Steuer. »War dir der Unfall keine Lehre, ha?«

»Ich hab nicht ...«, Johan seufzte. »Hast recht. Ich hab mich angesoffen.«

»Mit dir machen wir was mit«, meinte die Mutter. »Andere in deinem Alter bauen sich langsam ein Leben auf, suchen sich eine Freundin, nehmen sich eine Wohnung, planen ihre Zukunft. Nur du führst dich mit deinen neunzehn Jahren noch immer auf wie ein Fünfzehnjähriger.«

»Der Frank hat aber auch noch keine Freundin«, entgegnete Johan.

»Aber er studiert. Er tut was für seine Karriere.«

»Ich tu auch was für meine Karriere.«

»Im Baumarkt«, meinte die Mutter trocken.

»Ja! Im Baumarkt! Ist das jetzt nicht genug, oder was?«

»Nicht, wennst sonst nix hast«, meinte der Vater.

»Wer sagt denn, dass ich sonst nix hab?«

Die Mutter drehte sich um und strahlte Johan an. »Hast leicht wen? Wer ist sie?«

»Das werd ich *dir* verraten«, knurrte Johan und starrte aus dem Fenster.

»Psssst«, machte Frank.

Johan wandte sich zu ihm herum. »Was ist?«

»Echt? Hast ...?« Vielsagend wackelte Frank mit den Augenbrauen.

Johan schnaubte und schaute wieder aus dem Fenster.

»Heh!«, flüsterte Frank und stupste ihm in den Ellenbogen. »Das, was ich glaub? Was ich gesagt hab?«

»Hör auf jetzt!«, zischte Johan.

»Weißt du, wer sie ist, Frank?«, fragte die Mutter.

Johan funkelte ihn wütend an. *Untersteh dich.*

»Nicht wirklich«, antwortete Frank.

»Bringst sie mal mit«, bat die Mutter Johan. »Würd mich brennend interessieren, auf welchen Typ du so stehst.«

»Blonde«, sagte Frank wie aus der Pistole geschossen. »Große, schlanke Blonde.«

Johan hieb ihm mit der Faust in den Oberschenkel – und zwar mit voller Wucht.

»Spinnst!«, schrie Frank und rieb sich über die schmerzende Stelle! »Aaah. Das wird ein blauer Fleck.«

»Wenn wir aussteigen, bring ich dich um«, zischte Johan.

»Ist jetzt eine Ruhe da hinten?!«, sprach der Vater ein Machtwort. Und wie in der Kindheit, funktionierte es auch jetzt.

11| Rachegott

Der Feichtinger war ein Lokal mit modernem Ambiente und einer unschlüssigen Speisekarte. In regelmäßigen Abständen reiste der Chef in verschiedene Großstädte und kam mit neuen Ideen zurück, die er in seinen Betrieb zu integrieren versuchte. Daher gab es dort neben Schweinsbraten und Schnitzel auch Pizza, Sushi und Nudeln Süß-Sauer. Die Überschriften in der Speisekarte lauteten *Traditionelles* oder *Frisch von der Alm*, statt einfach nur *Hauptspeisen*, und der *Rinderbraten* wurde zur *Gaumenfreude aus dem Stall.* Auch hatte der Feichtinger ganz in der Tradition eines amerikanischen Fast-Food-Unternehmens ein Café mitten ins normale Restaurantgeschehen gepflanzt, mit eigenen Tischen und Stühlen, auch, wenn eigentlich wurscht war, wohin man sich setzte. Die *Kinderecke* konnte sich in Sachen Spielzeug mit dem Gemeindekindergarten messen.

Natürlich fand jeder das Lokal *überkandidelt*, eine einzige, widerliche Anbiederei an die Stadt – aber sie pilgerten alle hierher. Meist mit Ausreden wie: Die Kleine isst uns nur vegetarisch und der Bub nichts anderes als Pizza, da können wir zusammen essen gehen und alle sind glücklich.

Seit der Seilerwirt zugesperrt hatte, waren Johans Eltern hierhergepilgert, aber einen Stammplatz hatten sie in dem überfüllten Restaurant noch nicht etabliert. Johan kam das erste Mal mit und bereute es augenblicklich. Das Gedränge, der Lärm ... so etwas fand er Samstagabend in der Disco toll, nicht aber mit seinen Eltern in einem Restaurant nach einer durchfickten Nacht. Zu viele Familien, Kinder, Babygeschrei, Besteckkratzen, Geschirrklirren, und hinter der Schank stand eine mollige Kellnerin. Das war vermutlich der Hauptgrund, warum Johan dieses Lokal von Anfang an unsympathisch war.

Nur mit Glück ergatterten sie einen freien Tisch in der Mitte des Lokals, an dem dauernd die Kellnerinnen vorbeiflitzten.

»Du hättest dich echt duschen sollen«, meinte die Mutter, als sie sich neben Johan setzte.

»Ich habs kapiert, ich stink«, knurrte Johan.

So, wie er nach dem Aufwachen den Kellnerstefan nicht mit dem Stefan in seinen Armen hatte vereinen können, so konnte er jetzt nicht vereinen, dass er, der hier genervt mit seinen Eltern in diesem Restaurant hockte, derselbe war, der in der vergangenen Nacht mit Stefan Dinge gemacht hatte ...

Das Schwule, das er für viele Stunden so normal hatte finden können, war plötzlich undenkbar. Wieder kam das Gefühl in ihm hoch, dass nicht *er* es gewesen sein konnte, der solche Dinge machte, wie mit Stefan letzte Nacht. Wieder schien ihm das mehr wie eine Art Verfehlung in einem abartigen Trancezustand. Es war unwirklich. Es war zu pervers, um sich damit identifizieren zu können. Wenn die Mutter wüsste, was er heute Nacht getrieben hatte ...

Johan konnte das nicht. Tagsüber der brave Sohn, der fleißige Kollege, der beliebte Partylöwe, und nachts in Stefans Armen liegen, die Welt vergessen, mit Schwanz und Körperöffnungen Sachen anstellen, die selbst den Teufel zum Erröten brachten. Und immer die Angst im Nacken, jeden Blick fürchten müssen, nervös werden, wenn zwei miteinander redeten und dann zu ihm schauten, zuhauen müssen, immer und immer wieder, damit bloß keiner auf Gedanken kam.

Wenn er mit Stefan zusammen war, wurde er außerdem unvorsichtig. Siehe Disco. Unter dem Tisch die Hand nehmen. Ihm mit dem Gesicht so nahe kommen, dass man aus einem bestimmten Winkel hätte glauben können, sie küssten einander. Sich mit ihm aus dem Staub machen. Das war ein riesiger Fehler gewesen – erst recht, wenn bereits die Runde machte, dass Stefan schwul war.

Wenn er das Verhältnis fortführte, würden ihm noch mehr Fehler unterlaufen, alleine schon, weil er in Stefans Gegenwart neben sich stand und so weich war, so gar nicht auf Krawall gebürstet.

Plötzlich entdeckte Johan an der Schank einen älteren Herrn, das Gesicht müde und rot, der Blick stumpf auf den Bierkrug gerichtet, den er fest umfasst hielt. Darum herum ein paar Schnapsgläser.

War das nicht ...? Das war doch ...!

»Ich muss kurz ...«, murmelte Johan, sprang hoch und eilte aus dem Restaurant auf den überfüllten Parkplatz, wählte Stefans Nummer.

»Er ist hier!«, rief Johan, noch ehe Stefan etwas sagen konnte. »Dein Papa. Er ist hier ... beim Feichtinger.«

»Was?«

»Soll ich was machen? Soll ich ihm was sagen?«

»Nein! Ich bin gleich da!«, rief Stefan aufgeregt. »Oder doch: Ruf mich an, falls er abhaut.«

»Okay«, sagte Johan. »Ich muss dir übrigens noch was ...«

Piiiep. Stefan hatte bereits aufgelegt.

Einen Moment lang überlegte Johan, ob er ihn noch einmal anrufen und ihm sagen sollte, dass Severin über ihn bescheid wusste, aber Stefan hatte vermutlich gerade keinen Kopf dafür, also schob er das Handy wieder in die Gesäßtasche und marschierte zurück ins Lokal. Als er beim Seilerwirt vorbeimarschierte, nickte er zum Gruß, aber Stefans Vater schien Johan gar nicht zu erkennen.

»Was war denn?«, fragte die Mutter.

»Nix.«

»Nie ist was, und dann liegst im Graben ...«

»Ich hab nur wen angerufen, wennst es unbedingt wissen musst. Zufrieden?«

»Und wen?«

»Das geht dich nix an.«

Frank grinste.

»Deine Freundin?«, fragte die Mutter.

»*Jemanden,* okay?«, fuhr Johan sie an, dann wurde ihm bewusst, dass Stefan gleich hierherkommen würde. Was, wenn er ihn auch hier so auffällig anstrahlte wie am Vorabend in der Disco? Ergeben seufzte Johan. »Ja, meine *Freundin* ... Angelika.«

Franks Augenbrauen wanderten nach oben.

Die Mutter straffte verzückt die Schultern. »Angelika ... wie noch?«

»Schmiedinger. Kennst nicht, kommt von weiter weg, war bei uns im Baumarkt ... eine Kundin ...«

Trotzdem kramte die Mutter ihre geistige Adresskartei durch.

»Sie kommt aus der Stadt«, sagte Johan schnell und wunderte sich selbst, wie einfach ihm die Lüge von den Lippen ging. »Ihre Eltern haben ein Ferienhaus im Engtal unten ... deswegen ist sie nur an den verlängerten Wochenenden da. Oder in den Ferien.«

Die Mutter strahlte den Vater an. »Na, das sind Neuigkeiten!«

»Abwarten«, meinte der Vater.

»Warum erzählst uns denn nix davon?«, wollte die Mutter von Johan wissen. »Das ist ja zur Abwechslung mal eine *tolle* Entwicklung.«

»Weils noch nix Festes ist«, erklärte Johan und blickte sie herausfordernd an. »In erster Linie Sex.«

Die Mutter schluckte und straffte weltoffen die Schultern. »Na, ist auch was Schönes. Das andere entwickelt sich von ganz allein, wenns passt.«

»Ja«, Johan lehnte sich zurück. »Wir können nicht die Finger voneinander lassen. Und *solche* Dinger hats.« Er formte Riesenmöpse vor seiner Brust.

»Kannst schon wieder aufhören«, mahnte der Vater.

»Wir werdens ja dann eh kennenlernen ... irgendwann«, sagte die Mutter.

»Na, auf *die* bin ich aber auch gespannt«, meinte Frank.

»Such dir eine eigene«, knurrte ihn Johan an, da kam schon die Kellnerin und servierte das Essen.

Schweigend fuhrwerkten sie auf ihren Tellern herum.

Angelika ... wie erbärmlich bist du denn eigentlich? Johan schob das Essen von einem zum anderen Ende des Tellers. Der Appetit war ihm vergangen.

Plötzlich ging die Tür auf und Stefan schneite herein, schwarze Jeans, weißes Hemd, wie gestern Abend in der Disco, und schaute sich suchend um.

Johan sank tiefer in seinen Stuhl, fixierte seinen Teller, stopfte Bissen um Bissen in den Mund. *Bitte such mich nicht. Bitte entdeck mich nicht.*

»Na da schau her, der Stefan ist da«, sagte Frank und rempelte Johan mit dem Ellenbogen. »Schau, Johan, schau.«

»Öhampf«, knurrte Johan mit vollem Mund und rempelte Frank zurück, nur viel brutaler.

»Ja wirklich!«, sagte die Mutter und reckte den Hals. »Wie anders dass er ausschaut, so ohne Tracht. Na so was! Sein Vater ist auch da.«

»In dem seiner Haut möcht ich nicht stecken«, murmelte der Vater.

»So eine Pfändung ist halt nie leicht«, meinte die Mutter und gaffte. »Mei, ganz fertig schaut er aus, der Alte. Aber der Stefan ... fesch ... richtig aufgeblüht ist er. Findest nicht auch, Johan?«

»Mmh-Mmh.« Johan deutete auf seinen vollgestopften Mund. Die Höflichkeit verbat, jetzt zu sprechen.

»Findest nicht auch, Johan?«, trällerte ihm Frank ins Ohr.

Johan versetzte ihm einen Tritt gegen den Knöchel und stopfte rasch noch einen Bissen in den Mund. Er war so voll, dass er kaum Luft bekam und seine Augen brannten.

»Jetzt schau nicht so auffällig hin«, mahnte der Vater die Mutter.

»Ich will aber wissen, was da los ist.«

»Das geht uns nix an.«

»Ich glaub, die streiten«, kommentierte die Mutter. »Mein Gott, so durch den Wind hab ich den Stefan auch noch nie erlebt.«

Entgegen seines selbstauferlegten Verbots, blickte Johan hoch. Tatsächlich. Stefan gestikulierte wild, sein Kopf war rot. Er wirkte weniger wütend als verzweifelt. Ein Stich fuhr durch Johans Herz. Stefans Vater wirkte stoisch, schüttelte nur immer wieder den Kopf, winkte ab und wich zurück, wenn Stefan ihn am Arm packen wollte, und dann – es zerriss Johan das Herz, das zu sehen – drückte der Vater Stefan an der Brust von sich weg. Es war eine so deutliche, von sich weisende Geste, eine so abschließende, trennende Bewegung, dass Stefan wie benommen zurückwich. Betroffen sah er zu, wie sich sein Vater wieder der Bar zuwandte, und blieb fast eine Minute so stehen, wie ein Hund, den man ausgesetzt hatte. Er schien auf ein versöhnliches Zeichen zu warten, darauf, dass sein Vater die Zurückweisung aufhob, doch der schien seinen Sohn bereits vergessen zu haben. Mit jedem Atemzug wurde Stefan farbloser und ließ ein Stückchen mehr die Schultern hängen.

Schließlich schien er zu kapitulieren, drehte sich um und eilte aus dem Lokal.

Johans Beine zuckten. Er wollte hinterher. Doch der Stuhl hielt ihn fest.

»Da ist jetzt aber ein tiefer Riss durchgegangen«, meinte die Mutter betroffen.

»Willst ihm nicht hinterher?«, fragte Frank leise und alles andere als gemein.

Johan starrte ihn unschlüssig an – er war nur ein Zucken davon entfernt, alles liegen und stehen zu lassen und zu Stefan hinauszustürzen. Sein Hintern schwebte bereits einen Zentimeter über der Sitzfläche, da schob sich am Nebentisch ein Stuhl zurück und eine Frau drehte sich zu ihnen herum.

Johan kannte sie aus seinem Dorf. Prandler Marie, Obfrau des Ortsverschönerungsvereins und gefürchtetes Mitglied im Kirchenchor. Seine Mutter und sie hatten immer mal wieder Phasen tiefer Freundschaft, die sich mit begründeten Phasen gegenseitiger Ignoranz abwechselten.

»Habts das verfolgt gerade?«, fragte sie und nickte zur Schank. »Mit dem Seiler und seinem Buben?«

»Nicht so richtig«, behauptete die Mutter.

Der Vater schüttelte über ihre Untertreibung den Kopf.

»Dass' ihm das Wirtshaus weggenommen haben, das wissts wahrscheinlich schon, oder?«, fragte die Prandler.

Die Mutter nickte. »Tragische Geschichte.«

»Das ist aber noch längst nicht alles! Das Neueste wissts ihr ja noch gar nicht!« Die Prandler rückte den Stuhl vollständig zu ihnen herum und neigte sich verschwörerisch über den Tisch. »Nicht, dass der Seiler in seinem Leben nicht eh schon genug durchgemacht hätt, mit den Frauen und die Kinder so ganz allein, und dass ihm das Wirtshaus weggepfändet haben – nein, haltets euch fest ...« Sie dämpfte die Stimme. »Jetzt muss er auch noch herausfinden, dass sein Sohn ein Warmer ist.«

Johan spuckte den üppigen, halbzerkauten Nahrungsbrei auf den Teller.

»Ja ...«, die Prandler nickte. »So hab ich auch reagiert.«

»Wer, der Markus?«, fragte die Mutter.

146

»Nein, der Erste ... der Stefan.«

»Nein!«, stieß die Mutter aus. »Der *Stefan?*«

»Gell?« Triumphierend schlug die Prandler auf den Tisch. »Da setzts dich erst einmal hin.«

»Mei, der arme Mann ...« Die Mutter schüttelte betroffen den Kopf. »Wenns einen erwischt, dann ordentlich. Ein Unglück kommt selten allein.«

»Na ja ... *Unglück* ...«, relativierte Frank.

Johan war seinem Bruder richtig dankbar, dass er etwas sagte. Er selbst war wie gelähmt, das Herz hämmerte ihm gegen die Brust und in den Ohren rauschte das Blut.

»Wenns mich fragts, ist das die gerechte Strafe Gottes«, erklärte die Prandler entschieden.

»Das ist aber eine perfide Strafe«, meinte der Vater.

»Geh, wofür denn?«, fragte die Mutter. »Er war ja immer ein so netter, fleißiger Mann.«

»Weil er nicht auf seine Eltern gehört hat. Weil er die Finger nicht lassen hat, von dieser Frau. Und dann hat er sich auch noch gegen Gott versündigt, wie er den Buben aus ihrem Leichnam rausgeholt hat. Ich sag euch, der Herrgott mag das nicht, wenn man ihm in seine Pläne pfuscht. Und als Strafe hat er den Buben schwul gemacht. Damit der Seiler bis zum Rest seiner Tage bereut, dass er ihn am Leben gehalten hat – und ... damit sich die Erbsünde über seinen Samen nicht fortpflanzen kann.«

Frank brach in schallendes Gelächter aus. »Einen so einen epischen Schwachsinn hab ich schon lang nicht mehr gehört.«

Gekränkt blickte die Prandler ihn an. »Pass nur auf, dass du dich nicht auch versündigst.«

»Da mach ich mir keine Sorgen«, meinte Frank und wischte sich Lachtränen aus den Augenwinkeln. »Soll er nur kommen, dein Rachegott.«

»Ja, das sagen sie alle, und jetzt schau ihn dir an, den Seiler. Frau weg, Wirtshaus weg, Kinder weg.«

»Der Stefan ist nicht tot, sondern schwul.«

Unheilschwanger blickte die Prandler ihn an. »Das kommt aufs selbe raus.«

»Na, auf so einen Gott kannst aber auch scheißen«, meinte Frank und grinste fies, »und zwar kreuzweise!«

»Frank!«, mahnte die Mutter.

Die Prandler schnappte empört nach Luft und blickte auffordernd zum Vater. Doch statt Frank zu maßregeln, schmunzelte er bloß, stopfte vergnügt einen Bissen in den Mund und nickte.

»Also, das muss ich mir nicht ...« Beleidigt fuhr die Prandler herum und rückte mit dem Stuhl wieder an ihren Tisch zurück. Sah ganz so aus, als wäre die nächste Periode gegenseitiger Ignoranz angebrochen.

Die Mutter stocherte eine Weile betreten in ihrem Essen herum. »Hast das gewusst, Johan? Das vom Stefan?«

Johan fühlte sich wie an den Stuhl genagelt. Krampfhaft starrte er auf seinen Teller und schüttelte kaum merklich den Kopf.

»Geh, woher soll er das denn wissen?«, murmelte der Vater.

»Die arbeiten doch jetzt zusammen.«

»Ach so?« Überrascht blickte der Vater hoch. »Das weiß ich ja gar nicht.«

»Aber sicher weißt das«, sagte die Mutter. »Das hab ich dir doch eh erzählt.«

»Nix hast.« Der Vater wandte sich an Johan. »Seit wann denn?«

»Zwei ...«, krächzte Johan und räusperte sich. »Zwei Wochen ... zirka.«

»So ein lieber und freundlicher Bub, wie er immer war, der Stefan.« Betroffen schüttelte die Mutter den Kopf. »Und so fleißig.«

»Na, dann können wir froh sein, dass wir zwei so faule Halbaffen haben«, murmelte der Vater und stopfte wieder einen Bissen in den Mund.

»Das ist nicht lustig«, mahnte die Mutter. »Schau ihn dir an, den Seiler. Ich möcht mir gar nicht vorstellen, was der jetzt durchmachen muss.« In einem Anfall von Rührung griff sie über den Tisch nach Johans und Franks Händen. »Ich bin so dankbar, dass ich zwei *normale* Kinder hab. Ihr seids zwar manchmal eine echte Plage, aber wenigstens seids gesund.«

12| Trachten, Titten und Traktoren

Mit noch feuchten Haaren vom Duschen hetzte Johan durch sein Zimmer, stopfte den Dildo und das Buch übers Schwulsein in eine Plastiktasche, die er wiederum in eine Plastiktasche steckte und mit einer dritten Plastiktasche umhüllte. Das knisternde Paket stopfte er in seinen Rucksack und stürzte aus dem Haus. Am Rande registrierte er, dass Frank etwas von ihm wollte, aber er sprang aufs Motorrad und war die Gasse runter, noch ehe sein Bruder das Gartentor erreicht hatte.

Johan flüchtete aus dem Dorf, bretterte durch die Nachbarorte und raste über die kurvenreiche Landstraße seiner Heimat davon. Fast eine Stunde jagte er grüne Weiden entlang, durchquerte eine düstere Schlucht und fuhr durch ein ausgedehntes, kühles Waldstück, bis sich vor ihm eine Gegend ausbreitete, die ihm unvertraut war.

Fern seiner Freunde, seiner Familie, fern von *allem*, räkelte sich vor ihm ein goldenes Meer aus Weizenfeldern, in dem Straßen lagen wie sich in der Sonne aalende Blindschleichen. Dahinter erhoben sich die knochigen Schultern von Riesen.

Am Rand des Waldes lag eine kleine Aussichtsplattform. Drei Sitzgarnituren aus Holz witterten dort vor sich hin, ebenso wie eine Tafel, auf der die Landschaft nachgemalt und mit Erklärungen versehen worden war. Wer die Namen der Riesen erfahren wollte, wen interessierte, wo er die nächste Kirche oder Gaststätte finden konnte, fuhr mit den Fingern die blauen, roten, grünen und orangefarbenen Markierungen nach.

Kein Mensch weit und breit.

Johan parkte sein Motorrad, eilte zu einem der Mülleimer, schaute sich sicherheitshalber noch einmal um – keiner da –, dann holte er das Päckchen heraus und stopfte es in einen der weniger überfüllten Eimer. Noch ein Kontrollblick, dann eilte er zu seinem Motorrad zurück und raste wieder Richtung Heimat.

Nach einigen Kilometern wühlte ein dumpfes Gefühl in seinem Bauch herum. Was, wenn einer das Paket fand? Konnte man nicht anhand eines Gentests und der Fingerabdrücke herausfinden, wem der Dildo und das Buch gehörten? In Johans Kopf entstand eine Szene wie aus einem Krimi. Absperrbänder, Spurensicherung, Leute in weißen Raumanzügen, die mit Wattestäbchen herumstapften. Jemand drückte einem Kommissar in Trenchcoat den Dildo in einer dieser Plastiktüten für die Beweissicherung in die Hand, ein anderer wies ihn auf die Reifenspuren hin. Kleinmotorrad, darin Dreckspuren aus einem Boden, wie es ihn nur in Johans Heimatdorf gab. Auf einem eilig herbeigebrachten Laptop wurden die Ergebnisse des DNS-Tests in ein Profil umgewandelt, Alter, Geschlecht, Haarfarbe, Ethnie, sogar ein Phantombild wurde gerendert. Auf einem anderen Rechner hatte man das Modell des Motorrads anhand der Reifenspuren entschlüsselt, und nach einigen weiteren Schlussfolgerungen spuckte die Datenbank ein Führerscheinfoto aus, das erstaunlich deutlich mit dem aus der DNS gerenderten Bild übereinstimmte.

Rund fünf Kilometer lang rang Johan mit sich, ob er umkehren und das Päckchen wieder herausholen sollte, um es woanders zu entsorgen. Doch was, wenn dort bereits jemand war? Wenn ein paar Ausflügler ihre Glieder streckten und eine Großfamilie ein Picknick abhielt? Würde er nicht wie ein Drogenkurier wirken, wenn er auf den Mülleimer zumarschierte, kommentarlos das geheimnisvolle Päckchen herausholte und davonfuhr? Dann rief vielleicht jemand die Polizei und er hockte auf der Wache, während ein halbes Dutzend eilig herbeigerufener Drogenfahnder mit Pinzetten vor seinen Augen das Paket öffnete ...

Sei nicht so paranoid!

In seinem Heimatdorf angekommen, lenkte Johan auf die Tankstelle, befüllte sein Motorrad und schlenderte durch den Shop. An der Ecke mit den Zeitschriften blieb er kurz stehen, grapschte wahllos fünf Tittenmagazine aus dem Regal und marschierte zur Kasse.

»Servus Johan«, grüßte Sepp und warf einen Blick aus dem Schaufenster. »Das ist die Zwei, gell? Das Motorrad.« Er nickte zu den Magazinen in Johans Händen. »Und was hast sonst noch?«

Betont cool legte Johan die Hefte auf den Tresen, trat von einem aufs andere Bein, blickte beiläufig hoch zur Überwachungskamera und sog, zum Beweis, wie scheißmännlich er war, Rotz durch die Nase hoch.

Die Coolness rutschte allerdings mit einem Mal aus seinem Körper, als er registrierte, dass eines der Hefte *heiße Lesben* versprach. *Homosexuell! Homosexuell! Homosexuell! – Jetzt haben sie dich!* Mit brennenden Ohren und glühenden Wangen starrte Johan

Sepp an, der die Scannerpistole dem Barcode annäherte. »Hoppla ... da ...«

»Hast dirs anders überlegt?«, fragte Sepp in einem Tonfall, als wäre Johan ein blöder kleiner Teenager, der an der Kasse vor seiner eigenen Courage kapitulierte.

»Nein. Hab nur kurz geglaubt, das eine hab ich schon.« Und weil das nicht reichte: »Ich hab so viele ... da verlier ich den Überblick.«

»Jaja«, murmelte Sepp und scannte die Preise ein. »Vierundfünfzig neunzig.«

Während Johan die Geldbörse zückte und den Betrag auf den Cent genau herausklaubte, stopfte Sepp die Hefte in eine weiße, unbeschriftete Plastiktasche.

»Lass den Papa schön grüßen, gell«, sagte Sepp zum Abschied, als er Johan die heiße Fracht überreichte.

Johan sperrte sein Zimmer ab, holte die Hefte hervor und blätterte ein wenig darin herum. Entflammte nicht vielleicht doch *irgendwo* in ihm ein *winziges* Fünkchen ...?

Nein. Die Gefühle glichen eher jener widerlichen Faszination, die er verspürte, wenn er den aufgequollenen, von Fliegen fast schwarzen Kadaver eines überfahrenen Tieres sah. Johan spuckte in eines der Magazine und schlug es zu. Warum er das tat, wusste er nicht, aber dann kam ihm, dass, wenn seine Mutter die Magazine finden sollte – und das war das Ziel der ganzen Übung –, diese den Eindruck vermitteln sollten, sie wären ... *gebraucht* worden. Also begann er, wahllos Seiten aufzuschlagen und hineinzuspucken.

Es dauerte nicht lange, bis er sich dabei blöd vorkam. Jämmerlich. Was tat er hier eigentlich?

Plötzlich Hämmern gegen die Tür. Vor Schreck ließ Johan die Hefte auf den Boden fallen.

»Bist schon wieder daheim, Johan?«, rief Frank. »Ich hab dein Motorrad unten gesehen.« Unsanft rüttelte er an der Tür. »Wieso sperrst dich denn ein?«

Hastig klaubte Johan die Hefte auf. »Weil ich meine Ruh will.«

»Geh, mach auf. Lass uns reden.«

»Ich will nicht!«, rief Johan und schaute sich auf die Schnelle nach einem Versteck für die Magazine um.

»Bist bei *ihm* gewesen?«, rief Frank. »Ist er okay?«

FRANK DU ARSCH!

Rasch stopfte Johan die Hefte unter die Bettdecke und stürzte zur Tür, sperrte auf, zerrte Frank in sein Zimmer und sperrte wieder ab.

»Spinnst komplett?!«, zischte er. »Habens dir ins Hirn geschissen, in der Stadt?«

Von Johans Panik unbeeindruckt schlenderte Frank im Zimmer auf und ab und schaute sich um. »Und?«

»Und *was!*«

»Hat er sich wieder gefangen? Was war das überhaupt, mit seinem Vater?«

»Ich weiß nicht, wovon du redest«, behauptete Johan.

»Geh, Johan, wem willst denn was vormachen? Ich hab noch nicht einmal bis drei zählen können, warst schon geduscht und bist abgehauen.« Frank lächelte Johan wissend an. »Na, *wo* wirst hingefahren sein, ha?«

»Nicht, wohin *du* glaubst.«

»Das versteht doch ein jeder, dass du zu ihm willst, nachdem, was sich beim Feichtinger abgespielt hat«, meinte Frank versöhnlich. »Das ist doch nur normal, dass du ihn trösten willst.«

»Trös...? Ich *war* nicht bei ihm! Wie oft soll ich das *noch* sagen! Ich hab nix mit ihm zu tun, also lass mich in Ruh mit dem Scheiß.«

»Ich weiß, dass *du* ihn geholt hast, wie wir beim Feichtinger waren. Wie von der Tarantel gebissen bist aufgesprungen und rausgelaufen, als du seinen Vater gesehen hast.« Frank ließ sich aufs Bett plumpsen und grinste Johan an. »Wie es dich gerissen hat, als er reingekommen ist ... richtig rot bist geworden.«

»Hört auf damit!«

»Und das Erste, was *er* gemacht hat, war schauen, wo du bist«, fuhr Frank grinsend fort. »Da ist so was von die Sonne aufgegangen, in seinem Gesicht, als er dich gesehen hat ... das ganze Lokal ist heller geworden.«

Das ganze ...?

»Ich weiß nicht, was *du* schon wieder gesehen hast«, fuhr Johan Frank an. »Vielleicht bist ja auf Drogen oder so was. Es gibt nämlich nix zu sehen. Zwischen uns ist nix.«

»Genau. Und ich bin der Kaiser von China.«

»Wieso fängst immer wieder an, mit dem Scheiß? Willst mich nur ärgern!«

»Weil ich nicht zuschauen kann, wie du dir selbst im Weg herumstehst, mit deiner Scheißangst. Weißt eigentlich, wie wahrscheinlich das ist, dass du hier in unserer Gegend jemanden findest wie den Stefan? Fesch, schwul, und bis in die Haarspitzen in dich verknallt? Offenbar schnallst *ü-ber-haupt-nicht*, was für ein Glück dass du hast.«

»Glück?«, presste Johan hervor. »*Das* nennst Glück? Hast nicht gehört, wie sie geredet haben? Dass es besser gewesen wär, wenn der Stefan t... wenn sein Vater ihn hätt st...« Johan brach die Stimme weg. Mit brennenden Augen schaute er sich nach seinem Drehstuhl um, zog ihn zu sich heran und ließ sich draufplumpsen.

»Geh, Johan, das ist doch eine depperte, bigotte Funsen. Nicht alle denken so.«

»Ja, sicher«, murmelte Johan. »Und deswegen ist die Mama auch *so dankbar*, dass' zwei *normale, gesunde* Kinder hat!« Verzweifelt blickte Johan seinen Bruder an. »Glaubst wirklich, dass' einen Freudentanz aufführen täten, wenns wüssten, was ich bin?«

»Erwartest dir das?«, fragte Frank provokativ. »Einen Freudentanz? Ist bei dir nur das zulässig, wofür dir die Leut applaudieren?« Er warf die Hände in die Luft. »*Natürlich* werdens nicht begeistert sein. *Natürlich* werdens rummeckern. Aber sie werden lernen, damit umzugehen. Schau dir die Mama an, wie sie auf die Consuela abfährt. Jede Reportage schaut sie sich an, jedes Interview. Wenns mit ihren Freundinnen zusammenhockt, schwärmens kollektiv, was für ein toller Mann das ist, *obwohl* er schwul ist. Und seinen Freund tätens am liebsten auch gleich mitadoptieren.«

»Das ist was ganz was anderes«, stieß Johan hervor. »Das ist *weit weg*. Das taugt ihnen doch nur, weils ihnen so exotisch vorkommt. Bei uns im Dorf oder in der Familie wollns das nicht haben.«

»Ich sag ja nicht, dass es leicht wird«, meinte Frank. »Ich tät dir ja vorschlagen, dass du eine Weile zu mir in die Stadt kommst, wenn dir das weiterhilft.«

»Steck dir deine *Hilfe* sonst wo hin. Ich will hier nicht weg. Mir gefällts da. In der Stadt stinkts. Außerdem mag ich die Berge.«

»Ich weiß, was du meinst. Mir gehts nicht anders. Was glaubst, warum ich dauernd hier herumhock.« Frank lehnte sich zurück und stützte die Hände hinter sich aufs Bett.

Papier knackte verdächtig.

Noch ehe Johan reagieren konnte, schlug Frank die Bettdecke zurück und entdeckte die Tittenmagazine. Er runzelte die Stirn und warf Johan einen verwunderten Blick zu, dann nahm er sie und begann darin zu blättern.

»Das sind meine«, sagte Johan unnötigerweise.

»Jaja«, meinte Frank im selben herablassend, beschwichtigenden Tonfall, wie Sepp vorhin, und schaute sich die Cover an. Eines hob er hoch, um es Johan zu zeigen. *Trachten, Titten und Traktoren* – das Titelbild zierte eine Frau mit gelben Mädchenzöpfen, die breitbeinig, das Dirndl hochgeschoben, auf der Motorhaube eines Traktors saß, sich lasziv einen Finger in den Mund steckte, und aus deren obszön tiefem Ausschnitt unverhüllt Brüste quollen, die die Größe von Wassermelonen hatten.

»Wirklich?«, fragte Frank mit hochgezogenen Augenbrauen, schüttelte den Kopf und fuhr fort, die Magazine durchzusehen. Nach einer Weile legte er die Hefte auf seinen Schoß und sortierte sie Kante an Kante. »Darf ich dich was fragen, Johan?«

»Nutzts was, wenn ich nein sag?«

»Was erwartest dir vom Leben?«

»Was?«

»Na, du wirst doch *irgendeine* Idee haben, wie dein Leben so ablaufen soll. Irgendeine Form von Konzept, eine Vorstellung. Wünsche? Pläne?«

»Jetzt fang nicht auch noch an wie die Mama.«

»Ich fang überhaupt nicht so an wie sie, ich weiß ja, dass das Übliche wahrscheinlich nix für dich ist, und das ist ja auch völlig okay so. Ich kann auch nachvollziehen, dass du dich erst einmal austoben willst. Aber ... wie soll ich sagen ... das, was du treibst, kommt mir völlig sinnlos vor. Du lebst dich nicht aus, du ziehst eine Show ab. Auch das wär okay, wenns dir zumindest einen Spaß machen tät. Aber den Eindruck hab ich nicht. Also frag ich mich: Auf was arbeitest hin? Was ist das Ziel von all dem?«

Johan zuckte mit den Schultern.

»Du erwartest dir *nix* vom Leben?«, fragte Frank ernst.

Johan schüttelte den Kopf. »Nicht, dass ich wüsst.«

Genervt stöhnte Frank auf. »*Nicht, dass ich wüsst? Jeder* hat irgendeinen Lebenstraum, und wenns eine Weltreise ist, oder dass du am Mond spazieren gehst. Du wirst doch *irgendeine* Vorstellung von dem haben, was du willst!«

»Jetzt hörst dich schon an wie der Papa.«

»Was ist mit dem Stefan?«, schlug Frank vor.

Johans Herz rumste gegen den Brustkorb wie ein euphorischer Welpe. »Was soll mit dem sein?«

»Kannst dir was vorstellen mit ihm? *Willst* ihn?«

Die Nervosität griff mit beiden Händen in Johans Bauch und wühlte darin herum wie in einem Brot-

158

teig. Die Luft wurde ihm knapp und statt etwas zu sagen, schüttelte er den Kopf, was allerdings zu einer Wellenbewegung abwärts verkam, bis er die Nägel seiner Daumen fixierte.

»Hast gewusst, dass die Mama glaubt, du hast dich umbringen wollen, wie du den Unfall gehabt hast?«, fragte Frank.

Johan fuhr hoch. »Was?«

»Sie hat mich ganz aufgelöst angerufen und gefragt, ob ich weiß, was dir auf der Seele liegt. Sie hätt mit der Moni geredet und die hätt gemeint, du hättest Depressionen. Weil du seit ein paar Wochen total zumachst. Mit keinem redest ...«, Frank wog den Kopf hin und her, »... na ja, viel geredet hast ja nie, aber sie meint, du bist völlig verstummt, schleichst mit einem Gesicht durch die Gegend, dass einem Angst und Bang wird, hörst nix, siehst nix, bist total eingesperrt in dir. Nach der Arbeit hockst nur in deinem Zimmer herum, statt zum Rudi zu gehen, und nicht einmal mehr in die Disco bist gegangen. Spätestens da hats die Alarmglocken schrillen gehört – oder hören müssen –, meint sie. Sie macht sich total Vorwürfe, weils das nur auf eine bockige Phase geschoben hat. Und dann der Unfall – sie glaubt, der war Absicht. *Irgendwas hat er doch auf der Seele ...«,* ahmte Frank ihre jammernde Stimme nach. »*... die halbe Nacht hör ich ihn in seinem Zimmer herumrennen, und manchmal hat er ganz rote, glasige Augen, als wie wenn er geweint hätt.*« Frank begann blöd zu grinsen. »Eigentlich hab ich mir zuerst gedacht, du hast die Kräuter der Natur für dich entdeckt ...«

»Pffts«, machte Johan. »Aber *mich* ist sie deppert angegangen, weil ich dauernd in die Disco renn oder beim Rudi hock. Sie weiß auch nicht, was sie will.«

»Na, und *du* weißt das, hm?«

»Haaa, Haaa«, ätzte Johan.

Frank hob die Magazine hoch. »Was willst dir damit beweisen, ha?«

»Nix«, sagte Johan erst, dann straffte er die Schultern. »Geil find ichs halt.«

Frank verdrehte die Augen, schüttelte den Kopf und seufzte. »Kannst dich noch an die Stickerhefte zur WM erinnern? Wo in der Schule das große Tauschen und Sammeln losgegangen ist, dass man alle Fußballer und Mannschaften komplett kriegt?«

»Und?«

Frank begann zu grinsen. »Du hast ein ganz eigenes Bewertungssystem gehabt, weißt noch?«

Johan schüttelte den Kopf.

»Dir war das wurscht, welche Mannschaft oder Position die Spieler gehabt haben. Nach der Haarfarbe hast du sie sortiert, und von fesch bis nicht so fesch. Wenn ich dir einen Sticker geben wollt, von einem, der dir noch gefehlt hätt, aber der dir nicht gefallen hat, hast ihn nicht annehmen wollen. Richtig beleidigt warst, wenn ich dir den aufschwatzen wollt. Den Leo Reiner hast dafür fünfzehn Mal gehabt, und den ... wie heißt er? Na, ein paar halt, die dir besonders gefallen haben. Du hast ein Fußballerbewertungssystem gehabt wie ein Mädchen. War wurscht, wenn er eine totale Niete war, wenn er fesch war, hast ihn für den besten Fußballer der Welt gehalten.«

»Ja und? Da war ich vier oder fünf ... das hat nix zu bedeuten.«

»Elf warst.«

»Das stimmt doch überhaupt nicht. Außerdem: Was fängst jetzt überhaupt mit dem Schwachsinn an?«

»Ich hab schon gewusst, dass du schwul bist, da hast du das selbst noch gar nicht gewusst.«

»Ein Scheiß hast!«, fauchte Johan.

»Wir haben fast zwölf Jahre ein Zimmer miteinander geteilt, schon vergessen? Ich kenn dich besser, als irgendwer sonst auf der Welt, wahrscheinlich sogar besser, als du dich selbst. Du kannst den anderen vielleicht was vormachen, aber ich durchschau dich und mir geht deine Tour allmählich ziemlich auf die Nerven.«

»Zwingt dich ja keiner, dich mit mir abzugeben. Oder hat dich die Mama gezwungen, mit mir zu reden? Sollst mir ausreden, dass ich mich umbring, oder was?«

»Jetzt sei nicht so deppert, Johan.«

»Na klar«, rief Johan aus. »Du spielst ihren Lakai. Einen Scheiß interessierst dich für mich – du sollst mich nur aushorchen!«

»Sag einmal, bist beim Stefan auch so ein Trottel?«, fragte Frank sauer, stand auf und warf die Magazine auf die Bettdecke. »Weil wenn ja, dann halt ihn fest. Einen zweiten, der dich aushält, findest nämlich nicht.«

Johan schnappte nach Luft.

»Ja, ja, ich weiß«, winkte Frank ab. »Ich bild mir das alles nur ein, da ist nix zwischen euch, blablabla.« Er marschierte zur Tür, legte die Hand auf den Griff und drehte sich noch einmal um. »Weißt Johan, ob dus glaubst oder nicht, ich hab vollstes Verständnis für deine Situation und ich versteh deine Panik. Ich weiß, dass das *alles andere* als leicht für dich ist und ich seh auch, dass du durch die Hölle gehst. Ich tät dir gern helfen, aber ich *kann* nicht, wennst in mir immer nur einen Gegner siehst. Deswegen machen wirs ab jetzt so: Wennst weißt, was du willst, rührst dich bei mir, dann packen wirs zusammen an, was auch immer das ist. Aber bis dahin: Geh scheißen, weil *so* halt ich dich nimmer aus.«

13| Beim Rudi

... das ganze Lokal ist heller geworden ...

Johan prüfte mit einem raschen Blick in den großen Spiegel im Vorraum sein Äußeres, dann trippelte er die Treppe runter.

... beim Rudi bist auch nimmer ...

Vor einer Stunde war Frank wieder Richtung Stadt abgereist. Wie immer verbarrikadierten sich die Eltern danach in ihren jeweiligen Hobbys, um den Abschied zu verdauen, und die Leere zu überbrücken, die Frank hinterließ. Der Vater hockte vermutlich im Keller, wo er auf seinem riesigen Flachbildfernseher irgendeine Sportsendung anschaute, rauchte und Bier trank. Die Mutter saß im Wohnzimmer, ebenfalls vor dem Fernseher, auf dem Couchtisch vor ihr ein Handarbeitsmagazin, in der Hand Häkelsachen.

»Ich bin beim Rudi«, rief Johan.

»Ach so?« Die Mutter drehte den Kopf und musterte ihn kurz von Kopf bis Fuß. »Ist in Ordnung. Komm nicht zu spät.«

Der *Rudi* war der Besitzer des Dorfwirtshauses. Ein winziges Lokal, nicht vergleichbar mit dem Feichtinger und nur halb so groß, wie der Seilerwirt. Der Schwerpunkt des Angebots lag auch nicht im kulinarischen Sortiment, sondern im Billardraum, der Dartscheibe, den zwei Spielautomaten, und der Tatsache, dass man drin rauchen durfte. Die EU reichte nicht bis zum Rudi. Er *schiss* auf das *Brüsseler Pack*, wie er immer betonte.

In seiner Kindheit hatte Johan die Hälfte seines Taschengeldes in die Automaten gesteckt. Später hatte er betont gelangweilt am Billardtisch gestanden, wie sich das für Vierzehnjährige gehörte, die noch kein Moped hatten, um interessantere Lokalitäten der Region heimzusuchen.

Obwohl Johan dem Lokal als einziges Fluchtziel vor daheim entwachsen war, suchte er es immer noch gerne auf, wenn ihm daheim langweilig war. Vor allem in den Wintermonaten hatte er sich angewöhnt, den Feierabend hier zu verbringen. Die Jahreszeit, in der beim Rudi immer was los war. Das lag vor allem daran, dass die Witterungsbedingungen – nicht selten Schnee bis zu einem Meter Höhe und fünfzehn Grad minus –, nicht dazu einluden, durch die Gegend zu fahren oder an der Tankstelle herumzuhängen, dem zweiten beliebten Jugendtreff für noch nicht mobile Teenager.

Johan gehörte zur Prominenz. Vor allem für die Jüngeren. Amüsiert hatte er schon festgestellt, dass manche richtige Angst vor ihm hatten. Als er in ihrem Alter gewesen war, hatten die Neunzehnjährigen auf ihn ebenfalls gewirkt wie Aliens. Ihnen hatte dieser Duft der großen weiten Welt angehaftet, die Philosophie, dass alles möglich war, und sie waren so scheißcool, weil sie auf die Meinung der Erwachsenen schissen. Sie waren *frei.* Diese Macht und diese wilde Ausstrahlung hatten Johan selbst einmal eingeschüchtert.

Und nun gehörte er zu dieser Elite und das war alles andere als magisch. Die umliegenden Dörfer waren nicht *die große weite Welt,* man war *überhaupt nicht* frei, denn plötzlich setzten einem nicht mehr nur die Eltern Grenzen, sondern auch Chefs, Gehalt, der Ruf – und man schiss nur jenen Erwachsenen etwas, die eh nichts zu sagen hatten. Außerdem fühlte man sich noch genauso verunsichert, vielleicht sogar noch unsicherer, weil man nun *Verantwortung* trug, ohne sich dazu ermächtigt zu fühlen. Und manchmal, ja, manchmal hockte Johan beim Rudi und sehnte sich danach, wieder der unbeschwerte Vierzehnjährige zu sein, der glaubte, irgendwo da draußen lauere sein Leben auf ihn.

Was ist dein Plan? Was hast du für Ziele?

Scheiße, damals hatte sich das in einem Auto erschöpft, und der damit verbundenen Idee, *überallhin* zu können, *wann immer er wollte.* Er hatte sich vorgestellt, spontan loszufahren, und zu sehen, wie weit er kam. Spanien. Frankreich. Italien. Nicht, weil ihn die Länder interessierten, oder er dort Urlaub machen wollte, sondern einfach nur, weil es möglich war. Um sich zu beweisen, dass er ein *Weltbürger* war, der sich frei aussuchen konnte, wo er sich aufhielt.

Hatte er nie gemacht. Das hieß: Einmal hatte er es versucht, aber nach zweihundert Kilometern war er umgekehrt. *Erwachsenengedanken.* Was wollte er dort? Er verstand ja die Sprache nicht. Am Montag musste er wieder zur Arbeit.

Betont cool saß Johan auf einem Barhocker. Zu seiner linken diskutierten zwei ältere Männer über irgendwelche absurden EU-Verordnungen, zu seiner rechten, in der Sitzecke, saßen ein paar Fünfzehnjährige. Die Mädchen hatten die Ärmel ihrer Pullis bis über die Finger gezogen und hockten mit einem besorgniserregenden Rundrücken da. So verschreckt und eingeschüchtert auszusehen, als wäre man gerade einem jahrelangen Martyrium entronnen, war offensichtlich neueste Mode. Das schloss die Haare mit ein, die vom Gesicht meistens nur die Nase übrig ließen und wie Schnüre herabhingen.

Warum sich die Jungs mit ihnen abgaben, ging Johan nicht ein. Mit Brillen, Kapuzensweatern und Pickel wirkten sie zwei Jahre jünger als die Mädchen – und so weit Johan mithören konnte, ging es um magische Gegenstände in einem Computerspiel. Sie unterhielten sich angeregt, während die Mädchen gelangweilt auf irgendetwas zu warten schienen. Johans Erscheinen veranlasste sie zumindest dazu, mit Fingerspitzen sorgfältig den Rahmen ihres Gesichtsvorhanges entlangzufahren, ohne dabei Gefahr zu laufen, auch tatsächlich ihr Gesicht zu zeigen.

»Wo warst denn, in letzter Zeit?«, fragte Rudi. »Hab gehört, du hast einen Unfall gehabt.«

»Ja ... Totalschaden«, murmelte Johan und schaute sich um. »Weißt du, kommt die Dani heut?«

»Die *Dani,* soso.« Rudi begann breit zu grinsen. »Was willst denn von der *Dani?*«

»Na, kommts oder kommts nicht?«

Rudi blickte auf die Uhr über der Bar. »Müsst eh gleich kommen. Normalerweise tauchts mit der Partie um sechs herum auf.«

Mit der Partie. Das war gut. Das war *sehr* gut. Eine Patina aus Angst legte sich klamm um Johans Körper. *Du schaffst das.*

Im nächsten Augenblick purzelten sie schon herein. Ein halbes Dutzend Siebzehnjähriger, für die Discoabende zwar schon dazugehörten, aber noch Highlights waren, die man bereits Wochen im Voraus plante. Johan hatte sie schon im *Dominic* gesehen, und im *Sono*. Sie waren auch schon seinem Konvoi gefolgt und Johan hoffte, nicht auch zur Karaokeparty beim Seilerwirt.

»Heee, Johaaan!« Große Begrüßungszeremonie. Schulterklopfer, Handklatscher, Rempler. War er wirklich schon so lange nicht mehr hier gewesen? Nur zwei Mädchen waren dabei, von der nur eine zählte, denn Sofie war als Danis beste Freundin nur eine Art Trabant. Sie war zwar ganz hübsch, hatte aber eine dicke Mauer um sich herum aufgebaut, hinter der hervor sie nur über ein winziges Fenster kommunizieren konnte, und zu dem ließ sie einzig Dani.

Dani dagegen war der Star des Abends, der Gruppe und in Rudis Wirtshaus. Sie kannte keine Hemmungen, hatte angeblich mit der Hälfte aller Jungs im Dorf geschlafen, und ließ sich, wenn die Anzahl der spendierten Drinks stimmte, auch schon mal von einem der älteren Stammgäste an Rudis Bar die Zunge in den Hals stecken.

Wenn Johan etwas auf den Tod nicht ausstehen konnte, dann der Drang so vieler Weiber, sich einem bei der Begrüßung an den Hals zu schmeißen und die ekelhaft klebrigen Lippen auf die Wangen – oder noch schlimmer – den Mund zu drücken. Er hasste ihren Geruch, ihm ekelte vor ihren weichen Körpern, er ertrug ihre anbiedernde Art nicht. Sofie war die rühmliche Ausnahme, hielt sich brav im Hintergrund, achtete stets darauf, niemanden zu berühren. *So* sollten Weiber sein.

Normalerweise schaffte es Johan, diesem Umarmungs-Kuss-Kuss-Quatsch zu entgehen, indem er sich schnell in ein intensives Gespräch mit jemandem warf, oder stoisch an der Bar hocken blieb, einen Rücken so borstig wie ein Stachelschwein. *Rühr mich nicht an, du dumme Tussi.*

Doch heute ...

Als ihm Dani eine Hand auf den Oberarm legte und – sie wusste, wie verhasst Johan Begrüßungszeremonien waren –, nur beiläufig zweimal in die Luft küsste, zog er sie an seine Brust und umarmte sie. Oh wie ... seltsam fragil, im Vergleich zu Stefan. Wenn er sie so drücken würde wie ihn, würden ihre Rippen und Schultern brechen wie Hühnerknochen.

»Jo...han«, ächzte sie.

Er löste die Umarmung, hielt sie aber noch an den Armen fest und drückte ihr je einen Kuss auf die Wangen – und am Schluss einen auf die Stirn.

Ein stilles Raunen ging durchs Lokal. Augenbrauen zuckten hoch, bedeutsame Blicke wurden gewechselt, man zwinkerte sich dreckig grinsend zu.

Rudi schüttelte amüsiert den Kopf. »Jetzt hats ihn endlich, ha?«

Die Stirn gerunzelt musterte Dani Johan. »Alles gut mit dir?«

»Alles super.« Johan schob einen freien Barhocker neben sich und klapste drauf. »Hock dich her zu mir. Was willst denn trinken?«

»Cola-Rum«, sagte Dani sofort und kletterte flink auf den Hocker.

Sofie flüsterte ihr etwas ins Ohr.

»Ich komm ja eh gleich«, antwortete ihr Dani etwas ungeduldig, dann strahlte sie Johan an und klapste ihm auf den Oberschenkel. »Ich unterhalt mich nur kurz mit dem Johan.«

Für einen Moment wirkte Sofie so schmerzhaft abgewiesen wie Stefan mittags von seinem Vater. Johans Herz zog sich zusammen. Rasch griff er zu seinem Bier und leerte es zur Hälfte.

Dani nippte an ihrer Cola-Rum.

Scheiße, wie macht man das?

»Bist du ... ähm ... allein, im Moment?«, presste Johan hervor.

»Nein«, Dani grinste ihn an. »Ich bin doch hier bei dir.«

»Ich mein ... hast wen? Was ... Fixes?«, konkretisierte Johan.

»Wer weiß.« Dani funkelte ihn vielversprechend an und zwinkerte. »Warum willst das so genau wissen?«

»Ich hab mir nur gedacht ...«

Dani rückte näher. Ihre warme, weiche Brust drückte gegen Johans Ellenbogen. »*Was* hast *du* dir gedacht?«

»Na ..., dass das auch nix heißt, immer allein sein.«

»Das musst *du* ja wissen«, meinte Dani.

»Was willst denn damit sagen?«

Plötzlich ertönte aus den rauschenden Boxen das bekannte Intro:

I'm a man, you're a man, let me kiss you, take my hand, don't be shy, don't be feared, love is love, that's not weird ...

Dani legte Johan eine Hand aufs Knie und fuhr seinen Schenkel hoch. »Ich hab schon gedacht, du hast es nicht so mit den Frauen.«

Rums. Johan fing ihre Hand ab und quetschte ihre Finger. »Und ich glaub, du hast es nicht so mit dem Denken!«

Dani lachte auf und riss sich los. »Bist jetzt ang'fressen, deswegen?«

JA VERDAMMT! »Weiß eh ein jeder, dass ihr nicht zum Denken geboren seid.«

Dani warf Kopf und Haare in den Nacken und lachte erneut los. »Du bist eine einmalige Nummer, Johan, echt.« Glucksend legte sie eine Hand auf seinen Unterarm. »Ist *das* deine Masche? Dann wunderts mich nicht, dass du keine abkriegst.«

»Na, du hockst ja immer noch da, also kanns so daneben nicht sein«, brummte Johan und musterte sie abschätzend von Kopf bis Fuß. »Wobei das nix heißt, bei dir.«

Abermals gackerte Dani drauflos und tätschelte seinen Arm.

Lachte sie ihn etwa aus?

I'm a man, you're a man, let me kiss you, take my hand, don't be shy, don't be feared, love is love, that's not weird …

Johan mahlte mit dem Kiefer und würgte das Bild runter, wie Stefan in der Disco lasziv sein Hemd aufknöpfte.

»Na sag: Wie viele hast schon rumgekriegt, auf die Art?«, fragte Dani und funkelte ihn herausfordernd an.

»Was?«

Dani kicherte. »Träumst? Ich hab gefragt, wie viele Frauen dass du schon rumgekriegt hast, mit deiner Macho-Tour?«

Johan zuckte mit den Schultern. »Genug.«

Amüsiert hob sie die Brauen. »Genug? Was ist *genug* für dich?«

»Ausreichend«, erklärte Johan träge.

»Na für einen Schwulen ist null auch *ausreichend*«, meinte Dani und prustete. Als sie Johans verdutztes Gesicht sah, lachte sie wieder richtig los. »Mah, dich kann man so leicht aus der Fassung bringen – so super, hahaha.«

»Lachst mich aus?«, knurrte Johan und schnappte ihre Cola-Rum. »Kannst dich gleich schleichen – und die hier bleibt bei mir.«

Dani japste nach Luft, fiel halb vom Hocker, hochrotes Gesicht, keuchend, ihr Lachen schallte bis in jede Ecke des Lokals.

Erst jetzt bemerkte Johan, dass alle Anwesenden gebannt seinen Flirtversuch mit Dani verfolgten, und so, wie er sich anstellte, war jetzt auch amtlich, dass es sein erster Versuch dieser Art war.

Johan schäumte. Er kochte. Er wusste weder ein noch aus vor Wut und Scham und Angst. Sein Gehirn schlug Funken und dann, ein Reflex aus Hass und Verzweiflung, schlang er einen Arm um Danis Schulter, fixierte sie, und grapschte ihr mit einer Hand auf den Busen. Dani kreischte empört auf und Johan drückte die Finger fester ins Fleisch, ließ ihre Brüste auch nicht los, als sie versuchte, sich loszureißen. Johan rührte mit den Handballen an ihr herum wie an einen Klumpen Teig, quetschte ihr die Titten gründlich gegen die Rippen, dann stieß er Dani angewidert von sich – obwohl *sie* doch versuchte, sich loszumachen –, und fauchte: »Scheißfunsen. Nix im Hirn aber das Maul deppert aufreißen!«

Dani stolperte rückwärts und zerrte an ihrer Bluse herum, hielt schützend die Hände vor ihre Brust. Das Lachen war ihr endlich aus dem Gesicht gewischt. »Bist jetzt ganz deppert worden?!«, schrie sie ihn an.

»Es ist besser, wennst dich jetzt schleichst!«, sagte Rudi gefährlich ernst. »Und es ist besser, wennst eine Zeit lang wegbleibst von da.«

Mindestens drei Kerle hatten sich um Johan aufgebaut, bereit, sich auf ihn zu stürzen. Einen kurzen Augenblick lang verspürte Johan den Impuls, diese Gelegenheit zu nutzen, um sich abzureagieren – doch er wollte auf keinen Fall die Erinnerungen an Stefans zärtliche Berührungen zerstören.

»Gehts doch scheißen!«, knurrte Johan, stürzte aus dem Wirtshaus und fügte erst draußen hinzu: »Scheiß Schwuchteln!«

14| Kornspeicher

... die halbe Nacht hör ich ihn in seinem Zimmer herumrennen, und manchmal hat er ganz rote, glasige Augen, als wie wenn er geweint hätt ...

Wütend führte Johan den nächsten Holzbalken zur Säge. Durch den Hörschutz vernahm er ihr Gekreische nur dumpf, Späne spritzten hoch, tippten gegen die Schutzbrille. Johan war jede verdammte Sekunde nur zu bewusst, dass Stefan in rund dreißig Meter Luftlinie an der Kasse saß. Er konnte richtig vor sich sehen, wie Stefans knackiger Hintern vom Stuhl zusammengedrückt wurde, fühlte sich bisweilen wie der Stoff seines Slips, der sich weich um die Hoden schmiegte, und den schönen Schwanz, der im Moment vermutlich eher schlaff war, schlaff, aber nicht weniger erotisch. Johans Atem, seine Seele, sein ganzes Selbst kroch wie ein Luftstrom über Stefans Rücken, quetsche sich zwischen Hemd und heiße Haut, rollte sich dort zusammen wie eine Katze, die Wärme suchte. Nein, er glitt vielmehr über ihn wie eine Schlange – sanft, mit dem ganzen Körper. Bis hoch in den Nacken kroch er ihm, stupste die Nase in sein Haar ...

Johans Schutzbrille beschlug. Er drehte die Säge ab, streifte die Arbeitshandschuhe von den Fingern, schob den Hörschutz hinters Ohr und nahm die Schutzbrille ab. Mit dem Ärmel seines Shirts wischte er sich Schweiß von der Stirn, den Schläfen, dem Nasenrücken, der Oberlippe, und riskierte einen kurzen

Blick zu Stefan. Bemüht unauffällig schaute dieser her und Johan konnte nicht anders, konnte, konnte, konnte nicht, hob den Saum seines Shirts an, so hoch, dass Stefan seinen Bauchnabel sehen konnte, und tat so, als würde er die Schutzbrille putzen.

Natürlich war es völlig sinnlos, mit dem staubigen, verschwitzten Shirt auf dem Kunststoff herumzuschmieren, aber Stefans Blick kitzelte so wunderbar auf der Haut.

»Unterbrichst schon wieder?«, schimpfte Ferdl, als er herbeigeeilt kam. »Heut bringst aber auch gar nix weiter. Was ist denn los mit dir?« Obwohl sich Johan rasch herumdrehte, halb starr vor Schreck, warf Ferdl einen Blick zu Stefan. »Blödelts ihr miteinander herum? Hebts euch das für den Feierabend auf!«

Johans Nacken begann zu glühen. »Gar nicht!«

Verflucht!

Den Rest des Tages riskierte Johan keinen Blick mehr. Den Fokus konzentriert auf das Arbeitsmaterial gerichtet, versuchte er, Stefan zu ignorieren, was jedoch bloß zur Folge hatte, dass ihm nur umso intensiver bewusst wurde, wo er sich aufhielt.

Wann immer sie einander über den Weg liefen, im Lager, auf dem Weg von oder zur Toilette, morgens auf dem Weg vom Parkplatz in den Baumarkt, abends vom Baumarkt zum Auto oder Motorrad – blickten sie angestrengt aneinander vorbei – und zugleich auch nicht. Ein Blick entkam ihnen immer, ein Blick wie ein Blitz, wie ein Stoß ins Herz, dann stand Johan lichterloh in Flammen und brauchte Minuten, um sich wieder zu beruhigen.

Ihr krampfartiges aneinander Vorbeiagieren wurde allerdings ebenfalls bald verdächtig, weswegen sie dazu übergingen, gelegentlich kleine Dialoge zu sprechen. Sie stellten sich Pseudofragen zu Produkten oder Kunden, so himmelschreiend sinnlose Wortwechsel, dass Ferdl nicht nur einmal verwundert zwischen Johan und Stefan hin und her blickte.

Schließlich fragte er: »Sag einmal, Johan, du und der Stefan, habts einen Krieg miteinander?«

Krieg?

»Wieso?«, fragte Johan so beiläufig wie möglich.

»Weil ihr zwei so komisch miteinander tuts. Ihr ziehts den ganzen Betrieb runter, mit eurer Spinnerei.«

Überrascht schaute sich Johan um. »Wirklich?«

»Wirklich! Entweder, ihr kriegts das auf die Reihe, und zwar bald, oder ich sperr euch zusammen ein und lass euch erst wieder raus, wenns euch vertragts.«

Wums. Johan schnappte nach Luft. Seine Wangen begannen zu glühen. Der Gedanke, er und Stefan in einem Raum, allein, war ... er war berauschend – er war beängstigend.

Wenn das nicht das letzte Puzzlestück wäre, das sie brauchten, um die Sache zwischen ihm und Stefan aufzudecken, würde es doch zumindest dazu führen, dass sie Johan fortan damit aufzogen, allein mit einer Schwuchtel eingesperrt gewesen zu sein. Er hörte sie schon, die Witze, die anzüglichen Unterstellungen. Wie viele Schritte wären es von diesen Späßen zu einem ernsten Verdacht? Sagte man nicht, in jedem Witz stecke ein Körnchen Wahrheit. In diesem Fall war es ein ganzer Kornspeicher.

Als sie nach Geschäftsschluss den Baumarkt verließen, um jeweils zu ihrem Auto oder dem Motorrad zu marschieren – weiter voneinander entfernt konnten ihre jeweiligen Gefährte auf demselben Parkplatz kaum stehen –, wankte Johan kurz, als verlöre er das Gleichgewicht. Er rempelte Stefan mit der Schulter, streifte dabei seinen Arm – die Sehnsucht schoss in den Körper wie ein Blitz –, und murmelte, so leise, dass es niemand außer Stefan hören konnte: »Fahr mir nach.«

Im gemäßigten Tempo fuhr Johan auf der Landstraße dahin und blickte immer wieder in den Rückspiegel. Wo blieb Stefans weißer Wagen? Hatte er seine Aufforderung nicht gehört? Johan verlangsamte das Tempo, ließ Autos überholen, blieb schließlich am Straßenrand stehen und blickte zurück, wartete. Sah er in der Ferne einen weißen Wagen, hüpfte sein Herz vor Aufregung, selbst, wenn er registrierte, dass es nicht die richtige Automarke war.

Stefan tauchte nicht auf.

Hatte er etwa eine andere Abzweigung genommen? Suchte er Johan auf der falschen Strecke? Johan zupfte sein Handy aus der Gesäßtasche und wählte Stefans Nummer.

Er hob nicht ab.

Hatte er etwa keinen Bock, sich mit Johan zu unterhalten?

Nach einem kurzen Moment der Panik – Johan musste sich bewusst sagen, dass ihn Stefan in jener Unfallnacht nur deswegen nicht empfangen hatte, weil er gar nicht daheim gewesen war, und nicht, weil er Johan abgelehnt hatte oder gar hatte demütigen wollen – wählte er erneut Stefans Nummer.

Er ging noch immer nicht ran.

Allmählich kroch doch der Frust in Johan hoch.

Hatte Stefan nicht begriffen, was es Johan abverlangte, auf ihn zuzugehen? In welche Gefahr er sich begeben hatte, entdeckt zu werden, indem er ihn gerempelt und etwas zugeflüstert hatte? Und jetzt versetzte ihn Stefan? Er – Johan – ging auf ihn – Stefan – zu, wünschte sich Stefan nicht *genau* das? Und jetzt ließ er ihn abblitzen und hier am Straßenrand versauern?

Frustriert steckte Johan das Handy weg und startete das Motorrad. *Scheiß auf dich, Stefan. Das war das letzte Mal, dass ich dir hinterhergelaufen bin!* Johan beschleunigte ordentlich und kämpfte einen guten Kilometer gegen den Impuls an, umzukehren und nach Stefan zu sehen. *Vielleicht ist ja etwas dazwischen...* Nein! Er hätte ja anrufen oder zumindest ans Telefon gehen können! Johan gab Gas und raste Richtung Heimat.

Als er an einer der wichtigsten Treffpunkttankstellen für bevorstehende Discoabende vorbeifuhr, registrierte er ein halbes Dutzend Autos, die in einem chaotischen Halbkreis parkten. Aus den offenen Türen und Fenstern dröhnte Musik, zehn oder fünfzehn Leute standen in Grüppchen beisammen, quatschten, lachten, waren fröhlich wirkten auf eine scheue Art ausgelassen. Jungs saßen auf Motorhauben oder drückten mit den Schuhsohlen gegen Stoßstangen und hielten sich an Bierdosen fest. Mädchen kämmten sich mit den Fingern durch ihre Mähnen und lagerten derweil ihre Haarspangen zwischen den Zähnen.

Eine spontane Party ohne ihn? Wollte man ihn nicht mehr dabeihaben? Das ohnehin bereits seit einigen Wochen immer schlimmer nagende Gefühl, von den anderen nach und nach ausgeschlossen zu werden, bekam gerade mächtig Nahrung. Zutiefst verletzt wollte Johan schon Gas geben und heimrasen, um seine Wunden zu lecken, weil Stefan ... weil seine Freunde ... weil überhaupt und sowieso – da bellte ein »Jo-han!« zu ihm herüber.

Ein paar Jungs winkten ihn in ausladenden Gesten herbei. »Komm her!«

Jemand rief: »Der Johan ist auch da!«

Lachen. Grölen. Ein Sprechchor: »Jo-han! Jo-han! Jo-han!«

Ein riesiger Stein plumpste von Johans Seele. In einer waghalsigen Schleife – endlich mal wieder den Poser raushängen lassen –, steuerte er auf die Tankstelle zu und raste direkt hinein in die fröhlich herumlungernde Bande. Einige sprangen im Reflex zur Seite, die Saucoolen blieben stehen, obwohl er erst zehn Zentimeter vor ihren Knien zu stehen kam.

»Was geht denn *hier* ab?«, fragte Johan wie ein Sportler, der nach langer Rekonvaleszenz wieder im Team auftrat, und klatschte einige Hände ab. Noch nie hatte er diese euphorische Begrüßung so sehr gebraucht, wie jetzt, war noch nie so verzweifelt auf das Gefühl angewiesen gewesen, der King zu sein, dazuzugehören. Doch es wollte sich einfach nicht einstellen. Obwohl er alle schon ewig kannte und über ein Jahr lang Wochenende für Wochenende den Discokonvoi angeführt hatte, fühlte er sich wie ein Fremder, wie ein schüchterner Neuling, der sich erst noch beweisen musste.

Wann hatte sich die Dynamik so verändert? Seit wann war Johan nicht mehr der respektierte Anführer, sondern bloß noch ein vielversprechender Außenseiter? Oder bildete er sich das bloß ein, weil er es mit Stefan getrieben hatte. Weil er eine Scheißangst hatte, jemand könnte ihm ansehen, dass er verknallt war – in diesen verdammt scharfen Kerl.

Mehr denn je achtete Johan auf jeden seiner Blicke, jede seiner Gesten, jedes seiner Worte, bewegte sich wie auf einem Minenfeld, agierte wie eine Marionette, die von einem mürrischen Zensor bespielt wurde. Vor lauter Selbstbeobachtung dröhnte ihm der Kopf. Er schaffte es kaum, zuzuhören und zu reagieren, wenn ihn jemand anredete, taumelte wie besoffen hin und her und grinste bloß blöd.

Tatsächlich halfen ihm ein paar beherzte Schluck Bier, einen Gang runterzuschalten. Mit dem Rücken gegen ein Auto gelehnt, gelang es ihm, das Gewusel des Rudels allmählich zu genießen. Sogar die Panik rund um Stefan konnte er ein wenig gelassener hinnehmen.

Wie man ihm erzählte, hatten sich zunächst Severin und Lukas zufällig beim Tanken getroffen. Dann waren Kevin und Paul hinzugekommen, dann nach und nach die anderen. Jeder war gerade auf dem Heimweg von der Arbeit gewesen, oder beim Einkaufen, und man hatte – wie Johan – einen nach dem anderen herbeigewunken.

»He, Johan, ist das wahr, dass du mit der Dani angebandelt hast?«, rief Severin.

»Das ist eine blöde Schnepfe«, meinte Johan. »Nur Scheiße im Hirn.«

»Hab gehört, dass du ihr vor lauter Leidenschaft die Bluse zerfetzt hast – und der Rudi hat dir daraufhin Lokalverbot erteilt.«

Bluse zerfetzt? Aus Leidenschaft? War das ein Witz?

»Sie hat mich deppert provoziert«, meinte Johan betont cool. »Das ist alles.«

Einige Jungs lachten auf. »Ja, ja, die Dani ...«

Plötzlich kam Martina auf ihn zu, stellte sich breitbeinig vor ihm hin und streckte den Busen raus. »Willst mir auch vor Leidenschaft die Bluse zerfetzen, du Hengst?«

Die anderen grölten, lachten, applaudierten.

Johans Herz begann zu hämmern. Verarschten sie ihn? Verspotteten sie ihn? War das ein Test, ob er schwul war?

Verflucht, war nicht eigentlich *er* der Provokateur und Spötter?

Johan fühlte sich wie ein naiver Achtjähriger, der von den Schülern der Oberstufe zu einer bescheuerten Mutprobe aufgefordert wurde, und nicht einschätzen konnte, ob er als cool gelten würde, wenn er sie bestand, oder ob er in eine Falle tappen und sich zum Affen machen würde.

Das Gelächter und Gegröle hallte in seinem Kopf wieder, wurde durch seinen Herzschlag verstärkt, der – Bumm, Bumm, Bumm – wie eine Glocke gegen seine Schädeldecke wummerte. Johan war kurz davor, weinend wie ein gehänseltes Mädchen aus der Klasse zu stürzen.

Plötzlich schwenkte die Aufmerksamkeit von ihm weg Richtung Zapfsäulen. Erleichtert atmete Johan auf, dann sah er, *was* sie dermaßen fesselte.

Nein!

Stefan stieg aus seinem Wagen, lief um ihn herum, öffnete den Tankdeckel und begann, Benzin nachzufüllen. Obwohl er die gaffende Meute bemerkt haben *musste*, ließ er sich nichts anmerken, nahm eine gelassene Körperhaltung ein und konzentrierte sich auf die vorbeiziehenden Zahlen an der Zapfsäule.

»Scheißschwuchtel«, knurrte jemand hinter Johan.

Ruckartig fuhr Johan herum und starrte in hasserfüllte Augen.

»Ist doch wahr«, verteidigte sich Lukas.

Mehr zu sich selbst – für Widerworte fehlte ihm der Mut – murmelte Johan: »Wie kommts denn auf so was?«

»Jemand hat gesehen, wie er mit einem herumgeschmust hat, einem Kerl«, erklärte Martina. »Direkt neben der Landstraße. Kennst die Bushaltestelle Grundlberg?«

Johans Knie begannen zu schlottern. Unauffällig krallte er sich am Auto in seinem Rücken fest. Mittwochabend. Kälte. Prellungen überall. Stefan, der durch den Regen auf ihn zukam …

Martina runzelte die Stirn und musterte Johan verwundert. »Ich hab geglaubt, du weißt davon?«

Weil ich *der Kerl war, mit dem Stefan geschmust hat?*

Plötzlich rief Kevin quer über die Tankstelle: »Warme Sau!«

Stefan lief dunkelrot an, tat jedoch so, als hätte er nichts gehört, starrte weiterhin konzentriert auf die Zahlen an der Zapfsäule.

Johan wurde kochend heiß. Schweiß quoll aus seinen Poren.

»Arschficker!«, rief jemand.

»Schwanzlutscher!«

»Scheißeschlecker!«

Johan senkte den Blick und schloss die Augen. Sein Herz fühlte sich an wie ein Ballon, der panisch mit einem Blasebalg aufgepumpt wurde, jeder Tritt ein Herzschlag, jeder Herzschlag mehr Kraft, die von innen gegen seine Rippen presste. Alles knarzte und ächzte und war kurz vorm Bersten. Johan bekam kaum Luft, versuchte, nicht zu hören, was rings um ihn geschrien wurde.

»Schleich dich, du Rosettenstecher!«

»Geh heim nach Schwuchtelhausen!«

Stefan kämpfte. Er kämpfte so tapfer. Obwohl sein Kopf rot leuchtete, bewegte er sich gelassen, hängte die Zapfpistole wieder zurück – jemand rief: »stecks dir in den Arsch rein, du schwule Sau« –, schraubte den Tankdeckel zu und marschierte betont unbeeindruckt in den Shop. Doch Johan sah, wie knieweich er war. Er selbst konnte sich kaum auf den Beinen halten.

Dann kam die Panik. Hatten sie bemerkt, dass er, der sonst am lautesten schrie, keinen Mucks von sich gegeben hatte? Wussten sie, dass *er* dieser *Kerl* gewesen war, den Stefan ... Aber warum schimpften sie dann *ihm* hinterher und akzeptierten Johan in ihrer Mitte? War es ein Test? Eine Falle?

Scheu blickte sich Johan um, aber niemand schien von ihm Notiz zu nehmen. Alle hatten nur Augen für Stefan.

Ein paar Jungs rempelten einander auffordernd mit den Ellenbogen, nickten entschlossen und rannten auf Stefans Auto zu. Einen Augenblick später ertönte Plätschern und unter den Reifen bildeten sich kleine Pfützen Urin.

Ein Typ sprang auf die Motorhaube und öffnete den Hosenstall. »Auf die Seite!«, brüllte er, die anderen wichen zurück, dann pinkelte er auf Windschutzscheibe und Autodach.

Urin tröpfelte ins geöffnete Seitenfenster und zündete eine Idee.

»Schiffts beim Fenster rein«, rief jemand hinter Johan.

Das ließen sich die Jungs nicht zweimal sagen. Ein paar weitere eilten ihnen zur Hilfe und pissten die gesamte Fahrerseite voll, Autotür, Fenster, in den Innenraum. Sie stachelten einander an, das Armaturenbrett zu treffen, das Lenkrad, den Sitz – achteten darauf, den Urin sorgfältig überall zu verteilen.

Johan wurde schlecht. Alles drehte sich. Ihm war zum Heulen, er wollte schreien, sie aufhalten, doch er war wie paralysiert. Die Angst schlug ihm gegen den Nacken – *du bist der nächste –*, und quälte ihn mit selbstsüchtigen Gebeten: *Lieber Gott mach, dass sie mich verschonen, mach, dass sie nichts wissen. Ich schwöre, ich werde nie wieder Sex haben, nur, ich flehe dich an, verschone mich.*

Plötzlich boxte ihm jemand kräftig gegen die Schulter. »He, Johan, was ist mit dir?« Severin grinste ihn erhitzt von der aufgepeitschten Stimmung an. »Willst ihn anbrunzen? Was meinst? Ich halt ihn fest und du schiffst ihn an! Ha?« Auffordernd rempelte er Johan. »Was meinst? Ha?«

Panisch registrierte Johan, wie Stefan aus dem Shop wankte, bleich wurde, regelrecht verfiel, als er sah, was man mit seinem Wagen gemacht hatte.

»Ähm«, machte Johan und schaute sich verzweifelt um. »Ähm ... Ähm ...«, dann packte er Martina, drückte sie gegen das Auto, quetschte ihr mit einer Hand die Brust, so grob, wie er es auch bei Dani gemacht hatte, und erstickte ihren empörten Aufschrei mit einem feigen Kuss. Lippen und Augen fest zusammengepresst, drückte er sich in ihren nassen Mund.

Ein Sprechchor ertönte: »Jo-han! Jo-han! Jo-han!«

Ein grausamer Schmerz fuhr ihm durch den Unterleib. Johan torkelte rückwärts, hielt sich mit einer Hand ächzend den Schritt, wischte mit dem Handrücken der anderen das ekelhafte Nass von seinen Lippen.

Die Meute johlte, lachte, grölte.

Mit verschwommenem Blick suchte Johan Stefan und nahm nur Schemen wahr, diffuse Farbflecken. Weiß, blaugrau, rosa, gelb.

Fahr!, schrie Johan Stefan im Geiste zu. *Fahr!*

Doch Stefan stand einfach nur da.

Johan blinzelte, der Blick klärte sich. Stefan wirkte mitgenommen, total überfordert. Ratlos wankte er von einem aufs andere Bein und starrte Johan verzweifelt an.

»Glotz nicht so blöd, du scheiß Schwuchtel!«, schrie jemand.

»Arschficker!«

»Schwanzlutscher!«

»Was schaut er dich denn so deppert an?«, fragte Severin Johan, und schrie Stefan zu: »Willst ihm einen blasen, oder was?«

Die Meute johlte auf. In Johans Kopf machte es *Pling!* Die nächsten Momente erlebte er wie in Trance. Entfernt nahm er wahr, wie sich sein Körper anstrengte, etwas seine Kehle sprengte, wie ihn ein Ton verließ, den er selbst nicht hören konnte, wie er als Ganzes vibrierte.

Stefan zuckte herum, versuchte, erst mit spitzen Fingern den besudelten Türgriff zu öffnen, dann schien ihm der Ekel egal. Er riss die Tür auf und sprang ins Auto. Der Motor kicherte kläglich, brummte erst nach dem dritten Startversuch auf, dann brauste Stefan mit quietschenden Reifen davon.

»Wennst nicht gleich abhaust, scheiß ich in einen Gummi und fick dich damit, du schwule Sau!«

Das war es, was in Johans Kopf erst gefühlte Jahre später ankam, obgleich die Worte noch in seiner Kehle brannten.

Wie der Sieger eines Abfahrtsrennens wurde Johan umringt, bejubelt, beklatscht, gegen die Schultern geklapst, mit erhobenen Daumen beglückwünscht. Um ihn herum sadistische Geilheit, erhitzte Gesichter, Gedränge.

Aber nicht alle gratulierten ihm zu seinem kolossalen Ausrutscher, dem epischen Beweis seiner elenden Feigheit. Einige Leute, unter ihnen Martina, standen etwas abseits und straften ihn mit verächtlichen Blicken.

»Ich muss ...«, nuschelte Johan panisch, bugsierte sich aus dem Gedränge und schwang sich auf sein Motorrad.

»Feiges Arschloch!«, zischte ihm einer der Kritiker zu.

»Ja«, murmelte Johan, startete, lenkte auf die Straße und raste davon.

15| Schneeweiße Wand

»Joh...«, begann die Mutter, und tauchte einen Wischmopp in einen Eimer mit Seifenwasser.

Ohne zu grüßen, stürzte Johan an ihr vorbei, rutschte auf den nassen Fliesen fast aus, rannte die Treppe hoch in sein Zimmer und knallte die Tür zu. Keuchend lehnte er sich gegen das Türblatt, die Knie schlotterten, gaben schließlich nach. Die Hände im Haar vergraben rutschte Johan am Türblatt zu Boden. Er konnte nicht einmal heulen. Er war die eiskalte, lähmende Angst. Er war der stechende, bohrende Hass. Er war das verwundete, fiebernde Opfer.

Er ballte die Fäuste, wollte sich am liebsten mit den Fingernägeln die Kopfhaut vom Schädel reißen. Mit zitternden Händen fuhr er sich übers Gesicht, würgte, hielt sich den Mund zu. An seinen Wimpern klebte Nass, aber es gab kein Gefühl dazu. Zwischen jetzt und vor einer halben Stunde stand eine schneeweiße Mauer, hoch bis zu den Wolken, unendlich lang, und dick, so dick, dass nichts jemals von der anderen Seite herüberdringen konnte. Eine dröhnende, erdrückende, immer näher rückende Mauer.

Johans Magen schmerzte. Auf allen vieren kroch er quer durchs Zimmer wie ein getroffener Soldat auf dem Schlachtfeld, grapschte nach dem Mülleimer und umklammerte ihn. Aber es gab keine Erleichterung. Es gab keine Erlösung. Was ihn quälte und aufstieß, konnte er nicht auskotzen: sich selbst.

16| Spiegelbild

Den Rücken gegen die Eingangstür des Baumarktes gelehnt, hockte Johan im Scheinwerferlicht der Morgensonne. Aufgesperrt wurde erst in einer Stunde. Die Arme auf die Knie gestützt, schirmte Johan die Augen ab – um rechtzeitig zu sehen, wenn Stefan seinen Wagen auf den Parkplatz lenkte.

Die Nacht hatte zehntausend Jahre gedauert, und in jeder Sekunde davon hatten ihm hundert kleine Teufel mit giftigen Krallen die Haut vom Körper gekratzt. Mehrmals hatte er versucht, Stefan anzurufen, aber der hatte nicht abgehoben, hatte das Handy irgendwann ganz abgedreht.

Konnte ihm Johan das verübeln?

Obwohl er sich den Schwanz mit einer stumpfen Säge in Streifen schneiden wollte, sich mit einem rostigen Messer die Augen auskratzen, den Kopf in eine Bärenfalle stecken, sich jedes Gelenk selbst mit einer Eisenstange brechen – was ihm alles lediglich wie ein albernes Jucken vorgekommen wäre, im Vergleich zu dem, was seine Seele durchmachte –, hatte die Angst dominiert, dass ihn jemand dabei beobachten könnte, wie er Stefan besuchte. Deswegen hatte er es nicht getan.

So sehr Johan auch versuchte, sich selbst gegenüber zu rechtfertigen, was er zu Stefan gesagt hatte, so sehr er sich auch einzureden versuchte, dass er *aus gutem Grund* so gehandelt hatte, dass ihn niemand zu einem Solidaritätsouting zwingen durfte –

es gab kein Spitzendeckchen, das groß genug war, um das, was er getan hatte, zuzudecken. Es gab keinen beruhigenden Sinnspruch, keine alte Weisheit auf selbstgetöpferten Tontellern, die Johans Tun und Nichttun mit salbungsvollen Worten hätte schönfärben können.

Er war kein Held. War er aber deswegen ein Feigling? Er hatte nie um seine Homosexualität gebeten, sie war ihm aufgezwungen worden – *gegen seinen Willen*. Musste er deswegen mutiger sein als alle anderen? War er wirklich ein Feigling, nur weil er nicht bereit war, einen Kampf zu kämpfen, der den anderen gar nicht erst zugemutet wurde?

Warum hatte man Stefan an der Bushaltestelle erkannt, nicht aber Johan? Dabei war doch Johan der prominentere von ihnen beiden. Oder? Nun ... Stefan war der Seilerbub. Das Kind, das es nicht hätte geben dürfen. Entstanden aus einer verbotenen Liebe, herausgeholt aus einer Leiche. Vermutlich war Stefan das berühmteste Baby der Region gewesen, zu dem die nach Skandalen dürstenden Heuchler Richtung Seilerwirt gepilgert waren, während Johan ein paar Kilometer weiter westlich von allen unbemerkt in seine Windeln geschissen hatte.

Vielleicht war Johan niemals auch nur ansatzweise so prominent gewesen, wie er sich gefühlt hatte. Er wurde vielleicht von den Vierzehn- bis Achtzehnjährigen umschwärmt, eventuell beeindruckte er auch noch so manchen etwas zurückgebliebenen Fünfundzwanzigjährigen, aber für alle anderen war er vermutlich nichts weiter, als irgendein depperter Bursche, der sich aufspielte. Einer von vielen, die es vor ihm gegeben hatte und nach ihm geben würde. Vermutlich hockte bei den heute Vierzehn- oder Sechzehnjährigen ebenfalls ein kleiner Johan, der glaubte, der Nabel der Welt zu sein, und der kein Schwein interessierte.

Und deswegen war Stefan die Schwuchtel und Johan *der Kerl.*

Das Brummen eines Motors brachte Johans durcheinanderschreiende Gedanken zum Schweigen. Ein weißer Wagen lenkte in die Einfahrt und fuhr quer über den leeren Parkplatz. Stefan!

Johan sprang hoch – jeder Muskel wollte ihn wieder zurück auf den Asphalt drücken. Kurz musste er sich am Glas der Eingangstür abstützen.

Stefan parkte den Wagen penibel innerhalb der weißen Markierungen eines Stellplatzes, dann verstummte stotternd der Motor, die Handbremse rülpste.

Ungeduldig, nervös und voller Angst, trat Johan von einem aufs andere Bein, wartete, bis Stefan die Autotür öffnete und ausstieg. Dann setzte er sich wankend in Bewegung und lief auf Stefan zu.

»Stefan!«

Erst jetzt schien ihn Stefan zu bemerken. Er erstarrte, machte einen Schritt rückwärts, schaute sich um, als suche er eine Fluchtmöglichkeit oder Unterstützung, dann schlüpfte er flink in seinen Wagen zurück und aktivierte die Türverriegelung.

Johan wurde eiskalt. Die Kraft sackte ihm aus den ohnehin schon wackeligen Beinen. Stefan hatte *Angst* vor ihm? Selbstekel wallte in Johan hoch, ihm wurde speiübel. Zersplittert, ausgeräumt und verwaist wie eine Fabrikruine, drehte sich Johan um und wankte wieder zum Eingang zurück. Sein Körper fühlte sich

an wie aus Eisenstangen und Drähten zusammenge-
flickt. Er war eine *erbärmliche* Marionette, feig, häss-
lich, rostig, verabscheuungswürdig, Schrott.

»Johan«, rief plötzlich die schönste, tollste, weichs-
te aller Stimmen.

Goldenes Licht brach durch die zerborstenen Fenster der Fabrikruine, verwandelte die Halle in ein blü-
hendes, surrendes Gewächshaus, in dem farben-
prächtige Orchideen bis unter die Decke wuchsen.
Die Metallglieder verwandelten sich in Fleisch zurück, Johan betrachtete seine Hände – du bist ein
Menschenjunge, ein echter Menschenjunge! –, und
drehte sich zu Stefan um.

Mit einem Fuß auf dem Asphalt, den anderen im
Wagen, stand Stefan neben seinem Auto und hielt
sich an Tür und Dach fest. Sein Blick war müde aber
freundlich. Er nickte Richtung Beifahrersitz und sagte
so sanft, so versöhnlich: »Komm, reden wir!«

Johan konnte nicht so tief einatmen, wie er erleichtert aufseufzen wollte. Mit Schaumgummibeinen
setzte er sich in Bewegung, jeder Schritt schwer von
Schuld und Reue. Statt den Beifahrerplatz anzusteuern, umrundete Johan die Fahrertür, die wie ein
Schild zwischen ihm und Stefan hing, und wollte ihn
umarmen.

Doch Stefan legte ihm eine Hand auf die Brust und
hielt ihn auf Abstand. »Nein«, krächzte er.

Wie bleich er war. Die Augen verquollen und leicht
gerötet. Er schluckte, er atmete heftig, in seinem Blick
hockte eine Traurigkeit, die Welten ertränken konnte.

»Stefan ...«, wisperte Johan und berührte ihn an
der Schulter, ließ ihn aber sofort wieder los, als Ste-

fan unglücklich auf seine Hand blickte. »Stefan ...«, presste Johan erstickt hervor.

Stefan schloss die Augen, atmete kontrolliert durch die Nase ein und aus. Seine Finger krümmten sich an Johans Brust, als wollte er ihm das Herz herausreißen und schlossen sich um ein Stück Stoff zu einer Faust. Immer noch die Augen geschlossen, drängte er Johan zurück, dann zog er ihn zu sich und drückte ihm einen flüchtigen Kuss auf den Mundwinkel. Kurz hielt er inne, Nase und Wange an Johans Gesicht geschmiegt, dann schob er ihn wieder von sich und blickte ihn an, als nähme er sich selbst übel, dass er das eben hatte tun müssen. »Setz dich rein«, sagte er leise, »es stinkt zwar, aber ...«

»Ist okay«, sagte Johan und eilte um den Wagen herum. »Ich habs ja auch verdient, irgendwie ...«

Stefan kräuselte die Stirn. »*Verdient?* Weilst eine Schwuchtel bist, oder was?«

»Nein ... So hab ich das nicht ...«

Resigniert schüttelte Stefan den Kopf. »Steig einfach ein.«

Johan ließ sich auf den Beifahrerplatz sinken und schlug die Tür zu. Eine ekelhafte Duftwolke aus Putzmittel und Urin stieg ihm in die Nase.

Unter Stefans Hintern knisterten Müllsäcke. Den kompletten Fahrersitz hatte er damit eingewickelt.

Eine Weile starrten sie vor sich hin. Worte hingen schwer in der Luft. Johan warf einen scheuen Blick zu Stefan, dann abwärts auf seine Hände, die sich in die Knie krallten. Zaghaft langte Johan hinüber und strich mit dem kleinen Finger über Stefans kleinen Finger.

Stefan wich aus und verbarg die Hand zwischen seinen Schenkeln.

Autsch.

Betroffen zog sich Johan zurück. Gedemütigt. Abgewiesen. Er verbrannte. Sein Herzschlag beschleunigte. Seine Muskeln zuckten. Alles in ihm schrie nach Flucht. Er wollte die Tür aufreißen, hinausstürzen und rennen, rennen, rennen, bis er vom Rand der Welt fiel.

Aus dem Augenwinkel warf ihm Stefan einen Blick zu, begann zu lächeln und griff nach seiner Hand. Dankbar packte Johan zu und etwas umständlich, als hätten sie vergessen, wie das geht, fädelten sie die Finger ineinander, und drückten zu, so fest, dass die Knöchel knackten.

Vor Erleichterung, Aufregung ... Liebe und Angst, kam Johan kaum mit dem Atmen hinterher. »Stefan ... ich ...«

»Sag nix«, bat Stefan.

»Ich wollt das nicht, ehrlich ... Ich ...«

»Johan!«, unterbrach ihn Stefan energisch, dann seufzte er und fuhr leise fort: »Erklär mir nix, okay? Ich seh doch eh, dass' dir schlecht geht, und wenn ich glauben tät, dass du das gestern gewollt hast, tätest nicht hier hocken.«

Ergriffen starrte Johan ihn an. »Du verzeihst mir?«

Stefan schloss die Augen, ließ den Kopf hängen, seufzte. »Ich kann doch nicht anders, Johan, ich hab dich viel zu gern, um dir bös zu sein. Ich wollt ... ich wollt dich wirklich hassen, dafür ... aber ich seh nur deine Angst und ...« Stefan schluckte, blickte Johan schmerzerfüllt an. »Das gestern war unterirdisch, da brauchen wir nicht drüber reden, das ist klar, aber mir kommt vor, dass das für mich nicht einmal halb so schlimm war, wie für dich.«

Wie konnte Stefan *so etwas* sagen? Wie konnte er nach all dem ... wie konnte er ...? Johan senkte beschämt den Blick, seine Augen brannten. »Ich hab dich nicht verdient«, presste er kläglich hervor.

»Liebe ist kein Geschäft«, sagte Stefan sanft. »Da gehts nicht ums Verdienen. Ich glaub, es ist nicht einmal ein Schenken. Das Herz denkt nicht in solchen Kategorien, das zieht keine Bilanz. Ich hab mir dich nicht ausgesucht, Johan, so wenig, wie ich mir meinen Fuß ausgesucht hab, oder meine Lunge. Du bist einfach da, und du gehörst zu mir, und wenns wehtut, dann tuts halt weh. So ist das ...«

Johan entließ ein Schluchzen. »Wie kanns dich geben?«

»Ja«, Stefan lächelte, »das haben sich schon viele gefragt.«

Trotz laufender Tränen entkam Johan ein kleiner Lacher, und dieses doppelte Gefühl wühlte ihn noch mehr auf. »Ich hab so Angst gehabt ... dass ich dich verlier ...« Schluchzend legte er den Kopf an Stefans Schulter.

Stefan schob ihm eine Hand in den Nacken, küsste ihm die Stirn, lehnte tröstend das Kinn an Johans Kopf. Sein Atem strich durch Johans Haar. »Du kannst mich nicht verlieren, Johan, aber du kannst dich gegen mich entscheiden.«

»Niemals«, krächzte Johan.

»Gestern hast dus getan«, sagte Stefan. »Gestern hast dich gegen mich entschieden, und ich frag mich ...« Er verstummte, kraulte Johan durchs Haar, küsste ihm den Scheitel.

Johan schluckte. Die Schuld legte sich wie Blei in seine Adern. »*Was* fragst dich?«

»Wo du die Grenze ziehst«, meinte Stefan und löste sich von Johan. Die Hand hielt er noch fest. »Erst hab ich geglaubt, gestern, dass' dich auch haben ... Ich wollt schon hinrennen zu dir, wollt sie verjagen ... bis ich realisiert hab ...«

Verzweifelt keuchte Johan auf. »Stefan ...«

»Ich hab nie an die Möglichkeit gedacht, dass' nur einen von uns erwischen, hab immer geglaubt, *wenn,* dann habens uns beide zusammen ...« Stefan schnaubte traurig. »Wie weit würdest gehen, Johan? Wie weit würdest gehen, um mich zu verleugnen? Um zu verhindern, dass' dir draufkommen?«

Johan schluckte, senkte beschämt den Blick.

»Gestern warens nur Worte ... aber was kommt morgen? Übermorgen? Tätest zuschlagen? Mehr als alle anderen? Damits auch wirklich klar ist, dass *du* nicht zum Club gehörst? Wirst mir dann auf der Intensiv vorheulen, dass du das nicht wolltest? Legst mir voller Reue Blumen aufs Grab? Wie weit gehst, Johan? Hm?«

Johan schnappte nach Luft, klappte den Mund auf – und wortlos wieder zu.

»Du weißt es selbst nicht, stimmts?« Stefan blickte ihn traurig an.

»Ich ...«

»Weißt, Johan, ich hätt damit leben können, dass wir uns heimlich treffen. Ich hätt damit leben können, dass wir uns *draußen* nicht einmal anschauen dürfen. Ich hätt sogar hingenommen, dass du mir danach jedes Mal erklärst, dass *eigentlich* nix zwischen uns ist. Aber ich bin nicht bereit, mit jemandem ins

Bett zu gehen, der mich hinterher tothauen könnt, um mich zu verleugnen.«

Johan fuhr hoch. »Das würd ich nie tun ...«

»Wirklich?«, Stefan schaute ihm herausfordernd in die Augen. »Du scheißt dich wegen ein paar Wörter an, aber wenns Ziegelsteine packen, dann tätest auf einmal mutig werden?« Er schüttelte traurig den Kopf. »Nein, Johan, ich fürcht, du kannst aus deiner Angst nicht aus.«

»Ich bin halt kein ... Held«, nuschelte Johan.

»Zwischen einem Helden und einem Verräter ist aber noch ein bisserl Platz«, meinte Stefan.

»Was erwartest denn von mir?«, fuhr Johan ihn an. »Dass ich mich *oute? Für dich?* Weißt du, was das ... was das *bedeutet? Für mich?*«

»Willst darauf wirklich eine Antwort?«, fragte Stefan träge.

Johan schnaubte. »Bei dir ist das was anderes. Du bist nicht ...«

»Na was bin ich nicht?«, konterte Stefan. »Ein Feigling? Ein Arschloch? Ein homophober Macho?«

»*So* siehst mich?«, rief Johan.

»So *gibst* dich. Wenn wir allein sind, bist der liebste Mensch auf der Welt. Dann möcht ich mich richtig reingraben in dich, so liebevoll bist, so sanft, so offen und lustig und begeisterungsfähig. Ich tät mir wünschen, dass du die Angst endlich loslässt und auch den anderen zeigst, wie du wirklich bist.«

»Das will aber keiner!«, schrie Johan. »Sie wolln keine ...«, er kotzte das Wort regelrecht, »... *sensible* Schwuchtel! Keiner *braucht* einen *lieben* Schwanzlutscher!«

»Aber ein feiges Arschloch brauchens, ja?!«, schrie Stefan zurück.

»Ja ...Ja! Ja, *lieber* ein feiges Arschloch, als eine tote Schwuchtel!«

Stefan ließ sich schnaubend gegen die Lehne fallen, warf den Kopf in den Nacken, fletschte die Zähne, knurrte: »Raaaah! Wieso?! Wieso?! Wieso?!«

Verblüfft hielt Johan inne. »Was *wieso?*«

Den Blick auf den Himmel des Autos gerichtet, schnaufte Stefan, stockend, stoßweise, an seinem Kiefer traten die Sehnen hervor. Doch mit jedem Atemzug wurde er ein wenig ruhiger. »Weißt, Johan, in meinem Leben gibts genug Feigheit, Verleugnung, Verrat, Heimlichtuerei, Leut, die nicht zu sich stehn. Nimm meinen Papa und die Mama – nie zueinander gestanden. Geduckt habens sich vor den Forderungen ihrer Eltern, verheimlicht habens ihre Liebe, sich verleugnet, verraten, andere Leut geheiratet. Ich hab mich oft gefragt: Wenn sie sich so geliebt haben – und das glaub ich dem Papa, dass' das haben – warum habens nicht zusammengehalten? Warum habens nicht füreinander und gemeinsam gekämpft? Es wär nicht einfach gewesen, das ist schon klar, aber sie hättens geschafft, davon bin ich überzeugt. Und ich hätt eine Mama gehabt, ich hätt sie kennengelernt. Weil, was hat das gebracht, dass sie sich nach den anderen gerichtet haben? Denen ist doch wurscht gewesen, ob sie glücklich werden. Verstehst, Johan? Es hätt an *ihnen* gelegen, für ihr Glück zu kämpfen, aber das habens nicht gemacht. Und dann hats die Mama nicht mehr ausgehalten und sich umgebracht, und der Papa hat ihr sein Leben lang folgen wollen. Das Wirtshaus hat er nur verloren, weil er oft wochenlang nicht aus dem Bett gekommen ist, wie ein Toter ist er drin gelegen – und ich habs allein nicht geschafft, mich um ihn und den Markus und das Geschäft zu kümmern.« Stefan seufzte, ließ den Kopf hängen, drückte Johans Hand. »Sie haben beide ihre Eheleut verletzt und die Eltern haben mit ihm dann trotzdem kein Wort mehr geredet. Es war alles sinnlos. Alles ist den Bach runtergegangen, und das nur, weil sie sich geduckt haben.« Stefan blickte Johan traurig an. »Ich denk halt immer, wenns zusammengehalten hätten, wär das alles anders gelaufen.«

»Aber das ist doch was ganz anderes«, murmelte Johan. »Sie waren ja nicht …«

»Johan, glaubst ernsthaft, dass es irgendeinen von denen, für die du die Show abziehst, juckt, ob du glücklich bist?«

»Darum gehts nicht …«

»Doch. Fragst dich denn nie, für wen du das alles machst? Wo das hinführen soll?«

»Das führt dahin, dass' mir nicht ins Auto brunzen«, platzte Johan heraus und wollte sich im selben Moment auf den Mund schlagen.

Stefans Blick verfinsterte sich und er ließ Johans Hand los. »Weißt, was ich für deine Seele hoff? Dass du dich zumindest nicht mehr im Spiegel anschauen kannst.«

Rums.

»*Ich* kann mich noch anschauen«, meinte Stefan. »Und ich will das auch in Zukunft noch können. Ein paar Sautrotteln, die glauben, sie müssen mir das Leben zur Hölle machen, werden daran nix ändern. Aber mit einem zusammen zu sein, der mich bei der ersten Gelegenheit ans Messer liefert, um seine eigene Haut zu retten – *das* nimmt mir die Selbstachtung.«

Rums.

»Ich liebe dich, Johan, es ist das Schönste für mich, wenn wir zusammen sind, aber ...« Stefan schluckte. Seine Augen röteten sich. »Wenn ich dir in die Augen schau, und weiß, das sind dieselben, die mich anschauen werden, wenns mich vielleicht umbringen ..., wenn ich deine Hände auf meinem Körper spür, und weiß, das sind dieselben, die ... Du hast mir so ein grauenhaftes Bild gezeichnet, was sie tun könnten mit mir, mit *uns,* aber jetzt muss ich dran denken, dass *du* in der ersten Reihe stehen wirst, dass vielleicht du es bist, der mit dem Baseballschläger kommt, nur um allen zu beweisen, was du *nicht* bist.«

»Nein ... Stefan ...«, wisperte Johan.

Stefans Kinn bebte, seine Augen schwammen in Seen, eine Träne stürzte über seine Wimpern. »Und das Schlimmste ... Es wär noch nicht einmal wegen mir ... Am meisten tut mir bei der Vorstellung weh, was du dabei mit dir selbst machst ...«

»Stefan ...«

»... und dabei ...«, Stefan senkte den Blick, Tränen tropften abwärts, »... werd ich dir nicht zuschauen.«

Johan tastete nach Stefans Armen, wisperte: »Was willst damit sagen?«

Stefan nahm Johans Hände, führte sie an die Lippen, und drückte kleine zarte Küsse auf die Fingerknöchel. Eine Träne klatschte auf Johans Handrücken. »Wennst weißt, was du willst, kommst, okay?«

Ein eiskalter Schauer lief über Johans Rücken. »Wie meinst das ...?«

Stefan legte ihm eine Hand auf die Wange, neigte sich vor und drückte ihm einen weichen, sanften Kuss auf den Mund. »Du hast schon verstanden.«

Johan schnappte rasch nach Stefans Lippen, traf ins Leere. Stefan wandte sich bereits schniefend ab, wischte sich über die Augen, wollte aussteigen.

»Nicht gehen!«, rief Johan verzweifelt und hielt ihn am Arm fest. »Dich will ich, Stefan, dich!«

Stefan wandte sich zu ihm herum. »Sicher?«

»*Ganz* sicher«, flüsterte Johan und legte ihm eine Hand auf die Brust.

Stefan lächelte verheult und legte seine Hand darüber. Sie verschränkten die Finger miteinander, blickten einander aufgeregt atmend, wund und mit scheuem Verlangen an.

»Johan ...«, stieß Stefan schließlich so ungeduldig wie erleichtert aus, kippte vor, schloss die Augen, leckte sich über die Lippen und hauchte: »... jetzt küss mich schon ...«

Johan neigte sich zu ihm, schmeckte Stefans Atem, stupste mit der Zungenspitze seine weichen Lippen an.

Stefan stöhnte leise auf, und ehe sie richtig loslegten, rückten sie auf, die Lippen vor Verlangen geöffnet, nur einen Hauch voneinander entfernt, packten sich gegenseitig am Kopf, dann endlich glitten sie in die Geborgenheit eines innigen, intensiven Kusses.

Autotüren knallten.

Johan prallte zurück, stieß Stefan an der Brust von sich und schaute sich um. Einige Parkplätze weiter stieg Ferdl aus seinem Auto, grüßte herüber.

Vor Panik blieb Johan das Herz stehen, dann trommelte es wie verrückt los. »Scheiße! Hat er uns gesehen?«

Stefan schnaubte.

»Scheiße, Scheiße, Scheiße«, stammelte Johan.

»Okay«, sagte Stefan trocken, seufzte, öffnete die Tür und stieg aus.

Bestürzt fuhr Johan herum. »Stefan ...«

Ehe Stefan die Autotür zuschlug, neigte er sich noch einmal in den Wagen und krächzte: »Schön wärs gewesen, mit uns.«

Rums.

Stefan eilte davon und wischte sich etwas aus den Augen. Ferdl berührte ihn kurz an der Schulter, fragte etwas. Stefan schüttelte den Kopf, Ferdl klopfte ihm aufmunternd auf den Rücken und blickte ihm nach, wie er im Baumarkt verschwand.

Scheiße.

17 | Haushaltswaren

»Was ist denn los mit dir!«, fuhr Ferdl Johan an – vielmehr schrie er, rot im Gesicht, Schweiß auf der Stirn, Adern traten an seinen Schläfen hervor. Er fuchtelte mit einem Auftragszettel und stapfte um eine Palette Holzbalken herum. »Was ist das? Was ist das, Johan? Los! Red!«

»Ähm ... Auftrag?«, piepste Johan.

»Was. Hast. Da. Zusammengeschnitten?«, schrie Ferdl und warf Johan den mittlerweile recht zerfledderten Auftragszettel hin. Johan grapschte danach, verfehlte ihn, und das Papier segelte zu Boden.

»Zu deppert zum Fangen ist er auch noch«, knurrte Ferdl.

So wütend hatte Johan ihn noch nie erlebt. Eigentlich hatte er ihn bis jetzt noch *überhaupt nicht* wütend erlebt.

»Was hast dir dabei gedacht, ha?!«, schrie Ferdl. »Irgendwas wirst dir dabei ja gedacht haben.«

Johan hob den Zettel auf und versuchte, einen klaren Blick zu kriegen. Doch sein Herz schlug zu heftig, sein Kopf dröhnte zu laut, ihm war so heiß, dass er fürchtete, zu verglühen. Panisch versuchte er, zumindest für sich selbst eine Erklärung zu finden. Vielleicht Zahlen vertauscht, Menge mit Länge und Breite, oder Uhrzeit mit Höhe und Tiefe, oder Auftragsnummer mit Datum und, ach verflucht. Es gab keine Erklärung. Johan konnte nicht sagen, was er sich dabei gedacht hatte. Er hatte *nichts* gedacht. Er hatte an

Stefan gedacht. Daran, was sie hatten und nicht hatten und – eigentlich war doch eh alles scheißegal. Wen interessierten diese Scheißbretter?

»Was ist denn los?«, rief der Chef und eilte herbei. Sein Arbeitskittel bauschte sich im Gegenwind seines dynamischen Tempos.

»Eine Riesensauerei hat er gebaut!«, erklärte Ferdl aufgeregt. »Ich weiß nicht, *was* ihm im Hirn rumgegangen ist, die Arbeit wars jedenfalls nicht. Alles verschnitten. Und der Kunde will das um siebzehn Uhr abholen.«

Der Chef warf einen Blick auf seine Armbanduhr. »Na, ein bisschen Zeit ist ja noch ...«

»Es ist aber kein Material mehr da. Schau ...« Ferdl machte ein paar Schritte und zeigte auf zwei weitere Paletten unbestimmter Balkenmaße und Balkenanzahl. Schon auf den ersten Blick war erkennbar, dass hier etwas nicht stimmte. Johan war selbst unbegreiflich, dass er das nicht bemerkt hatte. Ihm war, als wäre er eben aus einem Traum erwacht, in dem er wie ein irrer Clown die Säge geschwungen hatte, und nun stellte sich das Ergebnis seiner Fantasie als beschämende Realität heraus.

Wie in Trance verfolgte er die heftige Diskussion zwischen seinem Chef, Ferdl und – eigentlich war ja er Mittelpunkt des Übels, aber er stammelte immer nur. »Aber da ist ...«, und »Irgendwie muss ich ...«, und »Wahrscheinlich hab ich ...«, und starrte auf den Auftragszettel, als würden sich alle paar Minuten die Zahlen und Buchstaben verändern. Der Chef diskutierte am Telefon, mal mit dem Kunden, mal mit Lieferanten, und versuchte zu retten, was zu retten ging, während Ferdl hektisch auf und ablief.

Als sich die Aufregung einigermaßen gelegt hatte, der Kunde um einen Tag vertröstet und ein Lieferant gefunden worden war, deutete der Chef Johan, ihm zu folgen. »Komm mit.«

Flau im Magen schlurfte Johan hinter ihm her. Irgendwo hier im Baumarkt und deutlich in Johans Hinterkopf hockte Stefan an der Kasse und verfolgte das Drama – vermutlich.

Abseits von allem, in der Abteilung für Haushaltswaren, Tierfutter und Reinigungsutensilien, blieb der Chef abrupt stehen und drehte sich um. Johan rannte ihm fast rein.

»Was ist los mit dir, Johan?«

»Ich weiß auch nicht, was ich da ...«

»Das hast schon gesagt«, stellte der Chef klar. »Ich frag auch nicht, was du gemacht hast, weil *offensichtlich* weißt das nicht, sondern was los ist? So bist doch sonst nicht.«

Johan schüttelte den Kopf und blickte zu Boden. *Mein Freund hat mit mir Schluss gemacht ... Freund? War er überhaupt je richtig mein Freund gewesen?*

Der Chef seufzte. »Okay. Willst es nicht sagen. Aber solang du so drauf bist, kann ich dir keine heiklen Sachen geben, das ist dir hoffentlich klar.«

Johan nickte.

»Bist dich wieder gefangen hast, bleibst hier«, der Chef zeigte auf die Haushaltswarenabteilung wie auf ein weitläufiges Königreich. »Fragst die Barbara, was zu tun ist. Und wennst wieder weißt, wo vorn und hinten ist, meldest dich bei mir.«

Haushaltswaren, Tierfutter und Reinigungsutensilien? Das war das Straflager des Baumarktes. Zumindest für Johan. Mit Hausfrauen und Bäuerinnen über die Windfestigkeit von Wäschespinnen diskutieren, darüber, welches Bodenreinigungssystem besser für die Dielen im Schlafzimmer war, und wo man Futter für Meerschweinchen mit Heuschnupfen finden konnte.

»Kann ich nicht lieber dem Herbert ...«, begann Johan. Herbert war Herrscher über Metallwaren, Rohre und Werkzeug. *Männer*zeug. Fachsimpeln über die beste Bohrmaschine, das richtige Rohrmaterial für das Abwassersystem des renovierungsbedürftigen Bauernhauses und irgendwelche Schrauben in die Hand gedrückt bekommen: *Genau solche bräucht ich.*

»Das ist kein Vorschlag, Johan«, sagte der Chef ungehalten. »Vielleicht ist dir nicht klar, wie haarscharf du gerade an einem Rausschmiss vorbeigeschrammt bist.«

Flammen schlugen über Johan zusammen, während zugleich sein Rückgrat vereiste.

»Und wennst dich deppert aufführst, dann kannst dich mit der Idee anfreunden, für immer in dieser Abteilung zu bleiben. Haben wir uns verstanden?«

Schuldbewusst senkte Johan den Blick. »Ja.«

»Gut ... dann ... Barbaraaaa?« Der Chef eilte zu Johans neuer direkten Vorgesetzten.

Stöhnend sank Johan gegen ein Regal. Gab es eigentlich noch *irgendetwas* in seinem Leben, das gut lief? Sein Blick fiel zu Stefan, der von hier mindestens doppelt so weit entfernt an der Kasse saß, als vom Zuschnitt. Ihre Blicke trafen sich. In Stefans Miene hockte Bedauern.

18| Kirschlikör

Johan wankte ins Wohnzimmer. Seine Mutter hockte auf dem Sofa vor dem Fernseher, auf dem Couchtisch eine Flasche Kirschlikör, daneben das dazupassende Glas, zur Hälfte gefüllt. Der picksüße Geruch verklebte fast Johans Nasenlöcher. Wie konnte man *so etwas* nur saufen?

»Hallo Mama, bin daheim«, sagte Johan und blieb ein wenig ratlos mitten im Raum stehen. Er sehnte sich diffus nach Nähe und Trost, und aus irgendeinem abartigen Grund, hoffte er, das bei seiner Mutter zu finden.

»Schön«, murmelte die Mutter, nippte an ihrem ekeligen Likör und lehnte sich zufrieden stöhnend zurück. »Essen mach ich gleich, ich schau mir das nur fertig an.«

»Nein, nein ... tu dir nix an, ich hab eh keinen Hunger«, murmelte Johan und schaute sich um, als wäre er hier nur zu Besuch.

»Ist was?«, fragte die Mutter.

»Nein, nein ... war nur ... ein Scheiß Tag in der Firma ...« Johan zeigte auf den Likör. »Wie kannst du das ekelhafte Zeug nur saufen?«

»Schmeckt mir halt.«

»Wäh.«

»Magst dich hersetzen?« Die Mutter klopfte auf den Platz neben sich.

Unschlüssig kratzte sich Johan im Nacken. Das Angebot war besorgniserregend verlockend. »Weiß nicht ...«

»Geh, komm her. Ich hab dich in letzter Zeit eh so selten gesehen. Tust mir ein paar Minuten Gesellschaft leisten, hm?«

»Okay«, sagte Johan ein wenig zu rasch, ein wenig zu erfreut, und ließ sich neben sie aufs Sofa plumpsen.

Der Geruch von Braten, Kirschlikör und Seife drang an seine Nase. *Muttergeruch.* Als Kind hatte er in heiß geliebt, dann wohl irgendwie vergessen oder ignoriert. Jetzt weckte er eine tiefe Sehnsucht nach einer Welt, in der es kein Problem gab, das eine Umarmung und ein tröstendes Wort seiner Mutter nicht lösen konnten.

Erstmals seit ... Johan konnte sich nicht erinnern, schaute er sie sich genauer an. Sie war eigentlich ganz hübsch. Nicht die *schönste Mama der Welt,* wie er als Kind immer behauptet und zweifellos auch so gesehen hatte, aber sie war *eigentlich* eine schöne Frau. Zwar meißelten ihr die Jahre schon ein paar Fältchen ins Gesicht und ihr Haar war insgesamt etwas gröber geworden, als er es aus seiner Kindheit in Erinnerung hatte, aber wenn er den Blick leicht unscharf stellte, sah sie noch genauso aus.

»Ist was?«, fragte sie und lächelte ihn verlegen an.

»Hübsch bist«, sagte Johan.

»Geh, hör auf.« Geschmeichelt fuhr sich die Mutter durchs Haar.

»Nein, wirklich ... ich glaub, ich kann schon verstehen, warum sich der Papa in dich verliebt hat«, meinte Johan.

Überrascht hob die Mutter die Augenbrauen. »Ist *wirklich* alles gut mit dir?« Dann wurde ihr Blick sorgenvoll. »Du willst dir doch nix antun, Johan?«

»Blödsinn«, winkte Johan ab. »Ich tu mir nix an. Darf man dir kein Kompliment mehr machen?«

»Na, von dir bin ichs halt nicht gewöhnt«, meinte die Mutter, dann griff sie nach Johans Hand und drückte sie. Kalte Finger, fester Griff. »Aber lieb von dir. Danke.«

Johan seufzte und lehnte sich zurück. »Was schaust dir denn an?« Aus dem Fernseher flimmerte eine Werbung für Badreiniger.

»Eine Talkshow. *Rita Sommer.* Sagt dir was?«

»Klar.« *Die* Talkshow für die banalsten Themen des Lebens. Ein Wunder, wie die Redaktion Tag für Tag ein halbes Dutzend Leute zusammenbekam, die mit bebender Betroffenheit ihre Lebensbeichte ablegten, um sie dann von den unqualifizierten Meinungen aus dem Publikum und den anderen Talkgästen sezieren zu lassen. »Und? Interessantes Thema?«

»*Consuela – Nur ein Feigenblatt oder ein echtes Plädoyer für mehr Toleranz gegenüber LTGB ... LBTG ... L...* na Lesben und Schwule und was es da noch alles gibt.«

Johan fühlte, wie er so tief ins Sofa sank, dass es nur einen Happs davon entfernt war, ihn zu verschlucken. »Echt?«, krächzte er. Scheiße, war ihm auf einmal heiß. Mit einem Mal klebte die Kleidung an seinem Körper. Der Kopf pulsierte.

»Die Consuela ist auch da ... habens vorher wieder einen Einspieler gebracht, wie er *normal* ausschaut, und wie er mit seinem Mann zusammenwohnt ...«, sie wandte sich Johan zu. »Die sagen *auch* Mann zu ihrem ... Dings ... Lebensgefährten, wie wir auch. Hast das gewusst?«

Johan schluckte, schüttelte den Kopf.

»Eine schöne helle Wohnung ist das, wo die wohnen, sehr geschmackvoll. *Das* habens euch *normalen* Männern zumindest voraus: ein gutes Gespür fürs Schöne, und kreativ sinds auch wie nur was.« Sie griff zum Likörglas, nippte daran. »Und dann ist da noch eine Mutter, die hat gleich *zwei* schwule Söhne. Mei, ein Schicksal ist das schon. Ich mein, ist schon bei *einem* schwer, aber gleich *zwei?* Und eine andere, da lebt die Tochter *mit* ihrer Freundin bei ihr zu Hause.« Die Mutter stellte das Glas auf den Couchtisch zurück. »Eine *Lesbe*«, erklärte sie. »Und einen *ganz lieben* Buben habens da, der ist von seinen Eltern rausgeschmissen worden, wie sie erfahren haben, dass er schwul ist.« Sie schüttelte den Kopf. »Wie kann man das nur machen. Ich mein – ist ja immer noch das eigene Kind. Auch wenns schwul ist. Das hat sich der Bub ja auch nicht unbedingt ausgesucht.«

Johan starrte sie von der Seite an, immer noch wie mit Wucht ins Sofa gedrückt. »Tätest das auch sagen, wenns um deine eigenen Kinder gehen tät?«

Die Mutter fuhr herum. »Was redest?«

Johan schluckte, das Herz schlug ihm bis zum Hals. »Was tätest sagen, wenn ... also ... angenommen, der Frank tät einen aus der Stadt mitbringen?«

»Einen Schwulen, meinst? Oder, dass der Frank schwul wär?«

»Ja, das«, Johan zuckte mit den Schultern. »Wenn der Frank schwul wär.«

Die Mutter wurde ein wenig blass um die Nase. »Das ist er aber nicht, oder?«

»Hypothetisch«, meinte Johan und versuchte, sich aus dem Sog des Sofas zu ziehen. »Was tätest sagen?«

»Also ...« Sie blickte in die Luft, erinnerte sich an den Likör, trank das Glas leer, füllte es nach, nahm noch einen Schluck. Ihr Gehirn ratterte. »Nur ein Gedankenspiel«, versicherte sie sich.

»Nur als Theorie«, bestätigte Johan.

»Hmmm«, sie verschränkte die Finger und blickte von Zimmerecke zu Zimmerecke. »Ich würd ... ich würd ihn fragen, ob er sich *sicher* ist. Manchmal ist das ja nur eine Phase, weißt?«

»Er *ist* sich sicher«, meinte Johan, und fügte rasch hinzu. »Im hypothetischen Beispiel.«

»Also wenn er sich *ganz sicher* ist, dann ... würd ichs ja wohl hinnehmen müssen, oder?« Sie blickte Johan fragend an.

»Na *müssen* ... Rausschmeißen könntest ihn ja auch«, schlug Johan vor.

»Wieso sollt ich ihn rausschmeißen? Er wohnt ja nimmer da.«

»Also ... *angenommen,* er tät auch noch hier wohnen.«

»So wie du?«, fragte sie.

Rums. Johan wurde wieder fest ins Sofa gedrückt. »Nein, nicht wie ich ... Wie ... wie ... der Stefan, als Beispiel.«

Die Mutter kräuselte die Stirn. »Wieso der Stefan jetzt, der ist ja nicht mein Bub. Ach so ... ach soooo ... weil er schwul ist ... Meinst *das?*«

Johan schluckte. »Ja, also ... wenn ... wenn er hier wär, rein theoretisch ... hier im Haus ... wär dir das ... also ... könntest damit?«

»Wer jetzt? Der Stefan oder der Frank?«

»Der Stefan«, krächzte Johan und räusperte sich.

»Also wenn er zu Besuch wär, meinst. Oder, wenn er hier wohnen tät?« Die Mutter trank noch einen Schluck Likör. Der ekelhaft süße Geruch wehte in Johans Nase.

»Er ist ja mein *Kollege*«, betonte Johan bemüht sachlich. »Angenommen ... also ... angenommen, ich tät ihn mal mitbringen ... weil ... weil ... wie der Papa halt manchmal den Franz mitbringt, oder den Sepp ...«

»Also ein Männerabend«, folgerte die Mutter.

»Nein ... ja ... irgendso, ja ...«

»Aber er wär *nicht* mein Sohn?«, fragte die Mutter.

»Wieso Sohn? Zu *Besuch* mein ich jetzt.«

»Und was willst da wissen?«

»Na, weil du immer so von der Consuela schwärmst ... Was, wenn das der ... Frank wär. Also, dieser Kerl, der die Consuela ist.«

»Johan ... du verwirrst mich.« Die Mutter fuchtelte mit den Händen herum. »Also gehts jetzt um den Frank oder den Stefan?« Ihr ging ein Licht auf. »Oder meinst, wenn der Frank und der Stefan ...«

»Nein!«, stieß Johan aus und fuhr hoch. »Du säufst zu viel Likör, Mama.« Er grapschte nach Glas und Flasche und stellte sie zur Seite.

»Lass mir das!«, sagte sie und stellte Glas und Flasche wieder an ihren alten Platz zurück. »So. Und jetzt noch einmal von vorn: *Was* konkret willst jetzt wissen?«

»Na, wie ... was ... ach scheiß drauf, ist mir zu blöd«, fluchte Johan und stand auf.

»Na was soll ich schon sagen, Johan«, rief die Mutter. »Wenns so ist, ists halt so. Glücklich wär ich zwar nicht damit, aber wenns sein soll ...« Sie breitete ergeben die Arme aus.

»Und was, wenn er das nicht will?«, rief Johan, »dich unglücklich machen? Was dann? Soll ers dir nicht sagen?«

»Ich bin seine Mutter, mir *muss* ers sagen können. Wenn nicht einmal mir, wem denn dann?«

»Aber wennst dir dann Sorgen machst?!«

»Ich mach mir doch sowieso Sorgen, Johan. Kommt halt eine Sorge dazu und eine andere weg. Glaubst, die Frauen sind so viel gescheiter als die Mannsbilder? Ich fürcht mich eh dauernd, dass euch eine ein Kind andreht. Na, da wärs mir zumindest um *eine* Sorge leichter.«

Johan klappte den Mund auf.

»Ah, jetzt fängt die Sendung wieder an«, sagte die Mutter mit Blick auf den Fernseher. »Schaust mit?«

»Willst denn keine ... ähm ... Enkel?«, fragte Johan.

»Jetzt schon? Ich bin noch viel zu jung, um Oma zu werden. Schauts, dass’ erst mal euer Leben auf die Reihe kriegts. Könnts doch beide im Moment keine Familie erhalten, und die Kinder kommen früh genug.«

Benommen blinzelte Johan Richtung Fernseher.

»Da schau ... *das* ist die Frau mit den zwei schwulen Söhnen«, rief die Mutter und zeigte auf die Großaufnahme einer sichtlich gebeutelten Frau. »Und jetzt ... siehst, siehst ... das ist der Bub, von dem ich dir erzählt hab, dens rausgeschmissen haben.«

Johan schluckte. »Und der Stefan?«

»Ha?«, fragte die Mutter unkonzentriert.

»Nix ...« Johan drehte sich um, wankte aus dem Wohnzimmer und stieg schwerfällig die Treppe hoch.

Die Welt hatte soeben eine Viertelumdrehung in die andere Richtung gemacht.

19| Zuckerl ohne Zucker

»Na, he, was für eine Überraschung«, rief Thomas und drehte sich um. »Sabrina, schau, wer da ist.«

Sabrina kam um die Ecke und wischte sich gerade mit einem Geschirrtuch die Hände ab. »Hast doch noch hergefunden, Johan!«

Verwirrt blickte Thomas sie an. »Hast leicht gewusst, dass er kommt?«

»Woher sollt er denn sonst wissen, wo ich wohn, Dummi?«, fragte sie und drückte ihm im Vorbeigehen einen Schmatz auf den Mund, dann warf sie sich auf diese verhasste Frauenart an Johan heran und küsste ihn auf jede Wange. »Schön, dass du da bist, komm rein.« Sie blickte runter. »Schuhe musst aber ausziehen.«

»Hast ihn eingeladen?«, fragte Thomas Sabrina auf dem Weg in die Küche.

»Vielleicht fragst *ihn?*«

»Du lädst *meinen* Freund zu *dir* nach Hause ein? *Ohne* mir was zu sagen?«, beschwerte sich Thomas.

»Wie gesagt: Frag *ihn*«, wiederholte Sabrina.

Seufzend wandte sich Thomas an Johan. »Und? Hats dich eingeladen?«

»Eigentlich ...«, Johan kratzte sich im Nacken. »Ich hab nicht damit gerechnet, dass du da bist.«

Thomas fuhr zu Sabrina herum. »Was geht da ab?«

»Jetzt krieg dich wieder ein«, summte Sabrina. »Er wollt vorbeikommen, und ich hab ja gesagt.«

»*Einfach so?*«, fragte Thomas misstrauisch. »Hinter meinem Rücken triffst dich mit meinem besten Freund, ja?«

»Ja, Thomas«, sagte Sabrina träge. »Wir wolltens *ganz wild* treiben, die *ganze* Nacht«, sie seufzte, »aber jetzt bist da und hast unsere Pläne zunichtegemacht.« Sie zwinkerte Johan zu, als Thomas sich von ihr abwandte.

»Johan!«, sagte Thomas alarmiert.

»Ich wollt nur was fragen«, murmelte Johan.

»*Meine* Freundin? Was willst *sie* fragen, was du nicht *mich* fragen kannst?«

»Was Medizinisches«, sagte Sabrina.

In Thomas' Hirn platzte eine Blase. »Ach so. Ach so. Was Medizinisches ...« Eine weitere Blase platzte. »Aber doch nicht am ... du zeigst ihr doch nicht dein ...« Er nickte auf Johans Schritt.

»*Nur* indirekt«, sagte Sabrina und grinste.

»Was heißt ...?« Über Thomas' Kopf schwebten Fragezeichen.

Sabrina verdrehte die Augen und seufzte. »Was *Kardiologisches*, okay?«

»Kardi... ah, verstehe.«

»Tust das?« Sabrina blickte Thomas neckend an. »Magst nicht ein Bier holen, für euch zwei? Ich hab ja nur das Fake da.«

»*Alkoholfrei*«, erklärte Thomas und rollte mit den Augen. »Sinnloser als ein *alkoholfreies* Bier ist nur noch ein *koffeinfreier* Kaffee.«

»Oder Zuckerl ohne Zucker«, meinte Johan grinsend. »Oder Mineralwasser ohne Kohlensäure.«

»Genau! Oder eine Frau ohne Titten«, sagte Thomas und lachte.

»Oder ein Mann ohne Schwanz«, ergänzte Sabrina und drückte Thomas einen Kuss auf. »Weil ihn die Freundin abgeschnitten hat, weil er nur Blödsinn quatscht.«

Einen Augenblick lang musste Johan daran denken, wie sich Stefans Lippen anfühlten. Ein schmerzhaftes Ziehen fuhr durch seinen Bauch und er wandte den Blick ab.

»Ich bin gleich wieder da«, rief Thomas, während er die Füße in die Schuhe stopfte, und als er die Wohnung verließ: »Stellts mir nix an, gell?«

»Nix, was ich nicht mit dir auch machen tät«, rief Sabrina und lachte.

»Wart nur, wenn ich zurückkomm«, drohte ihr Thomas grinsend, dann schickten sie sich Luftküsse zu und er schloss hinter sich die Tür.

Johan lächelte verlegen. »Das passt, zwischen euch, oder?«

Sabrina strahlte. »Er ist ein Spinner. Aber *mein* Spinner. Ja ... es passt super.«

»Schön ...«

»Und was ist mit dir?«

Johans Herz stolperte, seine Ohren wurden warm. Sabrina wies zur Sitzecke in der Küche und Johan hockte sich auf den erstbesten Stuhl.

Die Arme verschränkt setzte sich Sabrina ihm gegenüber und lehnte sich zurück. »Und was verschafft mir die Ehre eines Besuchs des großen Herrn Johan Höller?«

Noch ehe Johan das erste Wort sagte, brannte sein Kopf wie Feuer. »Du hast doch erzählt von dem Arzt ... den mit dem Anwalt.«

»Den Schwulen?«, fragte Sabrina und hob die Augenbrauen. »Jetzt bin ich aber gespannt.«

Johan schluckte, war sich seines knallroten Gesichts nur zu bewusst. »Hat er, ähm ... gar keine ...« Er kratzte sich im Nacken und holte tief Luft. »Machens ihm keine Probleme?«

»Weil er schwul ist, meinst?«

Johan nickte.

»Nicht, dass ich wüsst. Wieso?«

»*Gar* keine?«

Sabrina zuckte mit den Schultern. »Ich hätt jedenfalls noch nix mitgekriegt. Ich könnt mir aber vorstellen, dass ers nicht immer leicht gehabt hat. Warum fragst denn? Wegen dem, was ihr dem Stefan angetan habts?«

Johan klappte den Mund auf.

»Das war eine Scheißaktion von euch«, schimpfte Sabrina. »Nicht, dass ich mir von *dir* was anderes erwartet hätt ... na, ja ...«, sie wog den Kopf hin und her, »... eigentlich schon, nachdem ich euch in der Disco zusammen gesehen hab.«

»Das war nicht ... geplant ...«, murmelte Johan.

»Na, das wär ja noch schöner gewesen«, meinte Sabrina sauer und schüttelte den Kopf. »Was ist euch da überhaupt eingefallen? Kommts euch nicht ein bisserl deppert vor, wenn ihr wie die Halbaffen auf seinem Auto rumhüpfts und alles anschiffts? Der Hund von meinen Eltern hat mehr Selbstbeherrschung, und der ist blöd wie ein Hula-Hoop-Reifen, will den ganzen Tag seinen eigenen Schwanz fangen. Na ... wenn ich so drüber nachdenk, seids wirklich nicht viel gescheiter.«

»Brauchst mich nicht blöd angehen, von wegen, dass das ein Scheiß war«, knurrte Johan. »Ich büß eh schon dafür.«

Überrascht hob Sabrina die Augenbrauen. »Tust?«

»Glaubst, liegt das daran, dass' zusammenhalten?«, fragte Johan. »Dein Arzt und sein Anwalt. Glaubst, sie werden in Ruh gelassen, weils ... zu zweit sind?«

»Du meinst in der Überzahl?«, fragte Sabrina sarkastisch.

»Ich mein ... also ... dass das ...«, Johan machte mit den Fingern seiner Hände eine ineinandergreifende Geste. »Dass das eine eigene Macht ist, die die anderen respektieren.«

»Die schwule Front gegen grölende Halbaffen?«

Johan schnaubte und stand auf. »Vergiss es ... war ein Fehler, hierherzukommen.«

»Geh, jetzt sei nicht so empfindlich immer, und hock dich wieder hin«, bat Sabrina. »Die paar Spitzen kannst schon einstecken, nach der Scheiße, die ihr gebaut habts.«

»Ich bin nicht empfindlich«, knurrte Johan.

Sabrina lachte auf. »*Du* und nicht empfindlich? Eine Mimose bist, das weiß jeder!«

Johan ließ sich betroffen auf den Stuhl zurückplumpsen.

»Ja, kannst mich ruhig so geschraubt anschauen, aber dass du ein wandelnder Krisenherd bist, das spricht sich bis ins Engtal runter.«

»Ein Scheiß ... Krisenherd ... ts«, brummte Johan. »Willst mich doch nur ärgern.«

»Darf ich dich ans Wet-Shirt erinnern? Oder an das mit der Dani? Oder die viertausend anderen Sachen, die mir der Thomas erzählt hat?« Sabrina hob ihre

Hände zu Hasenpfoten und schob die Schneidezähne vor, machte Glupschaugen und blickte gehetzt hin und her. »So rennst herum. Dauernd auf der Suche nach irgendwen, der dich falsch anschauen könnt. Und wennst einen findest, flippst aus und machst einen dramatischen Abgang. Wie auf der Tankstelle mit dem Stefan.«

Autsch.

»Und *ich* hab mir echt gedacht ...«, Sabrina schüttelte den Kopf und seufzte.

»*Was* hast dir gedacht?«

»Nein. Vergiss es.«

»Geh, komm ... sags ... ich versprech, dass ich nicht bös bin«, bettelte Johan.

»Ich bin doch nicht lebensmüde«, meinte Sabrina und verschränkte wieder die Arme.

»Ich schwörs dir, ich werd mich *nicht* aufregen.«

»Pfffft, wers glaubt.«

Johan seufzte. »Darf ich dann wenigstens das fragen, weswegen ich hier bin?«

»Schieß los!«

Johan setzte sich auf. »Also, nur mal hypothetisch ...«

»Oh, je ...« Sabrina verdrehte die Augen.

»Was?«

»Nein, ist okay, fahr fort«, bat Sabrina und machte eine gnädig einladende Geste. »Hypothetisch *was?*«

»Also ... *angenommen,* der Stefan tät mit einem ... also er hätt ...« Johan schluckte geräuschvoll. »Also wenn er einen ... Dings hätt, einen ... Freund ... Partner ... oder wie man da bei denen sagt ...«

Sabrina rollte die Augen.

»Also ... glaubst *du*, dass' ihn dann eher in Ruh lassen? Ich mein so, wie deinen Arzt und seinen Anwalt?«

»Also *doch* die schwule Front«, meinte Sabrina trocken.

»Jetzt sei nicht so ...«

»Sag dus mir«, forderte Sabrina. »Wärt ihr den Stefan so deppert angegangen, wenn er nicht allein gewesen wär? Wenn er mit seinem – und *die* nennen es durchaus *Freund* – da gewesen wär?«

Das war er ja, streng genommen ...

Johan zuckte mit den Schultern.

»Sagen wir so«, Sabrina lehnte sich vor. »Rein *hypothetisch,* der Stefan tät mit einem Freund herumrennen, dann wär das sicher für einige eine Provokation, ein richtiges Reinspucken ins Gesicht, und du weißt ja, wie die Leut auf eine Provokation reagieren – *dir* brauch ich da nix erklären.«

Johan schluckte und nickte.

»*Andererseits* ist es immer was anderes, wenn man einmal *sieht,* was man sich so total arg ausmalt. Weißt, wenns klar wird, das sind halt *nur* zwei Männer, die ein bisserl zusammenrücken, da verdunkelt sich nicht die Sonne und da tut sich nicht die Hölle auf. Das kann auch die Angst nehmen, dieses Konkrete. Kennst ja den Spruch: Gefahr erkannt, Gefahr gebannt. Ist ein bisserl genau so, kennst doch sicher von dir selbst, dass du dich vor was total ang'schissen hast, und dann ist es aber lang nicht so arg, wie du dir das vorgestellt hast. Und dann kommt dir die Angst vielleicht total lächerlich vor, die du vorher gehabt hast.«

Johan war, als rollte ein Mühlstein von seiner Brust. Tief atmete er durch.

»Hast schon mal zwei Männer gesehen, zusammen, live? Wie das ausschaut?«

Zack – die Brust zog sich wieder zusammen. Johan schüttelte den Kopf.

»Solltest vielleicht mal.«

»Und was bringt das? Abgesehen davon: Wo sollt ich solche denn finden?«

»Erstens: Du tätest sehen, wie unspektakulär das ist, weil ich glaub, in deinem Hirn ist das ein bisschen wie: Heuschreckenplage trifft auf Froschregen oder so. Und das Zweite: Schaust halt in eine Schwulenbar.«

»Na sicher nicht!«

Sabrina musterte Johan aus zusammengekniffenen Augen. »Wieso willst das alles eigentlich von mir wissen?«

»Nur so ...« Johan zuckte mit den Schultern. »Ich wollts halt wissen, weil der Stefan ja jetzt mein Kollege ist und wie ich damit umgehen soll ...«

»Ah, ja, der *Herr Kollege*, schon klar«, meinte Sabrina.

»Was willst damit jetzt sagen?«

»Gar nix«, Sabrina begann zu grinsen. »Ist schon fesch, dein *Kollege*, gell?«

»Was?«

»Martin, Harald, Alex, Lukas, Christian, Stefan, N... *Ha!*« Sabrina zeigte auf Johan. »Wie du gleich aufblitzt!«

»Was?«

»Jonas, Kevin, Markus, Thomas, Stefan, ... *Ha!*« Sie lachte. »Süß.«

»Hör auf damit!«

»Gerald, Sven, Bernd, Richi, Stef... *Ha!*« Sie klatschte in die Hände. »Ich hab mir das ja schon beim Karaokeabend gedacht.«

Johan klappte den Mund auf. »Was?«

»Wie ihr euch angeschaut habts ...« Sie neigte sich vor und zeigte auf ihre Augen. »Ich hab einen Blick für so was. Ich sehs sofort, wenn zwei was haben, miteinander, auch, wenn sies mit aller Gewalt verheimlichen.«

»Das ist ein totaler Blödsinn, da waren wir doch noch gar nicht ...«

Bamm!

Sabrina begann, übers ganze Gesicht zu strahlen.

»Du sagst *keinem* was!«, knurrte Johan. »Auch dem Thomas nicht. Dem *erst Recht* nicht! Du *hast* ihm doch noch nix gesagt, oder?«

Sie zuckte mit den Schultern.

»Sabrina!«

»*Vielleicht* hab ich laut spekuliert«, meinte sie.

»Nein ...«, Johan wurde schwindelig. Statt Wut kam Panik. »Nein ...« Ihm wurde eiskalt. »Nein ...« Er krallte die Finger ins Haar. »Nein ...«

»Jetzt scheiß dich nicht an ... er lacht mich eh aus.«

»Ja?«, krächzte Johan.

»Geh, glaubst, *irgendeiner* tät auf die Idee kommen, dass *der* Johan Höller schwul ist? Das größte homophobe Arschloch, das die Welt je gesehen hat?«

Johan zuckte. »Aber hast nicht gesagt, dass jeder weiß, dass die stark Homophoben selbst ...?«

»Geh, wenns das alle glauben täten, müsstens einmal selbst in den Spiegel schauen.«

»Aber sie haben mich gesehen«, sprudelte aus Johan heraus. »Mit dem Stefan, an der Bushaltestelle ...«

»Ich habs mir schon gedacht, irgendwie, dass du das warst ... oder gehofft vielmehr«, meinte Sabrina.

»Das kommt sicher auch bald raus ...«

»Was glaubst, warums den Stefan erkannt haben, dich aber nicht?«, fragte Sabrina richtig nett und tröstend.

Johan schüttelte den Kopf.

»Weils nicht in ihr Hirn reinpasst. Das ist wie mit den Indianern, die was die Schiffe nicht gesehen haben, weils dafür kein Konzept gehabt haben, kennst die Geschichte? Das heißt: Selbst, wenns dich erkannt hätten, hätt das nicht zusammengepasst mit dem, wie sie dich kennen, und deswegen habens aus dir einen Unbekannten aus der Stadt gemacht, mit dem sich der Stefan heimlich draußen im Nirgendwo trifft.«

»Glaubst?«, fragte Johan hoffnungsvoll.

»Sicher. Das wird in Fachkreisen auch *kognitive Dissonanz* genannt. Hab ich mal drüber gelesen, sehr interessantes Phänomen.«

»Kognitive ...«

»... Dissonanz, genau. Weil, ehrlich, Johan, ich mein, ich will dich nicht beunruhigen, oder dass dir das zu Kopf steigt, aber du bist ein Typ, den man sich merkt. Also ... *fesch*, für die Verhältnisse hier, und deine Art, dich zu bewegen, taxierender Blick, und immer so, als müsstest ständig wen zur Seite rempeln, selbst wenn keiner da ist.«

»Wirklich?«

»Außerdem – Fakt ist doch: hättens dich erkannt, hättens dein Motorrad auch schon unter Wasser gesetzt, oder?«

»Hast wahrscheinlich recht«, murmelte Johan beruhigt.

»Okay«, Sabrina straffte die Schultern und strahlte Johan an. »Nachdem wir das geklärt hätten: wie läufts mit ihm?«

Johan presste die Lippen zu einem Strich und schüttelte den Kopf.

»Wegen der Sache auf der Tankstelle?«

Johan nickte.

»Geh, Johan ...« Sabrina seufzte und legte mitfühlend eine Hand auf seinen Unterarm. »Das *war* aber auch so was von unnötig. Wenn der Thomas mit *mir* so was abgezogen hätt, ich hätt ihn auch zum Teufel gejagt, aber erst hätt ich ihm noch die Haut vom Körper gezogen und ihm den Schwanz abgeschnitten.«

Johan senkte den Blick, ein verdächtiges Brennen zog die Nase hoch, erhitzte seine Stirn. »Er hat mir sogar verziehen.«

»*Was?* Ehrlich?« Sabrina schnaubte und ließ Johans Arm los. »Wow.«

»Ja, wow«, flüsterte Johan.

»Also seids jetzt zusammen oder nicht?«

Johan schüttelte den Kopf, das Blut wummerte gegen seine Augen. »Er fürchtet sich vor mir.«

»Oh«, sagte Sabrina knapp. »Das ist ... blöd.«

»Und er hat recht damit«, nuschelte Johan. »Ich bin ... so.«

»Ein festes Arschloch, meinst?«

»Ich sollt jetzt besser gehen«, meinte Johan, klatschte die Handflächen auf die Tischplatte, stand auf und rang sich ein schiefes Lächeln ab. »Danke ... gell. Und richtest dem Thomas aus, dass wir uns eh am Samstag am Kirtag sehen.«

»Magst nicht bleiben? Er müsst doch eh jeden Moment mit dem Bier zurück sein. Er ist sicher enttäuscht, wennst nimmer da bist.«

Johan wankte. Einerseits wollte er jetzt gern allein sein, andererseits konnte er auch gut Ablenkung gebrauchen. Einerseits wollte er auf keinen Fall mit einer Frau den Abend verbringen, die von seinem Geheimnis wusste, andererseits weckte das in ihm ein eigenartig angenehmes Gefühl von ... Verbundenheit. Er war plötzlich mehr, als der oberflächliche Macho, der die ganze Zeit hinter Mauern hervorschießen musste. Die Vorstellung, noch ein wenig in dem Gefühl zu schwimmen, wahrgenommen zu werden, war schön.

»Komm, setzt dich noch ein bisserl her, ha?« Sabrina tätschelte lockend die Tischplatte. »Der Thomas redet eh immer davon, dass er dich schon vermisst.«

»*Wer* vermisst *wen?*«, rief Thomas von der Wohnungstür aus. »Sagts, redets ihr etwa die ganze Zeit über mich?«

»Aber klar!«, rief Sabrina und zwinkerte Johan zu. »Er hat mir alles erzählt, jedes dreckige Detail!« Flink tätschelte sie Johans Hand und sprang auf, um Thomas entgegenzurennen.

»Was für dreckigmnnn...«, begann Thomas und wurde von einem Kuss unterbrochen.

Johan wurde das Herz schwer. Für den Bruchteil einer Sekunde hatte er das Bild vor Augen, wie sich er und Stefan so innig begrüßten – *in Gegenwart eines Gastes*. Scheiße. Eine unendliche Traurigkeit stieg in Johan hoch. Er mahlte mit dem Kiefer und würgte die Gefühle runter. Er würde nicht heulen. Nicht in Gegenwart anderer ...

Und dann wurde ihm siedendheiß bewusst, dass er es bei Stefan von Anfang an getan hatte. Ohne einen Gedanken daran zu verschwenden, wie jämmerlich er wirken musste, hatte er ihn vollgeheult, und Stefan hatte nicht blöd reagiert, sondern ihn getröstet.

»*Echtes* Bier«, sagte Thomas stolz und stellte das Sixpack auf den Tisch.

20| Elender Sautrottel

Johan saß mit dem Hintern auf dem Tisch, die Füße auf der Sitzfläche der verwitterten Garnitur der Aussichtsplattform. Hinter ihm der Wald, durch den er gekommen war, vor ihm das hügelige blonde Tal mit den Wächtern im Hintergrund. Ehe er sich hingesetzt hatte, hatte er wie beiläufig die Mülleimer überprüft – sein brisantes Päckchen war bereits entsorgt worden. Einerseits erleichterte ihn das, andererseits piekste ihn ein wenig der Verlust. Es war ihm nie bewusst gewesen, aber in den Monaten, die er den Lustspender besessen hatte, hatte er sich schrittweise herangetastet und ausprobiert und sich so bis zu einem gewissen Grad mit seiner Neigung versöhnt. Er hatte sich nach und nach erlaubt, der Fantasie freien Lauf zu lassen.

Vielleicht hätte er sich ohne diese Phase nie an Stefan herangetraut, gewiss jedoch wäre er nicht so rasch zur Sache gegangen. Denn was er *eigentlich* getan hatte, in der kurzen Liaison mit dem Dildo, war nicht, sich zu befriedigen, sondern sich hungrig zu machen, neugierig, wild auf mehr. Vielleicht vergleichbar mit einer Droge, deren Dosis man ständig steigern musste.

Aber nein ... nein ... Stefan war mehr als ein sexuelles Suchtmittel. Obwohl Johan ihn den ganzen Tag im Blick hatte, vermisste er ihn. Wie konnte das sein? Wie konnte einem jemand fehlen, an den man sich noch gar nicht hatte gewöhnen können? Wie konnte man jemanden vermissen, den man neun Stunden am Tag um sich hatte?

Mehr oder weniger spielten sie aktuell dasselbe Spiel weiter wie schon Anfang der Woche. Sich ignorieren wollen, aber nicht können. Aneinander vorbeiagieren und doch nichts anderes, als ständig aufeinander zudriften. Selbstauferlegte Verbote, gequälte Dialoge, so bemüht oberflächlich, dass Johan nicht nur einmal am liebsten aufgeschrien, das ganze Theater beendet und sich auf Stefan gestürzt hätte.

Und doch war es wiederum ganz anders als zu Wochenbeginn, denn es stand eine Forderung im Raum, eine Drohung, ein Ultimatum. Zumindest empfand Johan es so. Immer wieder versuchte er es im Geiste durchzuspielen: er und Stefan als Paar, offiziell. Die Reaktion der Kollegen, Ferdl, der Chef ... oder Mama, Papa ... Thomas, Severin, Lukas ... all seine Freunde ... die Nachbarn ... Rudi, Dani, ihre Partie ... Nein, nein, nein! Johan konnte das nicht.

Und es lag, so wurde ihm beschämend bewusst, nicht daran, dass sie ihm auflauern könnten, dass sie ihm das Motorrad vollpissen oder ihn zusammenschlagen könnten. Es waren die Worte. Es waren die Rufe. Es war die verbale Demütigung. Es war das, was er Stefan angetan hatte. Es war das, was er *nicht* sehen würde, was ihm Angst machte. Die Blicke, das Gerede, die Gerüchte, die Spekulationen. Darüber hatte er keine Kontrolle. Schläge, blöde Streiche, da konnte er sich wehren, die konnte er sehen, darauf konnte er reagieren. Aber was konnte er schon gegen das ausrichten, was sich eine Nachbarin vorstellte, wenn sie ihn sah? Wie konnte er sich gegen Gedanken wehren, die einer dachte? Wie konnte er sich gegen Gespräche und Unterstellungen wehren, die man hinter seinem Rücken zelebrierte?

Was ist das Ziel von allem?

Das. Kontrolle. Immer wissen, was vor sich ging. Um schneller zu sein.

Das alles sollte er aufgeben? Dieses Gefühl der Sicherheit? Sollte er etwa nackt und dumm durch die Gegend laufen, den Blicken, den Gedanken, den Gerüchten ausgeliefert? Bei der bloßen Vorstellung, überzog sich jeder Muskel mit Eis. Es wäre ein Abgrund. Woran sollte sich Johan dann noch orientieren? Woran sollte er sich dann noch festhalten? Stefan? Sollte er etwa, wie *er* auf der Tankstelle, so tun, als wäre nichts? Ausblenden, was um ihn geschah? Die Rufe mit hochrotem Kopf ignorieren und dann überrascht sein, wenn ihm ins Auto gepisst wurde?

Nein. So war Johan nicht. Das konnte er nicht. Und das konnte Stefan nicht von ihm verlangen.

Die Sonne sank seitwärts ins Tal, streckte ihre orange brennenden Arme noch einmal über die Hügel und versuchte, sich an den Zehen der Berge festzukrallen, ehe sie vom Rand der Welt rutschte. In den schattigeren Gebieten breitete sich bereits bläuliche Kühle aus.

Es wäre schön, wenn Stefan jetzt hier wäre.

Rums. Der Gedanke schlug in den Magen, griff hinein in den Bauch und für einen Moment wurde Johan so schlecht, dass er fast würgen musste. Wäre es nicht perfekt, hier zu sterben? Alleine, auf einer Aussichtsplattform, vor einer der schönsten Landschaften des Landes? Berührt vom letzten Zwinkern einer untergehenden Sonne? Frieden. Stille. Nichts. Und erst am nächsten Vormittag würde ihn ein Förster finden, friedlich zusammengerollt auf dem Tisch einer verwitterten Sitzgarnitur, umringt von eingeritzten Herzen. M+B, C+U, A+F, R+I ... so viel vergangene Liebe.

Johan wurde eiskalt. Scheiße. Seit wann dachte er *solchen* Mist? Er wollte doch nicht sterben. So einer war er nicht ... und doch ... plötzlich schien es so möglich, so nah, so machbar, so tröstend. Keine Qualen mehr, keine Entscheidungen, kein Kampf.

Hast gewusst, dass die Mama glaubt, du hättest dich umbringen wollen, als du den Unfall gehabt hast?

Ach, wär es doch so gewesen, wär ich doch ...

Eine einzelne, kühle Träne kitzelte Johans Wange. Er wischte sie mit den Fingern weg, schniefte, und dann brach es wieder aus ihm heraus. Wie ständig, in letzter Zeit. Eine richtige Heulsuse war er geworden und alleine deswegen konnte er schon heulen, weil er so ein elender Haufen geworden war. Das Selbstmitleid legte sich wie ein wärmender Mantel um ihn, der so erbärmlich fröstelte, und rieb und schüttelte ihn durch, bis jede seiner Zellen so weich und wund war, dass er Frieden fand.

Johan zog das Handy aus der Gesäßtasche und scrollte durch die Namensliste. Ewig hielt er den Daumen über Stefans Eintrag, ewig, ewig, wie schön wäre es jetzt, seine Stimme zu hören. Doch dann wurde Johan wieder bewusst, was er auf der Tankstelle zu ihm geschrien hatte, wie er ihn weggestoßen hatte, als Ferdl aus dem Auto gestiegen war.

Johan scrollte wieder hoch ... *Frank* ... drückte auf *Wählen.*

»Johan? Ist alles okay?«, rief Frank sofort.

»Ja, alles super.«

»Bist dir sicher? Du hast mich noch nie angerufen, deswegen frag ich.«

»Ja, es ist alles okay.«

»So klingst aber nicht. Was ist denn los? Wennst mich anrufst, ist Feuer am Dach, also rück raus mit der Sprache.«

»Ich ... ich ...« Johan atmete tief durch, schloss die Augen, krächzte: »Ich bin schwul.« Eine dicke Gänsehaut kribbelte über seinen Körper, sein Herz klopfte schnell aber schwach, als wollte es keine Drachen wecken.

»Da erzählst mir nix Neues«, meinte Frank verwundert. »Worum gehts denn *wirklich?*«

Johan schnappte so tief nach Luft, dass ihm fast die Rippen brachen. »*Darum.* Dass ichs mal gesagt hab.«

»Ach so ...« Frank ließ das einen Moment auf sich wirken, dann sagte er: »Das find ich ... super. Und wie wars? Wie fühlt sichs an?«

»Weiß nicht«, nuschelte Johan. »Es ändert eigentlich nix.«

»Das kommt noch«, meinte Frank tröstend.

»Ich hab Scheiße gebaut«, platzte Johan heraus.

Fast erleichtert stöhnte Frank auf. »Na ich hab doch gewusst, dass was ist. Schieß los.«

Und dann schoss Johan los. Erzählte alles, von der Karaokeparty bis zum Vorfall auf der Tankstelle und Stefans Reaktion darauf am nächsten Morgen, sowie das verkrampfte Schweigen, das jetzt wieder zwischen ihnen herrschte. Schlüpfrige Details sparte er aus, umschrieb sie mit *ein bisschen nähergekommen.* Ebenfalls verschwieg er Stefans überraschend häufig vorgebrachte Liebesgeständnisse. Johan war bis dahin nicht bewusst gewesen, wie oft ihm Stefan die

Hand gereicht hatte, wie oft er ihm das Herz geöffnet hatte, dass er permanent auf ihn zukam, dass er über die Hindernisse und Scheißehaufen, die Johan ihm hinlegte, stieg, um weiter auf ihn zuzugehen. Allein, wie viele Komplimente ihm Stefan in ihrer gemeinsamen Nacht gemacht hatte, wie er ihm permanent gesagt hatte, was er so toll an ihm fand, so liebenswert. Wieso war das Johan bis zu diesem Moment nicht klar gewesen? Er hatte zwar schon mitbekommen, dass Stefan ihm gestanden hatte, in ihn verliebt zu sein, aber ... eigentlich war das nur die Kapitelüberschrift zu all den anderen Dingen, die er sagte und machte.

»Johan, ich sag dir was, was du wahrscheinlich mittlerweile eh schon selbst weißt«, meinte Frank, nachdem er alles angehört hatte. »Du bist ein unglaublicher Sautrottel.«

»Danke, genau, weil ich das hören wollt, hab ich angerufen«, knurrte Johan.

»Wirklich, Johan, das gehört dir ins Hirn reingebrannt. Du. Bist. Ein. Elender. Sautrottel.«

»Ich leg gleich auf!«, drohte Johan.

»Sei nicht eingeschnappt. Du weißt, dass ich recht hab.« Frank seufzte. »Und? Was hast jetzt vor?«

»Was soll ich vorhaben?« Johan fuhr mit dem Daumennagel eine Geweberille seiner Jeans nach. »Es ist vorbei.«

»Geh, schaust bitte schnell rauf in dein Hirnkastel, wo ich dir gerad was reingebrannt hab. Müsst sogar noch dampfen.«

»Ich kann mich nicht ... outen!«, rief Johan. »Ich kann nicht.«

»Glaubst wirklich, dass er das verlangt?«

Johan schwieg.

»Hat er das *ausdrücklich* verlangt?«

»Nein ...«, nuschelte Johan. »Aber es kommt aufs Selbe raus.«

»Was will er denn von dir?«, fragte Frank.

»Ich weiß nicht ...«, gab Johan kleinlaut zu.

»Willst mich frotzeln?«, fragte Frank. »Nach der Scheiße, die du gebaut hast, kommt er auf dich zu, *verzeiht* dir auch noch – *ich* hätt dir an seiner Stelle übrigens ordentlich in den Arsch getreten –, und will mit dir weiterhin zusammen sein, und du ...?«

»Was soll ich denn machen? Wie soll ich ihm denn *beweisen*, dass ich ihm nix tun würd?«

»Ja, hast ihn das denn nicht gefragt?«

»Nein ... ich ...«

»Johan ... beantworte mir folgende Frage, ganz ernsthaft und ehrlich: Willst ihn, oder nicht?«

»Doch, ich ...«

»Dann krieg den Arsch hoch, mach den Mund auf, red mit ihm. Aber *richtig*. Nicht auf *Verteidigen*, wie dus sonst immer machst. Mit *Reden* mein ich, dass du auf ihn *zugehst*. Du schießt nicht, du fauchst nicht, du versteckst dich nicht hinter deiner Wut oder deiner Angst, du versuchst nicht, zu imponieren und der Supercoole zu sein, sondern du *sagst*, was du denkst, und fühlst, und du hörst zu, und zwar *richtig*, und nicht nur auf das, was du als Angriff werten kannst. Und wennst was nicht verstehst, wenn dir was unklar ist, dann *fragst*. Herrschaftszeiten, du bist neunzehn und ich muss dir wirklich erklären, wie man miteinander redet?«

Johan holte tief Luft. »Tu ni...«

»Nanananana! Genau so *nicht!*«

»Ab…«

»*Reden.* Argumentieren, und nicht beleidigt herumspucken.«

»Aber ich …«

»Und das *Aber* gewöhnst dir jetzt gleich einmal ab. Du bist nicht in der Defensive. Wennst ein Kerl bist, dann überlegst dir, was du willst und ziehst es durch. Und wennst verlierst, nimmst die Niederlage hin und lernst draus, und fängst nicht an, Ausreden zu suchen, kapiert?«

Wennst ein Kerl bist …

»Ja.«

»Gut. Und jetzt denkst gründlich drüber nach, was dir wichtig ist. Das muss *aus dir* kommen und nicht nur ein Reflex auf was sein, was dir gerad Angst macht. Weil wenn *dir* einmal klar ist, was du *wirklich* willst, ist der Rest was, was man vernünftig anpacken kann. Das Ziel musst kennen, dann siehst das Problem und findest eine Lösung. Ein Schritt nach dem anderen. Verstehst das?«

»Ja«, sagte Johan. Bei Frank klang das alles so simpel, strukturiert, geradlinig – *sicher.* Ein schlichter Leitfaden, eine deutliche Richtung, ein *von hier* zu einem *nach dort.* Aufgeräumt.

Johan fühlte ein unbestimmtes Kribbeln in Hirn und Bauch. Konnte es so einfach sein? Eigene Bedürfnisse, Wünsche, Ansprüche haben dürfen, losgelöst zunächst von den Unwägbarkeiten … und diese dann nur als *Hindernis* sehen, nicht als Gegner? Bloß Stolpersteine, die man mit dem klaren Fokus auf das Ziel aus dem Weg räumen konnte? Endlich keine Flipperkugel mehr sein, die zwischen all den Ängsten, Meinungen, Blicken, Gedanken und Worten anderer herumgeschubst wurde und Punkte sammelte, ohne davon etwas zu haben ...

»Am Wochenende bin ich eh da, wegen dem Kirtag, dann können wir ja noch mal reden, wennst willst, okay?«

»Okay.«

21 | Wurstbrot

Mit einem Auge auf Stefan räumte Johan die neue Lieferung Plastikbehälter ins Regal, positionierte die Palette Aktions-Hundefutter, versuchte einer Kundin weitere technische Details aus der Nase zu ziehen, um ihr das richtige Abflussreinigungssystem für die Rohrverstopfung in ihrem Bad zu empfehlen, oder kletterte auf der Leiter herum, um Barbara Produkte herunterzureichen. Dort oben war der beste Stefan-Beobachtungs-Posten überhaupt, und eine ideale Fluchtgelegenheit vor Kundinnen, vor allem, wenn er üppige Plastikverpackungen und Kartons so herunterhängen ließ, dass es aussah, als würden sie gleich herunterfallen.

Gegen eins schloss Stefan die Kasse und marschierte Richtung Mitarbeiterküche. Flink kletterte Johan von der Leiter und eilte ihm über einen kleinen Umweg hinterher. An der Küche blickte er sich um – niemand weit und breit –, schlüpfte hinein und machte die sonst immer offenstehende Tür hinter sich zu.

Stefan stand vor dem Kühlschrank. Ein in Frischhaltefolie gewickeltes Wurstbrot in der Hand drehte er sich um. »Johan?«

»Ich kann das nicht«, sagte Johan, die Fäuste um den Türgriff im Rücken geballt.

Stefan runzelte die Stirn. »Was genau?«

Johan öffnete die Tür, steckte den Kopf in den Flur, blickte rauf und runter, nach wie vor keiner da, schloss sie wieder, marschierte auf Stefan zu, legte die Hände auf seine Wangen und küsste ihn.

Oh, wie weich sich Stefans Lippen anfühlten, wie verdammt gut er schmeckte. Eigentlich wollte ihm Johan nur einen flüchtigen, keuschen Kuss aufdrücken, aber Stefans Nähe war wie ein Sog. Er rückte einen Schritt näher, schob ihm die Finger in den Nacken, schloss die Augen, öffnete den Mund, suchte Stefans Zunge.

Nach dem ersten überraschten Zucken ging Stefan sofort mit, legte das Wurstbrot zurück in den Kühlschrank und die Hände an Johans Seiten. Johan verlor fast den Verstand, so gut fühlte es sich an, von Stefan angefasst zu werden. Ihm war, als hätten sie sich nicht erst vor zwei Tagen zuletzt berührt, sondern vor Wochen, Monaten, Jahren.

Stefan prallte gegen die geöffnete Kühlschranktür. Flaschen und Einmachgläser schepperten und ließen in Johans Hinterkopf Alarmglocken schrillen, aber er konnte nicht unterbrechen. Wenn er den Kuss beendete, so fürchtete er, wäre das für immer, und so weit war er noch nicht, loszulassen, er brauchte mehr, mehr, mehr.

Erst, als vom Flur her ein Geräusch in die Küche drang, riss er sich von Stefan los, wankte zwei Schritte zurück, drehte sich um und wischte sich über den Mund. Im selben Moment verfluchte er sich für diese Geste. Atemlos blickte er zur Tür, aber niemand kam. Alles still, draußen.

Stefan schloss die Kühlschranktür.

Ohne Stefan anzusehen, wandte sich Johan der Arbeitsfläche zu, stützte sich mit den Händen ab und blickte zwischen den Armen abwärts auf seine Schuhe. »Ich kann nicht«, krächzte er, und suchte nach besseren Worten.

Stefan schwieg.

»Ich will …«, Johan wurde leiser, flüsterte fast: »… *dich.*« Scheu prüfte er Stefans Reaktion und fand hemmungslose Zuneigung. »Aber ich kann mich nicht …«, Johan vergewisserte sich mit einem Blick über die Schulter, dass niemand zur Tür hereinkam, »… outen. Ich kann einfach nicht.«

Stefan schob sich an ihn heran und legte die Finger über Johans Hand. »Ist okay.«

Die Berührung fuhr wie ein Blitz durch Johans Körper, machte ihn plötzlich so weich. Verwundert blickte er hoch. »Ist *okay?*«

Stefan lächelte, nickte, kam noch näher und strich mit einem Finger kurz über Johans Wange – es war vielmehr ein liebevolles Stupsen. »Wieso sollt ich das von dir verlangen? Ich hätts doch auch nicht gemacht … wenns nicht …« Er zuckte ergeben mit den Schultern.

Ein düsterer Gedanke schob sich in Johans Bewusstsein. »Sinds dich wieder angegangen?«

Stefan senkte den Blick, zuckte mit den Schultern.

»Wer!«, fragte Johan, richtete sich auf, zog die Hand unter Stefans Hand hervor und umschloss sie sanft.

Stefan blickte auf ihre Finger hinab und schüttelte den Kopf. »Verschiedene. Niemand bestimmter. Es ist mehr ein Echo, wenn ich unterwegs bin …« Seine Mundwinkel zuckten und er blickte Johan träge an. »Ich könnt ansonsten vergessen, was ich bin und was ich gern mach.«

»Scheiße …«

236

»Und auf dem Stellplatz vor meiner Wohnung hat das auch noch wer mit Straßenkreide festgehalten, damit ich meinen Parkplatz find.« Stefan lächelte müde. »Aber sonst lassens mich eh in Ruh ... also ...«

»Stefan ...«, flüsterte Johan, blickte rasch zur Tür – hasste sich dafür, hasste sich dafür umso mehr, als ihm bewusst wurde, dass Stefan das registrierte – und machte einen Schritt auf ihn zu. Ihre Oberkörper berührten sich beinahe. Johan schloss die Augen, Lippen und Nase so dicht über Stefans Schulter, dass ihn die Fasern des Shirts kitzelten, und sog den betörenden Duft dieses begehrten Körpers ein. Stefans Gesicht streifte seine Wange, warmer Atem strich über seinen Hals.

»Ich möcht wieder mit dir zusammen sein«, wisperte Johan.

Stefan lehnte Schläfe an Schläfe. »Ich auch ...«

»Dann komm ich zu dir ... heute«, flüsterte Johan, legte die Hände auf Stefans Taille, streifte mit den Lippen den Kiefer entlang, bis zum ...

Stefan wich zurück. »So einfach ist das nicht, Johan.«

»Doch ... ist es«, flehte Johan und krallte die Finger ins Shirt.

»Du kannst dich nimmer reinschleichen bei mir«, erklärte Stefan und klaubte eine Staubfluse von Johans Schulter. »Jetzt lauerns wirklich nur drauf, dass ich wen mitbring. Da kommst nicht aus, Johan. Vielleicht fangens dich sogar ab.« Stefan strich über Johans Kinn. »Ich krieg doch mit, wie du dich anscheißt, dass uns der Ferdl oder einer von den anderen hier erwischt. Dabei wärs bei denen nicht mal so tragisch. Aber wenns dich bei mir erwischen ... ich möcht nicht erleben, wie du *das* abwehrst. Nicht, nach dem, was war.«

»Aber ...«, Johan schluckte. »Aber ich bin da, oder? Du siehst doch, dass ich versuch, meine Angst in Griff zu kriegen. Sogar im Auto bin ich gesessen mit dir. Bei helllichtem Tag. Okay – ich hab mich deppert verhalten, wie der Ferdl gekommen ist, aber – noch ein paar Tage früher hätt ich das nicht können.«

»Das stimmt«, sagte Stefan und funkelte ihn amüsiert an. »Richtig waghalsig und risikofreudig bist geworden.«

»Machst dich lustig über mich?«

»Nein ... komm her.« Stefan schlang die Arme um Johan. »Ich bin froh, dass du hier bist. Und ich seh, dass du dir Mühe gibst.« Er presste das Gesicht an Johans Halsbeuge und küsste ihn unterm Ohr. Seine Hände fuhren hoch in den Nacken, abwärts bis zum Hintern. Sein Atem ging schneller, blies heiß über Johans Haut. Weiter unten drängte etwas immer härter gegen Johans Schritt. »Am liebsten tät ich dich gleich hier vernaschen«, hauchte ihm Stefan ins Ohr, wuschelte ihm leidenschaftlich durchs Haar, packte ihn fester am Hintern und drückte ihn mit einem Ruck an sich.

Johan keuchte auf. Sein Bauch kribbelte. Stefans plötzliche Lust machte ihn so wuschig, dass er sich kaum auf den Beinen halten konnte. Auf einmal war das Verlangen größer als die Angst. Er schob die Hände unter Stefans Shirt, fühlte die heiße, samtige Haut. Verflucht – warum nicht *wirklich* gleich hier übereinander herfallen?

»Kommst halt zu mir«, nuschelte Johan und bemerkte vor lauter Blümchen im Hirn erst, was er gesagt hatte, als Stefan den Atem anhielt.

»Was?«

»Hm?«

Stefan lockerte die Umarmung und blickte Johan in die Augen. »Hast gerade gesagt, ich soll zu dir kommen?«

»Hab ich?«

»Hast! Glaub ich.«

»Oh ...« Panik und Lust rangelten um das Zepter. »Vielleicht ...« Johan schluckte. »Vielleicht ... hab ichs ja so gemeint.« Von seiner eigenen Kühnheit überrumpelt keuchte er auf. Er musste sich wo festhalten ... Stefan ...

»Meinst das ernst?«, fragte Stefan. In seinem Gesicht zuckte ein Dutzend Muskeln.

Oh Gott, den Pfad des Mutes erst einmal beschritten, flatterte die Angst herbei wie eine kreischende Schar Möwen und hackte Stücke aus der Courage. *Du musst das Ziel kennen, dann siehst das Problem und findest eine Lösung.*

»Ja«, presste Johan heiser hervor, räusperte sich, holte tief Luft, schluckte, sagte lauter, entschlossener: »Ja, ich meins ernst.«

»Und ...« Forschend blickte ihm Stefan ins Gesicht. »Deine Eltern? Die Nachbarn?«

»Ich werd doch noch einen Kollegen mitbringen dürfen«, meinte Johan todesmutig. Seine Knie schlotterten wie die eines fruchtwassernassen Rehkitzes.

»Auch, wenn alle wissen, dass er schwul ist?«

Johan schluckte. »Willst mirs ausreden?«

»Nein, oh nein ...«, Stefan schob Johan die Hände in den Nacken, lehnte Stirn an Stirn und strahlte. »Ich tät sogar furchtbar gern kommen.«

»Aber?«

»Nimmst dir nicht ein bisserl viel vor? Ich seh doch, dass dir vor Angst gleich die Augen raushüpfen.«

»Männerabend«, brabbelte Johan. »Kommst zum Fernschauen und Saufen vorbei, wie die Kollegen vom Papa.«

»Fernschauen und Saufen«, wiederholte Stefan lächelnd.

»Oder Computerspielen. Muss ja keiner erfahren, dass wir ... was wir *wirklich* machen.«

Stefan klappte den Mund auf und glotzte Johan ungläubig an. »Wart einmal ... Du willst, dass wirs in deinem Zimmer treiben? Während deine *Eltern* zu Hause sind?«

»Oder halten ...«, murmelte Johan.

»Was?«

»Oder uns nur halten. Ich will ...«, Johan schluckte, stockte, seine Brust wurde ihm eng. »Ich brauch das, dass du bei mir bist. Ich brauch das so sehr – und wennst nur neben mir hockst. Vielleicht, dass wir uns halten ... dass wir uns einfach nur halten ... das tät mir schon reichen, fürs Erste.«

»Oh Gott, ja ...«, wisperte Stefan ergriffen, schloss die Augen, streichelte Johans Nacken. »Ja ... ja ... machen wir das ...«

Johan griff abwärts und legte beherzt eine Hand an Stefans Hosenstall, hinter dem eine Erektion lauerte – hart wie ein Stahlrohr. »Wobei ich *das* auch gern tät.«

240

Stefan zuckte und stöhnte auf. »Okay, okay, okay«, wisperte er hastig und zog Johans Hand fort. »Pass auf, was du tust, he.«

Johan grinste. »Was denn? *Das* hier?« Flink grapschte er wieder in Stefans Schritt und wurde von dieser betörenden Härte ganz blöd.

»Faaa...« Stefan wich aus, wankte einen Schritt zurück, stöhnte. »Faaa...« Vorsichtig zupfte er an der Hose, schnappte nach Luft und wandte sich von Johan ab. »Wart kurz ...«

»*So* weit bist?«, fragte Johan verwundert.

»Sei still ...«, murmelte Stefan und schloss die Augen. »Mit deinem depperten Reden, was wir bei dir machen ... Und dann tappst mir auch noch drauf ... faaa...«

Johan blickte rasch zur Tür. »Soll ich dir helfen?«

»Hör auf ...« Stefan öffnete den Kühlschrank und hängte sich halb hinein.

Fasziniert schaute Johan zu, wie Stefan mit der Lust kämpfte. »Zuletzt hab ich das so stark mit fünfzehn gehabt.«

»Faaa... das hilft mir jetzt, dass ich mir auch noch vorstellen muss, wie du ... faaa...«

»Warum lässt dus nicht einfach zu?«, schlug Johan vor. »Ich mein ... ist doch eh keiner da ... und ... na, ja, mir täts taugen.«

»Das glaub ich dir sofort«, ächzte Stefan und blickte schwitzend an sich runter. »Faaa... das geht jetzt eh nicht von allein weg.«

»Soll ich ...?«, fragte Johan und kam einen Schritt näher. »Ich mein: *Darf* ... ich?«

»Nein!«, rief Stefan und bat dann sanfter. »Pass bitte auf, dass keiner ...« Er nickte zur Tür, schloss den

Kühlschrank und lehnte sich keuchend mit dem Rücken dagegen.

»Okay ...«, wisperte Johan kooperativ und wurde allein von der Vorstellung, was gleich passieren würde, selbst ganz wuschig.

Stefan holte eine Packung Taschentücher aus seiner Gesäßtasche, zupfte eines heraus und schüttelte es aus. Dann öffnete er, wie in ihrer gemeinsamen Nacht, die Hose nur mit Zeigefingerspitze und Daumen, die anderen Finger streckte er weg. Kaum war der Reißverschluss auf, drängte sich das Zelt seines Slips gierig in den Vordergrund. Behutsam, als fürchte er eine Detonation, hob Stefan den Bund des Slips an, zog ihn aber zu Johans Enttäuschung nicht runter, um ihm das schöne Stück zu zeigen; schob stattdessen Papiertaschentuch und Hand hinein.

Stefan begann heftig zu atmen. An seinem Arm und in den Leisten spannten sich die Sehnen und Muskeln an. Er zitterte, ächzte, hielt den Atem an, erstarrte. Ein paar betörende Sekunden lang sank er in sich und hatte dabei einen so süß verzweifelten Gesichtsausdruck, dass Johan vergaß, den Mund zu schließen. Dann ließ Stefan keuchend los, schloss die Augen und schlug – Faust und Papiertaschentuch noch immer im Slip – mit der Schläfe mehrmals gegen die Kühlschranktür. »Fa... Ich hass das ... ich hass das so.«

Johans Kehle war staubtrocken. Er versuchte zu schlucken, aber die Zunge blieb am Gaumen kleben. Er versuchte seine Lippen zu befeuchten und zerrte bloß daran.

Plötzlich wurde grob der Türgriff runtergedrückt. »Was ist denn da zu?«, rief Ferdl und riss schwungvoll die Tür auf.

Stefan drehte sich rasch weg und begann hektisch, die Hose zu verschließen.

Johan starrte Ferdl an wie ein geblendetes Reh – unfähig, sich zu bewegen.

»Alles klar mit euch? Stör ich?«, fragte Ferdl und blickte neugierig zwischen Stefan und Johan hin und her.

»Nein ...«, krächzte Johan, räusperte sich und schüttelte sich betont cool aus der Starre. »*Überhaupt* nicht!«

»Weils die Tür zugehabt habts ...« Ferdl zeigte Richtung Flur.

»Luftzug«, presste Johan hervor und kontrollierte aus dem Augenwinkel, ob sich Stefan bereits fertig angezogen hatte.

»Ach so ...« Wieder schaute Ferdl bedeutungsvoll zwischen Johan und Stefan hin und her. »Habts endlich geredet, miteinander? Habts euren Zwist beigelegt?«

»Zwist?«, fragte Stefan, drehte sich herum und fuhr sich flink durchs Haar.

»Streit«, erklärte Ferdl.

»Unseren Streit«, bekräftigte Johan und kratzte sich im Nacken.

»Ach ... so ... ja ... na, der ist bereinigt, denk ich, oder?«, sagte Stefan weich und funkelte Johan verklärt an. Oh. Mein. Gott!

Ferdl grinste. »Gut. War aber auch Zeit. Ist uns allen schon auf die Nerven gegangen, eure Herumtuerei.«

»Wirklich?«, fragte Stefan und kräuselte die Stirn.

Johan fühlte sich wie ins All geschossen. Alles war auf einmal ganz weit weg, und er fiel und fiel und fiel. Stefan und Ferdl schienen bloß Traumgestalten, diffuse Galaxien in der Ferne …

»… nur Scheiße gebaut …«, hörte er Ferdl Stefan erklären, »… ganze drei Paletten hat er verschissen, unser Genie da.«

»Habs gehört«, meinte Stefan und grinste Johan wieder so unverschämt verknallt an. Vor Aufregung waren sein Hals und seine Wangen ganz rot.

»Bewährst dich noch ein paar Tage, dann kannst wieder zurück. Gehst mir schon ab«, meinte Ferdl zu Johan und rempelte ihn kumpelhaft; dann erklärte er Stefan: »Sonst ist er ja eh super, kann man nix gegen ihn sagen, aber diese Woche hat er gleich ein paar ordentliche Aussetzer gehabt, gell, Johan?«

Stefan schmunzelte. »Stimmt.«

»Na, gut, dann will ich euch nicht länger stören«, meinte Ferdl, holte eine Flasche Apfelsaft aus dem Kühlschrank und stapfte aus der Mitarbeiterküche: »Habts noch einen Spaß, ihr zwei.« Sorgfältig machte er wieder die Tür hinter sich zu.

Panisch blickte Johan ihm nach. »Glaubst, er weiß was?«

»Wärs schlimm?«, fragte Stefan.

Ja. Johan rang um Luft.

»Angenommen, er wüsste es, dann hätt er doch total nett reagiert, oder?«, meinte Stefan. »Also entweder weiß ers nicht, oder es ist ihm wurscht. Oder …«, Stefan grinste, »… es taugt ihm.«

Johan fuhr herum. »Blödsinn … taugen … wieso sollt ihm das taugen?«

Stefan zuckte mit den Schultern. »Soll Leut geben, die sich für andere freuen können.«

»Freuen?«, fragte Johan. »*Darüber?*«

Stefan wurde ernst. »Bitte mach jetzt nicht alles gleich wieder hin.«

Betroffen senkte Johan den Blick und rieb sich mit den Händen übers Gesicht. »Tut mir leid ... ich bin nur so ...«

»Meinst das noch ernst ...?«, fragte Stefan leise und kam unschlüssig einen Schritt näher. »Dass ich zu dir kommen darf?«

Johans Kopf dröhnte, seine Stirn brannte, sein Nacken war eiskalt. Vor seinem geistigen Auge blitzte die Szene auf, wie er Stefan heimbrachte und die Mutter ihn freundlich begrüßte ... die Vorstellung war schön, sie war grässlich, sie ließ das Herz höher schlagen, aus Angst, vor Glück. »Ja«, presste Johan hervor, während aus den hallenden Untiefen seines Selbst ein Chor schwarzer, glupschäugiger Vögel schrie: *Neeeeeeiiin.*

22| Prosecco

»Du bist *nur* mein Kollege«, schärfte Johan Stefan ein, ehe sie vom Parkplatz fuhren – Johan auf seinem Motorrad, Stefan neben ihm im Auto. »Sie weiß nix von mir ... uns ...«

»Johan, wir haben gerade eine halbe Stunde lang darüber debattiert, wie ich zu dir komm, ohne dass es alle gleich mitkriegen«, erklärte Stefan aus dem Fahrerfenster. »Mir ist *bewusst*, dass keiner was weiß.«

»Okay«, murmelte Johan. In seinem Bauch tobte ein ganzes Heer panischer Nachtfalter. »Fahren wir.«

Johan lenkte auf die Straße, beschleunigte ordentlich und ließ Stefan hinter sich zurückfallen. Nachdem sie zu dem Schluss gekommen waren, dass es keine Möglichkeit gab, Stefan unbemerkt ins Haus zu schleusen, hatten sie sich entschieden, dass Johan voraus heimfuhr, und Stefan eine viertel Stunde später nach kam, und – die Idee hatte Johan –, fragte, ob er sich Johans Lötkolben ausleihen könne, er hätte da eine Platine in seiner Spielkonsole ...

»Ich hab aber keine Spielkonsole«, widersprach Stefan.

»Das weiß aber keiner«, knurrte Johan.

Jetzt, als Johan die Landstraße entlangraste, Stefan in immer größerem Abstand hinter sich, wurde ihm bewusst, dass er es schon wieder tat. Stefan. Er kam auf Johan zu, stieg über die Hindernisse, die Johan ihm hinwarf, und marschierte unbeirrt weiter. Wieso machte er das alles mit? Eine viertel Stunde später nachkommen, um nach einem Lötkolben zu fragen, den es gar nicht gab, für eine Spielkonsole, die er nicht hatte ...

Und was, zur Hölle, hatte sich Johan dabei gedacht, ihn zu sich nach Hause einzuladen? Immerhin, das war ihm nachmittags wieder eingefallen, war sein Vater heute nicht da – Außendienst –, aber seine Mutter reichte auch vollkommen. Ebenso wie die Nachbarn, die Stefans Auto vor dem Haus sehen würden, die ihn ins Haus reingehen sehen würden ...

Wussten schon alle, dass Stefan Johans Arbeitskollege war? Der Vater hatte es bis letzten Sonntag nicht gewusst ... Konnte man als heterosexueller Kerl mit einem Schwulen *einfach nur befreundet* sein, ohne, dass alle gleich etwas vermuteten?

Scheiße. Scheiß Lust. Scheiß Impulse. Johan hätte sich das erst einmal gründlich durch den Kopf gehen lassen sollen. Hätte durchplanen sollen, was er wem sagen konnte. Wie er Stefan präsentierte. Wie er sicherstellte, dass alle *wussten*, dass er nur ein Kollege war, der sich etwas borgte, harmlos, unverfänglich, Alltagsprobleme. Vielleicht hätte er über die Mutter und ihren Consuela-Fanclub erst einmal etablieren sollen, dass man mit schwulen Männern befreundet sein konnte, ohne deswegen selbst schwul zu sein.

Oh, Gott, was für ein Chaos! Vielleicht sollte Johan Stefan anrufen und die Sache abblasen ...

Es läutete. Johan sprang so heftig hoch, dass der Drehstuhl umkippte, und stürmte die Treppe runter.

Die Mutter tappte bereits zur Haustür. »Wer ist denn ...?«

»Das ist der Stefan. Der will sich was ausborgen«, rief Johan, und polter, polter, polter, war an der Tür, noch ehe die Mutter sie erreichte. »Will sich nur den Lötkolben ausborgen.«

»Der Ste...?«

Großzügig riss Johan die Tür auf und achtete penibel darauf, dass seine Mutter von der Straße aus gut sichtbar neben ihm stand. Erst dann verschlug ihm Stefans Anblick die Sprache. Eigentlich war er nicht anders als den ganzen Tag schon, aber hier, vor Johans Zuhause, in Gegenwart seiner Mutter, im Hinterkopf, was sie alles getrieben hatten, wirkte er auf einmal so intensiv, dass es Johan fast zu viel wurde.

»Hallo Johan«, sagte Stefan weich und – scheiße, funkelte ihn an wie ein Abendstern. Erst auf den zweiten Blick schien er Johans Mutter zu bemerken. »Grüß Gott, Frau Höller.«

»Servus Stefan, was für eine Überraschung ...« Die Mutter strahlte ihn an und streckte ihm die Hand entgegen. »Komm nur rein.«

Erst, als Stefan bereits mit der Mutter Richtung Küche unterwegs war, krächzte Johan: »Hallo, Stefan.« Er steckte den Kopf aus der Tür – hatte sie jemand gesehen? –, an einem Vorhang glaubte er, eine Bewegung auszumachen. Flink schloss er ab.

»Setz dich nur, setz dich nur«, drängte die Mutter Stefan. »Was kann ich dir denn anbieten? Limonade? Bier? Oder trinkst lieber einen Prosecco?«

Johan verschluckte sich, hustete.

»Einen Prosecco!«, rief die Mutter, wirbelte um die eigene Achse, und hatte wie aus Zauberhand zwei Gläschen und eine Flasche auf den Küchentisch gestellt.

Ein wenig überfahren und ein wenig amüsiert blickte Stefan zu Johan.

»Du nimmst dir selbst ein Bier, oder was du willst«, sagte die Mutter zu Johan und setzte sich zu Stefan an den Küchentisch.

Wie überfahren wankte Johan zum Kühlschrank, nahm eine Flasche Bier heraus und setzte sich in Zeitlupe an das andere Ende des Tisches.

»So schön, dass du uns mal besuchst, Stefan«, flötete die Mutter und zupfte am Flaschenhals herum. War sie etwa *nervös?* Hatte sie – Johan kniff die Augen zusammen – *rote Flecken* an den Wangen? Hatte sie zu viel Kirschlikör getrunken?

»Mei, bin ich ungeschickt ...«, kicherte sie.

»Soll ich«, fragte Stefan.

Dankbar schob ihm die Mutter die Flasche hin und beobachtete verzückt, wie Stefan sie routiniert öffnete.

»Da merkt man den Profi«, sagte sie und strahlte ihn an.

Johan prustete einen Schluck Bier auf den Tisch und wischte mit der Handfläche rasch die Tröpfchen weg.

»Wegen dem Wirtshaus«, bellte ihn die Mutter an, dann wandte sie sich an Stefan. »Musst ihn entschuldigen, er hat ein bisschen ein Problem mit Schwulen.«

»Ach«, meinte Stefan und grinste Johan an. »Hat er das?«

»Ich sag ihm eh immer, das sind Menschen wie du und ich ...«, sie klapste Stefan auf den Unterarm und lachte schrill los, »... *wie du und ich*, hahaha.«

Johan sank in sich zusammen. Hätte. Er. Das. Nicht. Kommen. Sehen. Müssen?

»Erzähl mal, Stefan, wie gehts dir denn so?«, fragte die Mutter, während sie ihm zusah, wie er routiniert die beiden Gläser befüllte. »Mit dem Papa alles okay?«

Das Lächeln schwand aus Stefans Gesicht. »Ja, ja, eh wie immer.«

»Du hast mir ja *so* erbarmt, letzten Sonntag«, jammerte die Mutter strotzend vor Mitgefühl, dann hob sie neugierig die Brauen. »Was ist denn da gewesen?«

»Nur das Übliche«, murmelte Stefan, stellte die Flasche ab und schob ihr eines der Gläser hin.

»Hat er dich verstoßen, weilst schwul bist?«, fragte die Mutter geradeheraus.

»Mama! Er *will* nicht drüber reden, merkst das nicht?«, fuhr Johan sie an.

»Nein«, antwortete ihr Stefan knapp. »Das interessiert ihn glaub ich nimmer.«

Johan klappte gleichermaßen wie seiner Mutter der Kiefer runter.

»Was willst denn *damit* sagen?«, fragte die Mutter.

»Er hat den Kopf woanders«, wehrte Stefan ab und blickte auf die beiden gefüllten Gläser.

Die Mutter begriff den Wink, schnappte ein Glas und hob es hoch. »Na dann, Prost, Stefan, freut mich, dass du da bist.«

Stefan nahm sein Glas und stieß mit ihr an. Es klirrte hell. Den Bruchteil einer Sekunde war Johan eifersüchtig, weil er nicht mitmachen durfte.

»Der Johan hat die Woche ja schon so was angedeutet, von wegen, dass du vielleicht einmal gern vorbeikommen tätest«, meinte die Mutter.

»Nein, hab ich nicht«, protestierte Johan. »Was erzählst denn da?«

»Er hat geglaubt, ich tät mit einem Schwulen im Haus nicht zurechtkommen«, die Mutter tätschelte Stefans Arm. »Er glaubt ja immer, *alle* sind so homophob wie er.«

»Ich hab ... nicht ...«, Johan schnaubte.

»Ja, ein bisschen verkrampft ist er in der Firma auch«, meinte Stefan – der Verräter –, und zwinkerte Johan zu. Er *zwinkerte* Johan zu! Vor der Mutter!

»Sag ...«, die Mutter schlürfte am Prosecco, schluckte geräuschvoll und stellte das Glas ab. »Jetzt sag mir mal, Stefan, hast einen Freund?«

»Ähm ...«

»Na komm schon«, kumpelig rempelte ihn die Mutter an. »Ich wollt schon immer mal mit einem Schwulen über Männer lästern.«

»Mama«, mahnte Johan.

»Kannst ja weghören«, fuhr sie ihn an und wandte sich wieder an Stefan. »Na sag, hast einen?«

»Ähm ... das ist ... äh ...«, Stefan kratzte sich mit einem Daumennagel über die Augenbrauen und verschränkte dann die Arme. »Das ist nicht so einfach ... in der Gegend da ...«

»Jajajajaja«, machte die Mutter und nickte. »Versteh ich schon, versteh ich schon. Rennt ein bisschen viel bigottes Pack herum, was?«

Mit offenem Mund glotzte Johan sie an.

»Der Johan hat mich ja erst *diese* Woche gefragt, was ich davon halten tät, wenn er oder der Frank schwul wär ...«

Überrascht blickte Stefan zu Johan.

Johan wollte den Kopf auf die Tischplatte knallen.

»... erst hab ich mir gedacht: Na, was soll schon sein.« Sie neigte sich vor und meinte verschwörerisch. »Das suchst dir halt nicht aus, gell?«

Stefan schüttelte mit ihr solidarisch den Kopf.

»Aber dann«, sie lehnte sich zurück, »dann hab ich nachdenken müssen. Wegen den Nachbarn und dem Walter, also dem Papa vom Johan und dem Frank, und so weiter, wie das wär, wenn einer von den beiden einen Burschen anschleppen tät ...«

Neeeeiiiinnn. Johan wollte unter den Tisch rutschen.

»Da schauts auf einmal anders aus«, meinte die Mutter. »*Ganz* anders. Der Mann, der was die Consuela spielt – kennst sie? Die Consuela? Das ist *auch* ein Schwuler, so wie du –, der hat in einem Interview erzählt, dass es nicht lustig gewesen ist, wie er aufgewachsen ist. Sie haben ihn recht gemobbt, habens ihn.« Besorgt musterte sie Stefan. »Tuns dich auch mobben?«

»Es geht«, beschwichtigte Stefan, und wich Johans Blick aus. »Es könnt schlimmer sein.«

»Das ist ein Jammer, ha?«, meinte die Mutter und schüttelte ergriffen den Kopf. »Ein so ein lieber Bub bist, und dann lassens dich nur deswegen nicht in Ruh. Als wie wenns nicht wurscht wär, wen dass du liebst!«

»Na ... *wurscht* ists nicht«, meinte Stefan.

»Wie meinen?«

»Na *wurscht* ist es – streng genommen – nicht«, wiederholte Stefan lauter. »Spielt schon eine große Rolle, wen man liebt.«

Johans Herz piekste süß.

»Meinst das jetzt wegen deinem Vatern?«

»Ich mein das *immer.*«

»Ach so ... Ja ...«, die Mutter nickte etwas ratlos. »Da hast wahrscheinlich recht.« Ein paar Gedanken lang blickte sie schweigend vor sich hin.

Stefan nutzte die Gelegenheit und warf Johan einen Blick zu, der wie Honig übers Herz floss.

»Man sieht dir das eigentlich gar nicht an«, meinte die Mutter schließlich. »Tust dich wegen den anderen zurücknehmen? Wegen dem Gerede?«

Irritiert runzelte Stefan die Stirn. »Ich glaub, ich versteh nicht ...«

»Na ... wegen dem Outfit und so«, sie musterte Stefan und zupfte an seinem Shirt. »Sehr raffiniert kommst nicht gerade daher.«

»Äh ... danke?«

»Ich mein halt nur. Weil ihr doch sonst so ... schillernd ...« Im nächsten Moment packte sie Stefans Hand. »Nur da sieht mans, an deinen Händen. *Künstlerhände*«, betonte sie und blickte zu Johan. »Findest nicht auch?« Wieder an Stefan gewandt: »Hab ich gleich bemerkt, wie du die Flasche aufgemacht hast.« Sie spreizte die Finger so ab, wie Johan das an Stefan schon mehrmals beobachtet hatte. »Daran merkt mans.«

»Aha«, machte Stefan und rutschte ein wenig unruhig hin und her.

»Aber daheim ziehst schon auch Mäderlsachen an, oder?«, fragte die Mutter.

»Mama, es reicht«, rief Johan.

»Jetzt lass mich!«, meinte sie beleidigt. »Wenns ihm zu viel wird, wird ers schon sagen, nicht wahr, Stefan?« Sie strahlte ihn mit leuchtenden Augen an.

Stefan lächelte schief und nickte.

»Kannst ja derweil raufgehen, wenn dir fad ist«, schlug die Mutter vor. »Wir unterhalten uns hier bestens, gell, Stefan?«

»Wobei ... ich bin ja eigentlich nur wegen dem Lötkolben ...« Stefan warf Johan einen hilfesuchenden Blick zu.

»Ach so ... hast es eilig?«, fragte die Mutter bestürzt.

»Ich muss ihm noch zeigen, wie man damit arbeitet ...«, erklärte Johan rasch. »Und ein paar Spiele wollt ich ihm auch noch zeigen.« Entschlossen stand er auf. »Kommst, Stefan?«

»Aber vielleicht willst ja mit uns essen, nachher. Die Rita und die Moni kommen auch rüber ... Da könnten wirs uns ein wenig lustig machen.« Die Mutter tippte gegen die Proseccoflasche. »Zwei hab ich noch eingekühlt. Was sagst? Die beiden sind zwei richtige Ulknudeln, nehmen kein Blatt vorm Mund ...«

Als tätest du ein Blatt vorm Mund nehmen, dachte Johan bitter.

»Mal schauen«, meinte Stefan ausweichend und stand auf.

»Geh, nimm dir den mit«, die Mutter drückte Stefan sein Glas in die Hand. »Moment ...«, sie füllte es bis zum Rand auf. »Sooo, für unterwegs ... und Johan, du reißt dich zusammen. Wenn er dir blöd kommt, Stefan, sagst mirs gleich, gell? Dann zieh ich ihm die Ohren lang.«

Stefan begann breit zu grinsen. »Aber sowieso.«

»Aber *sowieso?*«, zischte Johan, als sie die Treppe hochliefen.

»Sie ist *eh* nett«, meinte Stefan und nickte abwärts. »Ich glaub, sie würd sich fast freuen, wenns wüsst ...«

»Schschsch! Das kommt nicht in Frage.«

»Du bist komisch.« Stefan schüttelte den Kopf. »So, wie du getan hast, hab ich mit dem Schlimmsten gerechnet ... aber eigentlich hast das volle Glück mit ihr.«

»Das ist was anderes«, meinte Johan. »Du bist nur Besuch und der erste Schwule, dens kennenlernt, und außerdem ist sie momentan im Consuela-Fieber. Aber wenns das immer hat ... daheim ... Nein, nein ...«

Johan führte Stefan in sein Zimmer. Als ihm bewusst wurde, dass er *Stefan* hierherbrachte, dass *Stefan* unter *seinem Dach* war, dass er *tatsächlich* hier war, in seiner Höhle, begann sein Herz wild zu hämmern. Nie, nie, nie hätte Johan damit gerechnet, mal einen Mann ... Das ging nicht zusammen, in seinem Hirn. Wie hatte es so weit kommen können? Das alles nur wegen eines grottigen Karaokeabends?

»Nett!«, meinte Stefan, schaute sich um und betrachtete verwundert den auf dem Boden liegenden Drehstuhl.

Nahezu lautlos sperrte Johan die Tür hinter sich ab – dennoch entging es Stefan nicht. Prompt hatte er eine deutlich sichtbare Beule in der Hose und einen Blick, der Johan vom Damm über den Bauch bis unter den Scheitel kribbelte.

»Wart«, murmelte Johan, als hätte Stefan bereits Annäherungen gestartet, eilte zum Schreibtisch – hob auf dem Weg dahin den Drehstuhl auf –, und schaltete den Computer ein.

»Irgendwie hab ich mir dein Zimmer *genau so* vorgestellt«, meinte Stefan und stellte sich dicht hinter Johan.

Rasch richtete sich Johan auf – der Startbildschirm zeigte noch das BIOS-Menü – und machte einen Schritt zur Seite.

»Zeigst mir was?«, fragte Stefan und nickte zum Computer.

»Gleich ...«, murmelte Johan.

»Meinst nicht, dass' Verdacht schöpft, wennst uns zwei in deinem Zimmer einsperrst?«, fragte Stefan.

»Hast ja selbst gehört, dass' eher glaubt, dass ich dich mobb, als dass ich dir an die Wäsche will.«

»Na, ja«, meinte Stefan leise. »Das eine schließt das andere nicht aus, wie wir wissen.«

Johan fuhr herum und erschrak. Stefans Gesicht war so unerwartet nah, er konnte sogar den Atem auf seinen Lippen spüren. »Wirfst mir das jetzt für immer vor?«

»Ich finds echt stark, dass du mich hierher mitgenommen hast«, erklärte Stefan leise – jedes Wort pustete leicht auf Johans Mund. »Aber ich weiß immer noch nicht, wo du im Fall des Falles stehst.«

»*Jetzt* steh ich da bei dir.«

»Jetzt ist aber auch keiner da.«

»Ich hab dich vor meiner Mutter in Schutz genommen, so weit möglich.«

»Das hab ich erfreut zur Kenntnis genommen.«

»Ist das jetzt nur eine Probezeit, das mit uns?«, fragte Johan bedrückt.

»Mehr ein Nachspiel«, meinte Stefan.

»Und dann ists vorbei?«

»Dann schaun wir, ob du in die nächste Liga aufsteigst.«

Johan schluckte. Der Computer piepste und verlangte ein Passwort. Flink tippte Johan die Buchstaben-Zahlen-Kombination ein, dann wuselte der Rechner herum, bis sich die Oberfläche des Betriebssystems aufbaute.

Johan schob die Maus herum und klickte auf das Symbol für den Browser, als auf einmal warme Hände unter sein Shirt krochen. Betörend zärtlich streichelten sie an den Seiten über die Haut – ein Kuss sank durch den Stoff hindurch auf den Rücken.

Johan schloss die Augen – oder vielmehr schlossen sie sich von selbst – und schauderte. Stefans Hände, *Künstlerhände*, schoben das Shirt langsam über den Rücken hoch, dann kribbelte feuchter Atem auf der Haut. Johan ging fast in die Knie. Er war mit einem Schlag so hart, dass er hätte aufjaulen wollen.

Durch übermenschliche Beherrschung gelang es ihm, die Augen wieder auf den Bildschirm zu richten und eine Website zu wählen. Stefans Lippen küssten die Wirbelsäule rauf und runter, seine Hände glitten über Bauch und Brust.

Eine Videostreamseite öffnete sich, Johan tippte etwas ins Suchfeld ein und ließ, während er wartete, dass die Website die Daten dazu ausspuckte, keuchend den Kopf hängen. Kurz entschlossen schlüpfte er aus dem Shirt, nur eine kleine Bewegung, mehr eine Formalität – Stefan hatte es ihm bereits bis zum Nacken hochgeschoben.

»Was willst mir denn zeigen?«, hauchte Stefan, die Lippen auf der Haut, und malte mit der Zungenspitze kleine Kreise auf den Rücken. Verwegen fordernd rieb er seine gewaltige Erektion an Johans Hintern.

Als Antwort stöhnte Johan unterdrückt und blickte high vor Lust auf die Ergebnisliste zu seinem Suchbegriff. Die Buchstaben tanzten vor seinen Augen. Mit den Fingerkuppen streichelte Stefan den Hosenbund entlang nach vorn, löste den Knopf und nestelte am Reißverschluss herum.

Johan klickte ein Video an und kippte keuchend auf die Ellenbogen. Die Stirn auf einen Unterarm gedrückt, tastete er mit der anderen Hand blind nach dem Lautstärkeregler der Boxen.

Gerade als Stefan die Finger unter den Bund der Hosen schob, um sie runterzuziehen, ertönte der Sound eines Computerspiels – und zwei Typen, die dazu quatschten.

Irritiert hielt er inne. »Was ist das?«

»Mach weiter«, keuchte Johan und zerrte vorne hastig die Hosen runter, die Stirn immer noch auf seinem Unterarm am Tisch gebettet. Gehorsam fuhr Stefan fort und zupfte sorgfältig die Hosen über die Schenkel, Knie und Waden runter. Konzentrierter Atem strich über die entblößte Haut.

Hilflos vor Lust schichtete Johan den zweiten Unterarm über den ersten und presste das Gesicht darauf. So ausgeliefert, so ausgeliefert. Sein Blut kochte, sein Schwanz schlug gegen die Tischkante, Stefan streichelte die Kniekehlen hoch. Johan wollte fast aufschreien vor Erregung, bebte, zitterte, schob eine Faust zum Mund und biss hinein.

Stefans Finger glitten höher, Hände umfassten Johans Arschbacken, Daumen drückten sie auseinander, dann feuchtes Nass, das gegen den empfindsamen Muskel stupste, ein Kinn, heißer Atem, Lippen, ein Stöhnen, direkt hinein. Diese sanfte Vibration von Stefans süßer Stimme kletterte vom Anus direkt hoch bis unter den Scheitel. Stefan packte Johan an den Leisten, hielt ihn fest und drückte ihm das Gesicht zwischen die Backen. Seine Zunge, seine harte, nasse, bewegliche Zunge trieb mit dem immer willigeren Loch ein Spiel, bei dem sich Johan fast einen Daumen abbiss.

Während aus den Boxen Kriegssound wummerte und zwei Vollidioten dumme Bemerkungen zu Spielzügen abgaben, über die sie selbst lachten, laut genug, dass es jeder, der an der Tür vorbeischlich, hören konnte und annehmen musste, hier würde wirklich gespielt, verlor Johan fast den Verstand vor Lust. Er erreichte einen Punkt, an dem er Stefan anschreien wollte, ihn zu erlösen, zugleich jedoch wollte er für immer in diesem Zustand der süßen Qual bleiben und daran verblöden.

Endlich wandte sich Stefan ab, küsste das Steißbein, das Kreuz, dann stupste bereits das Gewicht seiner warmen, harten Eichel zwischen die Backen. Überrascht keuchte Johan auf. Dass sich Stefan ausgezogen hatte, hatte er gar nicht mitbekommen.

Zielsicher drückte ihm Stefan den Schwanz in den Arsch, schob sich rasch tiefer, und füllte ihn bis zum Anschlag. Verzweifelt krallte sich Johan in die Tischplatte. Die Vorboten der Ekstase zucken bereits durch seinen Körper. Stefan streichelte ihm über die Seiten, die Schultern, die Ellenbogen und Unterarme bis zu den Händen, schob Finger zwischen Finger und ballte ihre Hände zu Fäusten. Für einen anhaltenden Kuss drückte er ihm das Gesicht zwischen die Schulterblätter und schickte ihn mit kleinen, vorsichtigen Stößen über die zuckersüß prickelnde, knallbunte Achterbahn eines Orgasmus, der alle Wände in Johans Kopf wegsprengte.

Auf dem Bett liegend fand sich Johan wieder, nackt, verschwitzt, keuchend, nur an den Füßen hingen noch, wie bei Stefan, die Hosen und Schuhe. Er hatte das Gesicht an Stefans nasse Brust gedrückt, die sich von den Anstrengungen der gerade eskalierten Leidenschaft heftig hob und senkte.

»Scheiße ...«, flüsterte Johan. »Ich glaub, ich war ohnmächtig.«

»Kontrolle hast keine mehr gehabt, das stimmt«, meinte Stefan grinsend und drückte ihn fester an sich.

»Das war ... das war ... besser als alles Bisherige zusammengerechnet ... Zwischendrin hab ich echt geglaubt, mich zerfetzts, so geil war ich.«

»Ich habs bemerkt«, meinte Stefan und wuschelte ihm durchs Haar. »Ich glaub, das ist, weilst allmählich loslassen kannst.«

»Wenn *das* Loslassen ist ... pfoah ... dann sterb ich irgendwann, so heftig kommts mir.«

Stefan lachte, drückte ihm einen Kuss auf den Haaransatz und lehnte das Kinn an seinen Scheitel. »Beim ersten Mal waren wir wie Viecher. Ich glaub, da haben wir beide nicht richtig geschnallt, was mit uns passiert. Das ist so schnell gegangen, das war wie im Vollrausch, wo man sich hinterher ans meiste gar nicht mehr gescheit erinnern kann. Deswegen wollt ich das beim nächsten Mal so bewusst machen, dich genau anschaun und so. Ich wollt wissen, wie du riechst und dich anfühlst, und wo du nur vom Drauf-schauen Gänsehaut kriegst.«

»Mh, das war schön«, murmelte Johan an Stefans Brust. »Das kannst ruhig öfters machen.«

Stefan pustete einen kleinen Lacher auf Johans Haar.

»Was denn?«, fragte Johan.

»*Öfters ...*«

Alarmiert hob Johan den Kopf. »Willst leicht nicht ...?«

»*Natürlich* will ich ...«, sagte Stefan schmunzelnd und streichelte über Johans Kinn. »Es klingt nur so ... *schön.*«

»Gut.« Beruhigt legte Johan den Kopf wieder auf Stefans Brust, dann kam ihm ein besorgniserregender Gedanke.

»Du, Stefan ...«, begann Johan und rückte auf, um mit Stefan auf gleicher Höhe zu sein. »Wegen dem, was du gesagt hast, vorher ...«

»Bist eh in der nächsten Liga«, sagte Stefan glücklich und zupfte an Johans Haar.

»Das mein ich nicht ..., sondern wegen dem Mobben ...«

Stefan verzog das Gesicht und blickte gequält. »Jetzt nicht ... bitte ...«

»Hast noch Angst vor mir? Weilst gesagt hast, wennst mir in die Augen schaust, oder meine Hände spürst, dass ...«

»Glaubst leicht, dass ich dich *deswegen* von hinten genommen hab?«, fragte Stefan.

Betroffen schnappte Johan nach Luft. »Hast leicht?«

Stefan lachte. »Spinnst? Wennst mir deinen Arsch so hinstreckst ... was soll ich denn sonst tun, ha?«

»Und ...«, Johan schluckte. »Hast Angst vor mir?«

Forschend blickte ihm Stefan in die Augen. »Was tätest *du* an meiner Stelle sagen?«

»Ich bin nicht du.«

»Magst dir nicht vorstellen, wie die Situation umgekehrt wär? Wennst dir nie sicher sein könntest, wie ich reagier, wenn ein anderer dabei ist?«

Johan schnaubte, rollte sich auf den Rücken und starrte hoch zur Decke. »Wenns umgekehrt wär ...« Er krallte sich die Finger ins Haar und wagte einen kleinen Ausflug ins Gegenteilland, stellte sich vor, wie er alleine an der Tankstelle stand und Stefan mit einem Rudel Freunde feierte, die ihm ins Auto pinkelten ... und wie Stefan, um den er sich Sorgen machte, weil er die Situation nicht einschätzen konnte, diesen elenden Satz schrie, den Satz, den Johan nicht einmal denken wollte.

»Scheiße«, nuschelte Johan, drehte sich von Stefan weg und drückte das Gesicht in die Bettdecke.

»Was ist denn?«, fragte Stefan und küsste ihm den Nacken.

»Wir wären gar nicht hier«, nuschelte Johan. »Wenns umgekehrt wär ... ich glaub, ich hätt dir erst eine betoniert, und dann klar gemacht, dass ich dir den Schädel abreiß, wennst mir noch einmal zu nahe kommst.«

»Ja ... das glaub ich«, sagte Stefan, die Nase in Johans Haar vergraben. »So gehst halt mit Angst um. Da trittst um dich, hältst dir alle vom Leib, schützt dich ...«

»Wieso bist du so anders?«, fragte Johan, drehte sich wieder auf den Rücken und blickte Stefan an. »Wieso bist du so ... stark?«

»Ach was ... stark bin ich gar nicht. Ich hab nur Angst vor Kollateralschäden. Wenn ich um mich hau, mach ich vielleicht mehr kaputt, als ich retten kann. Also halt ich lieber fest, was mir wichtig ist, und den Rest drück ich schon irgendwie durch.«

»Das heißt, du weißt immer, *wofür* du was machst, statt *gegen* was?«

»So kann mans auch sagen«, meinte Stefan.

Johan schluckte, sein Herz machte einen schmerzhaft zähen Schlag. »Ich glaub, jetzt hab ich mich gerade noch ein bisschen mehr in dich verliebt.«

Stefan kam kaum zum Lächeln, da kippte er bereits von seinen eigenen Gefühlen überrumpelt vor und fing Johans Lippen. Ein zarter Kuss, ein liebevolles Schnäbeln, dann verlagerten sie ihre Position, wandten einander vollständig zu, Stefan halb auf Johan.

Sie waren auf dem besten Weg in eine zweite Runde. Was zaghaft begann, gewann an Fahrt, wurde wilder. Bald rieben sie ihre Steifen aneinander, schlangen – so weit mit Hosen und Schuhen an den Füßen möglich – die Beine umeinander, umarmten sich wild, tasteten abwärts.

Johan tippte in die kleine Öffnung, Stefan strich über das Bändchen. Sie schauderten und stöhnten, zuckten und ächzten, wälzten sich wild herum, mal der eine oben, mal der andere, keuchten, schnauften ...

Bumm. Bumm. Bumm. Klopfen an der Tür, dann Rütteln am Griff.

»Johan? Stefan? Essen ist fertig ...«

Vor Schreck polterten sie eng umschlungen aus dem Bett. Rums.

»Was machts ihr? Ist alles in Ordnung bei euch?«

»Jaha«, rief Johan und unterdrückte ein Ächzen. Sie waren beide auf seiner rechten Arschbacke gelandet.

»Warum sperrts euch denn ein?«, rief die Mutter.

»Weilst sonst dauernd nervst!«, antwortete Johan.

Stefan zuckte und starrte ihn verstört an.

»Wir kommen eh gleich, nur noch das eine Spiel zu Ende!«, rief Johan.

»Immer das *Spiel zu Ende*«, äffte die Mutter ihn nach und stapfte wieder die Treppe abwärts.

»Pfuuuh.« Johan schlug erleichtert den Kopf auf den Teppich.

»*So* redest mit deiner Mama?«, fragte Stefan.

»Die ist das gewöhnt«, meinte Johan und wälzte sich unter ihm hervor, stand auf und zog die Hosen hoch.

Stefan blieb auf seinem nackten Hintern sitzen und blickte zu Johan hoch. »Wenn ich eine Mama hätt ...«

»Würdest auch so mit ihr reden«, meinte Johan. »Steh auf, zieh dich an.« Er reichte Stefan die Hand und zog ihn auf die Beine. »Das ist normal. So redet man mit Müttern«, erklärte Johan.

»Da bin ich mir aber nicht sicher«, murmelte Stefan und zog sich ebenfalls wieder an.

»Redest mit deinem Papa leicht nie so?«

»Na, oja, schon ...«

»Na siehst? Das ist *normal.*«

»Wenn mans *so* betrachtet ...«

»Willst *wirklich* mit uns essen? Die Weiber – also, die Freundinnen von meiner Mama –, die sind echt anstrengend. Und wenn ich sag *anstrengend,* dann *mein* ich auch anstrengend. Die Fragen dir nicht nur Löcher in den Bauch, sondern *überallhin,* das kannst mir glauben.«

»Das ist mir nur recht«, meinte Stefan. »Seit das Wirtshaus nicht mehr ist, fühl ich mich eh ein bisserl verlassen.« Verlegen blickte er an Johan vorbei. »Ich mein ... ich vermiss den Rummel irgendwie.«

»*Das* sagst nach *dem* Abend nimmer, das kann ich dir schwören.«

Stefan lächelte und packte Johans Hintern. »Aber an *so einen* Abend könnt ich mich gewöhnen.«

23 | Spaßbremse

Sie *waren* nervig. Ziemlich schnell war klar, dass Ritas und Monis Besuch gar nicht geplant gewesen war. Johans Mutter hatte sie angerufen, *nachdem* Johan und Stefan ins Zimmer hochmarschiert waren.

Der weitere Abend ließ sich unter »den Schwulen ausfragen« zusammenfassen und nach der anfänglichen Schüchternheit und ein paar Gläsern Prosecco – Johan *konnte* nicht glauben, dass Stefan den wirklich soff –, waren sie bei Themen angelangt, die Johan die Schamesröte ins Gesicht trieben. Zumindest wollte er nicht wissen, wie seine Mutter dazu stand, dem Vater einen zu blasen, oder welche derartigen Erfahrungen bereits Moni und Rita mit ihren Männern gemacht hatten.

Abgesehen davon, dass sie alle fix davon ausgingen, dass Stefan irgendeine total versteckte künstlerische Begabung haben musste, die er vielleicht durch den Druck mit dem Wirtshaus noch nicht hatte entfalten können, waren sie von dem Gedanken beseelt, *er* könne ihnen Tipps geben, wie sie sich als Frauen attraktiver machen könnten. Die meiste Zeit kreischten sie schlüpfrige Witze und ergaben sich in hysterischen Lachanfällen, rot im Gesicht, weil der Prosecco von Kirschlikör, und der Kirschlikör von Kaffeelikör abgelöst wurde – während Stefan überfordert lachend in ihrer Mitte hockte und das Spektakel genoss.

Johan saß etwas abseits, die Hand männlich um eine Flasche Bier gekrallt und war erst eifersüchtig, weil *andere* mit *seinem* Spielzeug spielen durften. Dann verspürte er den leisen Wunsch, mitzumachen. Er dachte an den Abend mit Thomas und Sabrina zurück. Da hatte er richtig aufblühen können, war erstmals nicht in der Rolle des brummeligen Provokateurs gefangen gewesen, der ständig den Abend anführen und für Stimmung sorgen musste. Die Stimmung war von alleine da gewesen und ihn hatte es – nach seiner anfänglichen Sorge –, sogar richtig befreit, dass Sabrina über ihn bescheid wusste.

Ähnlich war es auch jetzt. Er begriff, dass er sich selbst etwas wegnahm. Die Rolle, die er immer noch verzweifelt spielte, verbat ihm, mit einer Schwuchtel, seiner Mutter, und zwei Weibern Spaß zu haben, auch, wenn ihm das eine oder andere Lächeln entwich. Und die Rolle des homophoben Spinners verbat ihm, Stefans Anblick zu genießen, zu zeigen, wie sehr ihm gefiel, dass er Spaß hatte.

Zugleich war die Situation perfekt, um zu zementieren, dass *er* mit Stefan *nichts* zu schaffen hatte. Je sturer er am anderen Ende des Zimmers hockte, sich sichtlich abgrenzte, sich von dem *schwulen Treiben* angewidert gab, umso eher würden die Frauen herumerzählen, wie *wenig* er mit Stefan gemein hatte. Wer auch immer Stefan ins Haus hatte kommen sehen, das Auto davor erkannte und wusste, dass er hier war, würde in den nächsten Tagen erfahren, wie viel Spaß die Frauen mit ihm gehabt hatten, und wie sehr sie damit den homophoben Höllerbuben verstört hatten.

Besser hätte Johan das nicht planen können. Er ertappte sich sogar bei dem Gedanken, seiner Mutter dankbar zu sein, dass sie spontan ihre Freundinnen eingeladen hatte. Doch der Triumph, diese Beruhigung, fühlte sich nicht so gut an, wie er erwartet hätte. Sie erleichterte ihn nicht. Noch während er hier hockte, widerte ihn an, dass *er* der Spielverderber in der Geschichte war. Ja, *okay*, er *wollte* das so. Aber ... Hach. Würden sich die Zicken nicht freuen, wenn sie gleich ein schwules Pärchen betüdeln dürften?

Oh, nein, so etwas wollte Johan natürlich nicht. Oder doch?

Irgendwann wackelten die Damen kichernd heimwärts und zurück blieb ein Stefan mit fröhlichen roten Wangen, der es genoss, wie Johans Mutter ununterbrochen um ihn herumtanzte, hier tätschelte, dort tätschelte, hier fragte, was er wollte, da fragte, was er wollte.

Schließlich kam der Moment, vor dem sich Johan den ganzen Abend über schon gefürchtet hatte: Es war Zeit, dass Stefan nach Hause fuhr.

»Kannst überhaupt noch fahren?«, fragte die Mutter und packte Stefan am Kinn, bis er sie mit Fischmaul anschielen musste.

Aber er hatte doch nur ein paar Gläschen Prosecco und Likör ...

»*So* lass ich dich *nicht* ins Auto steigen«, bestimmte die Mutter. »Kriegst dem Frank sein Zimmer, der kommt eh erst morgen.«

Was? Stefan sollte *hier* übernachten? Unter *Johans* Dach? Johan sprang hoch. *Ich könnt dich heimführen!* Doch dann würden ihn Stefans Nachbarn sehen und sich zusammenreimen, wer Stefans geheimer Liebhaber war.

Stefan und die Mutter blickten ihn verwundert an.

»Hast was dagegen, dass er da schläft?«, fragte die Mutter streng.

Johan schüttelte den Kopf.

»Das mein ich aber auch«, mahnte sie. »Zeigst ihm Frank sein Zimmer und legst ihm ein frisches Handtuch raus.« Zu Stefan sagte sie: »Und wenn er dir blöd kommt, sagst mirs.«

»Das taugt dir nicht, dass ich hier bleib, ha?«, fragte Stefan und setzte sich auf Franks Bett.

»Das läuft nur alles ... irgendwie aus dem Ruder«, murmelte Johan. »Ich hol dir das Handtuch.«

»Wart!« Stefan hielt ihn an der Hand fest. »Wenns dir nicht recht ist, fahr ich.«

»Ist eh okay, wennst bleibst, nur schau, dass du in der Früh weg bist, bevor der Frank kommt – weil wenn er dich in seinem Bett erwischt ...«

Oh, Kacke! Frank. Das würde ihm so was von gefallen, wenn er Stefan hier finden würde, er würde voreilige (und korrekte) Schlüsse ziehen, er würde topfdeckelschlagend durchs Haus rennen und *Johan und Stefan sind verliiiehiiiebt* singen, und er würde sich über Johans Panik den Arsch ablachen.

»Jetzt erlebst gleich live eine Panikattacke«, murmelte Johan und ließ sich neben Stefan aufs Bett sinken.

»Was hast denn?«, fragte Stefan, legte einen Arm um Johans Schulter und drückte Schläfe an Schläfe.

Johan ließ das nicht nur zu, obwohl die Tür offenstand, er lehnte sich sogar nur zu gern an Stefan. Für einen Moment wünschte er sich sogar, die Mutter würde sie so finden. Mit einem Mal fühlte sich Johan des Spielens so müde, wollte Stefans Nähe einfach nur genießen, ohne sich im Hinterkopf bereits eine Ausrede, eine Erklärung, einen *Plan* einfallen lassen zu müssen. Einfach nur: *Ich hab ihn halt gern.* Und aus.

»Ich bin müd«, sagte Johan träge.

»War auch ein anstrengender Tag für dich«, meinte Stefan.

»Für dich nicht?«

Johan musste nicht erst hinsehen, um zu bemerken, dass Stefan bis über beide Ohren grinste. Seine Wange stieß an Johans Wange.

»Das war der schönste Tag seit langem, für mich ... ich mein – mit Ausnahme von unserer Nacht, natürlich. Aber es war so schön, richtig loszulassen, zu sein, wie ich bin, und mich um nichts kümmern zu müssen. Im Wirtshaus wars auch manchmal lustig – aber da war halt immer im Hinterkopf, dass ich noch abschließen muss, und nach dem Papa und den Markus schauen.«

»Vermisst du den Markus eigentlich?«, fragte Johan.

»Na, was glaubst. Sicher. Vermisst du den Frank leicht nicht?«

»Oh ja, eh. Und was ist das *Übliche?*«, wollte Johan wissen.

»Was?«

»Du hast gesagt, das mit deinem Papa, das wäre das *Übliche.* Was hast damit gemeint?«

»Der Tag war so schön, bisher – können wir nicht ein anderes Mal darüber reden?«, bat Stefan.

»Klar ... tut mir leid.«

Johan schlug sich entschlossen auf die Schenkel und stand auf. »Na, dann schmeißen wir uns mal ins Bett, ha?«

»Ich wünscht, ich könnt bei dir schlafen«, meinte Stefan.

»Du weißt, dass das nicht geht. Wenn die Mama raufkommt ...«

»Sicher.«

»Ein Handtuch leg ich dir nebens Waschbecken.«

»Danke.«

»Schlaf gut.«

»Krieg ich noch einen Kuss? Einen *Gutenacht-Kuss?*«

Johan drehte sich einmal im Kreis. Aber im oberen Stockwerk war jetzt ohnehin niemand, außer ihnen. Das Schlafzimmer der Eltern lag im Erdgeschoss und nach der Prosecco-Likör-Orgie lag die Mutter vermutlich schon in tiefem Schlummer.

»Na, okay.«

24| Semmelflusen

Eine Tür wurde aufgestoßen.

Blonde Haare kitzelten Johans Nase.

Die Lichtstimmung des Zimmers war fremd.

Etwas Schweres plumpste zu Boden. Jemand ächzte.

Johans Ellenbogen steckte unter Stefans Ellenbogen. An seinen Handflächen: das leichte Anschwellen und Abschwellen eines Bauches im regelmäßigen Atmen eines tiefen Schlummers. An Johans Schenkel: Schenkel. An seinen Schienbeinen: Waden. Seine Zehen: In Fußsohlen gegraben. Seine Brust: An einen Rücken gepresst. Sein Schwanz: Drückte gegen die Kissen eines knackigen Arsches. Er war nackt. *Splitternackt.* Stefan auch. Sie lagen Haut an Haut. In Franks Bett. An einem Morgen. An einem Samstagmorgen.

Und Frank stand schnaufend im Zimmer – dann unterbrach sein Atmen.

»Stefan?«

Durch Stefans Körper ging ein heftiger Ruck, erschrocken setzte er sich auf. Die Haut zwischen seinem Rücken und Johans Brust schmatzte leise, als er sich löste.

»JohaaAAH!« Frank unterdrückte einen Schrei, indem er seine beiden Hände auf den weit aufgerissenen Mund presste. Tonlos reckte er die Faust in die Luft und zog den Ellenbogen rasch herunter. Sieg. Strike! Er war *sooo* durchschaubar.

Stefan rückte leicht panisch zurück, setzte sich fast auf Johan drauf, erschrak noch mal und bauschte die Decke vor seinen nackten Körper.

»Kein. Wort«, zischte Johan, hüpfte in einem Satz über Stefan hinweg aus dem Bett, hechtete zur Tür, knallte sie zu, drehte den Schlüssel im Schloss, und eilte so nackt wie er war wieder zurück ins Bett. Er rempelte Stefan, so dicht ließ er sich neben ihn auf die Matratze plumpsen, und zog ein bisschen von der Decke auch vor seinen Körper. »Kein. Wort«, knurrte er noch einmal und bückte sich nach einem Kleidungsstück auf dem Fußboden. Er erwischte Stefans Shirt und warf es ihm hin, klaubte das nächste Kleidungsstück hoch.

»Eine Frage gestattest mir aber«, bestimmte Frank. »Warum in meinem Zimmer? Warum in *meinem* Bett?«

»Weil er hier übernachtet hat«, murmelte Johan und schlüpfte so hektisch in seine Sachen, dass sie beinahe zerrissen.

»Das seh ich ... aber wieso *hier?* War euch dein Zimmer nicht gut genug?«

Das Haar verstrubbelt, die Ohren rot, konzentrierte sich Stefan ganz aufs Anziehen. *Ich bin gar nicht da. Beachtet mich nicht.*

»Sie weiß noch nix von uns – von *mir*«, erklärte Johan und grapschte nach seinen Schuhen. »Und das sollt auch so bleiben, kapiert?«

»Und du glaubst, wenn dein Zimmer sperrangelweit offensteht, die ganze Nacht das Licht brennt, und dein Bett unbenutzt herumsteht, fällt das weniger auf?«

Wums. Hitze schoss durch Johans Körper. »Scheiße!« Er sprang hoch und stürzte zur Tür, drehte am Schlüssel, aber der klemmte fest.

Hatte er nicht gleich *danach* rübergehen wollen?

Irgendwann in den Morgenstunden war Johan sogar mal aufgewacht, Stefan neben ihm – eine wunderschöne, glatte, sich in leichten Wellen hebende und senkende Hügellandschaft im diffus blauen Licht der Dämmerung. Sein Atem ging so gleichmäßig, leise, sein Duft war so verlockend, vertraut. *Nur eine Minute noch,* hatte sich Johan gesagt, *nur eine Minute* – die Decke vorsichtig über Stefan gezogen, sich an ihn geschmiegt ...

»Gaaanz ruhig, Kleiner«, sagte Frank, machte einen Schritt rückwärts, schob Johans Hände weg und sperrte auf. Das Schloss klickte geschmeidig, die Tür sprang problemlos auf.

Schritte im Flur.

Die Mutter blickte neugierig in Johans Zimmer. Wie Frank gesagt hatte, stand die Tür sperrangelweit offen, das Licht brannte, man sah schon von Weitem, dass heute Nacht niemand hier drin geschlafen hatte.

»Johan?«, fragte die Mutter und musterte ihn von Kopf bis Fuß.

Verlegen kratzte sich Johan im Nacken, zupfte Shirt und Haare zurecht, senkte den Blick, murmelte: »Morgen«, und drängte sich an ihr vorbei in sein Zimmer.

»Was ...?«

Rums. Johan schlug ihr vor der Nase die Tür zu, stampfte auf sein Bett zu, trat dagegen, packte die Decke mit beiden Armen, hob sie hoch, zerwühlte sie, schmiss sie hin – zischte: »Scheiße, Scheiße, Scheiße,

274

Scheiße« – riss das Kissen hoch und schleuderte es auf den Haufen Bettwäsche. Wieso? Wieso? Wieso? Wieso hatte er Stefan hierhergebracht? Wieso hatte er zugelassen, dass er hier übernachtete? Wieso war er zu ihm rübermarschiert? Wieso hatte er sich auf den scheiß Gutenacht-Kuss eingelassen. Wieso hatten sie es nicht dabei belassen? Wieso war er nachher nicht zurück in sein Zimmer gegangen? Wieso hatte er nicht *zumindest* das Licht abgedreht und die Tür geschlossen und das Bett zerwühlt und ... ach verflucht, verflucht, verflucht.

Johan warf sich auf den Berg aus Bettzeug und starrte keuchend an die Decke. Das Zimmer drehte sich. Vom Flur her hörte er die Stimmen von Frank, Stefan und Mutter. Normalerweise würde er hinausstürmen, um zu kontrollieren, was sie sagten, um zu verhindern, dass sie das Falsche sagten, und vor allem, um dafür zu sorgen, dass man nicht über *ihn* redete oder spekulierte.

Stattdessen krallte er die Finger ins Laken und dachte: *Ich geb auf. Ich geb auf. Ich geb auf.* Sein Magen rebellierte, die Angst krabbelte wie tausend Ameisen durch seinen Körper. Gelegentlich durchzuckte ihn der Impuls, doch hinauszustürzen.

Schritte polterten die Treppe abwärts, die Stimmen wurden leiser, dann war es ganz still und Johan lag allein hier oben in seinem Zimmer. Der Sog der Einsamkeit schmerzte – umso mehr, als ihm bewusst wurde, dass sich Stefan, Frank und Mutter ein Stockwerk unter ihm ohne ihn unterhielten. Bestimmt betüdelte die Mutter Stefan wieder. Bestimmt war Frank neugierig. Bestimmt genoss Stefan den Rummel um ihn. Johan bekam Heimweh im eigenen Haus.

Er war doch viel zu cool und alt, um Sehnsucht danach zu entwickeln, samstags mit der Familie zu frühstücken. Außerdem würde er seiner Mutter nicht in die Augen schauen können. Ob sie ahnte, was zwischen ihm und Stefan lief? Das Zimmer leer, das Bett unbenutzt, Johan, der zerzaust aus Franks Zimmer eilte, in dem Stefan geschlafen hatte ...

Andererseits war Frank ja auch da gewesen. Johan hätte ja, rein theoretisch, auch, wenn es noch nie vorgekommen war, früh aufstehen, sein Bett machen und ... nach dem rechten sehen können. Quasi: gelebte Gastfreundschaft. Er hatte sich Mutters Mahnungen zu Herzen genommen, und versucht, ein idealer Gastgeber zu sein, der Stefan nicht mit Langschläferei und ungemachten Betten brüskierte.

Das war *fast schon* ein Plan.

»Was ist mit dir, Johan!«, rief Frank durchs Treppenhaus hoch. »Sei nicht so schüchtern und komm runter.«

Oh Elender! Das Grinsen hockte hörbar in seiner Stimme. Was für ein gefundenes Fressen für ihn, seinen Bruder mit seinem Wunschschwager nackt im Bett erwischt zu haben. Das gemeinsame Frühstück würde ein einziger Spießrutenlauf werden.

»Komm eh schon«, maulte Johan, mühte sich schwerfällig auf und schleppte sich die Treppe abwärts Richtung Küche.

Die Mutter hatte den Tisch so reichhaltig gedeckt wie sonst nur am Ostersonntag. Orangensaft, weiche Eier, Milch, Wurst, Käse, Marmelade, Nutella, Kaffee, Tee, Brot, Semmeln, Butter, Salz, Kuchen, kalten Braten, ein Krug Wasser, zu jedem Teller ein Eierbecher, eine Kaffeetasse, ein Limonadenglas, umzingelt von kleinem Löffel, Buttermesser, scharfem Messer, großer Gabel, Kuchengabel, Servietten ...

Stefan saß am Kopfende des Tisches, auf Vaters Platz. Sein Haar war noch von der Nacht zerzaust, die Augen klein. Leicht überfordert und geschafft ließ er den Blick über den reichhaltigen Frühstückstisch schweifen.

Zu seiner Linken hockte die Mutter, und fragte ihn ständig, was er wollte, schenkte ihm Orangensaft ein, reichte ihm das Körbchen mit den Semmeln, hob auffordernd Marmeladenglas, Butter, Salz, Käse hoch, und rang ihm ein Kopfschütteln nach dem anderen ab, bis er irgendwann kapitulierte und ergeben nickte.

Frank saß rechts von ihm und stopfte sich unablässig weitere Bissen Brot in den bereits vollen Mund. Obwohl sich seine Backen von den zwischengelagerten Nahrungsbrocken blähten, grinste er vergnügt und nickte vor sich hin, als würde er inneren Monologen zustimmen. Gelegentlich legte er das Brot auf den Teller, und griff nach der Kaffeetasse, spülte einen Bissen runter und musterte Mutter und Stefan amüsiert.

Johan wollte lieber nicht wissen, was in seinem Kopf vorging. Er selbst hockte Stefan gegenüber, ein klein wenig abseits, denn die Plätze neben Frank und Mutter blieben leer, und zupfte lieblos den weichen, weißen Flaum aus dem Inneren einer Semmel. Appetit hatte er keinen.

»Wie hast denn geschlafen?«, wollte die Mutter von Stefan wissen.

Wie ein Flummi huschte Stefans Blick über den Tisch, pling – Tasse, pling – Karaffe, pling – Brotkorb, pling – Johans Augen, pling – Kaffeekanne, pling – sein eigener Teller. »Gut ... danke.«

»Haft überhaupt flafen können?«, fragte Frank mit üblich vollem Mund und einem unverschämt breiten Grinsen, trank einen Schluck Kaffee und tat scheiß arglos. Arschloch.

An Stefans Hals entstanden rote Flecken. »Ja ...«

Mit funkelndem Blick fuhr Frank zu Johan herum. »Und du? Bruderherpf? Auf gut geflafen?«

»Nein«, knurrte Johan. »Hab mir fünfzig Methoden ausgedacht, dir den Hals umzudrehen.«

»Johan!«, mahnte die Mutter und wandte sich kopfschüttelnd an Stefan. »Wie Hund und Katz sinds, die zwei. Tun sich immer provozieren. Und ich hab geglaubt, wenn einer von den beiden auszieht, wirds besser – aber Kindskopf bleibt halt Kindskopf.«

Johan schob den Finger tiefer in die weiche Semmel, höhlte sie vollständig aus. Weiße Teigflocken und Brösel füllten den Teller.

»Der Markus und ich necken uns auch immer«, meinte Stefan. »Aber das ist nie bös gemeint.«

»Ist er auch ... schwul?«, fragte die Mutter, während sie hastig Butter auf eine Scheibe Brot schmierte. »Weil, ich hab da eine Sendung gesehen, da habens gleich zwei schwule Söhne gehabt.«

Frank gluckste und blickte Johan amüsiert an. *Geht das die ganze Zeit schon so?*

Johan verdrehte die Augen und nickte.

»Nein«, erklärte Stefan und begann zu lächeln. »Er hat jetzt eine Freundin, in der Stadt.«

»Na, da freut sich der Papa aber bestimmt«, meinte die Mutter erleichtert.

Stefan blickte hohl auf seinen Teller und zuckte mit den Schultern.

»Was ist denn los?« Besorgt legte die Mutter eine Hand auf seinen Unterarm. »Warst gestern auch schon so komisch, wie ich nach ihm gefragt hab. Magst nicht erzählen?«

»Würd doch auch nix ändern«, murmelte Stefan, gab sich einen Ruck, straffte die Schultern und blickte sich suchend auf dem Tisch um. »Gibts noch Orangensaft?«

»Geh, tu nicht ablenken«, tadelte die Mutter.

»Wenn er aber nicht will«, meinte Johan. »Lass ihn doch in Ruh.«

Über den Tisch hinweg schenkte ihm Stefan ein Lächeln, das das Herz aufgehen ließ wie die Morgensonne am Fußende eines noch dösenden Weizenfeldes. Ein süßer Glücksschub strich übers Johans Gesicht und pustete sanft allen Gram und Missmut aus seiner Seele. Er musste lächeln, musste Stefan anstrahlen, ob er wollte oder nicht.

Synchron, wie bei einem Tennismatch, blickten Frank und Mutter zwischen ihnen hin und her. Frank mit einem zutiefst befriedigten Funkeln in den Augen. Die Mutter mit einer einzelnen, geknickten Denkfalte auf der Stirn, wie sie auch hatte, wenn sie ein kniffliges Häkelmuster in einem ihrer Handarbeitsmagazine zu dechiffrieren versuchte.

Dann plumpste ihr Blick auf Johans Teller. »Ja was machst denn da für einen Saustall? Das isst aber schön auf, gell?«

Verärgert warf Johan die hohle Semmel auf den Teigflockenhaufen und ließ sich gegen die Lehne plumpsen. »Musst mich so deppert angehen, vor ... vor *ihm?*« Beschämt senkte er den Blick.

»Na, benimmst dich halt einmal. Dann muss ich nicht schimpfen.«

Prompt fiel Stefan seine eigene Semmel aus der Hand und kullerte über das Tischtuch. Rasch grapschte er nach ihr und legte sie brav mittig auf seinen Teller.

Mit einem amüsierten Grinsen schaute Frank zwischen ihm und Johan hin und her.

Wieder folgte die Mutter seinem Blick, nur weit bedächtiger, als müsste sie dabei wie ein Mistkäfer eine immer größere Kugel voller Gedanken mitrollen. »Warst heut schon früh auf?«, fragte sie Johan.

Poff. Ein heißer Konfettiregen rieselte von Johans Brust in den Bauch. Seine Ohren begannen zu glühen. Verlegen schob er seine Gabel auf und ab. »Hab ... nicht ... schlafen können.«

»Geh, wie iff kommen bin, haft aber recht gut geflafen«, nuschelte Frank zwischen zwei Bissen, dann fuhr er hoch, zog schuldbewusst den Kopf ein und verzog bedauernd den Mund.

»Halts Maul!«, fauchte Johan.

»Ich sollt jetzt gehen«, meinte Stefan rasch, sprang hoch und wandte sich an die Mutter. »Danke fürs Frühstück und das Übernachten dürfen und den schönen Abend gestern.« Sein Blick glitt wieder über den Tisch hinweg zu Johan, ließ schlummernde Knospen ihre Köpfchen heben und eine atemberaubende Blütenpracht entfalten. Er hätte ebenso fortfahren können: *Und danke für den Fick und den Blowjob, Johan.*

»Schad, dass du schon gehst«, meinte die Mutter und stand ebenfalls auf. Mit einem eigenartig strengen und zugleich weichen Blick wandte sie sich an Johan. »Vielleicht bringst ihn mal wieder mit.«

»Ja, vielleift bringft ihn mal wieder mit«, wiederholte Frank grinsend.

Normalerweise ignorierte die Mutter Franks ätzende Bemerkungen, doch jetzt wanderte ihr Blick in Zeitlupe von ihm zu Johan – das Gewicht hunderter ähnlicher Neckereien im Schlepptau. »Sollt ich was wissen?« Abwechselnd schaute sie Johan und Frank an, wich einen kleinen Schritt von Stefan zurück und musterte ihn mit eigenartiger Distanz. Die kunterbunte Begeisterung schien erloschen. »Wollts mir was sagen?«, fragte sie ihn.

Stefan schluckte schwer und warf Johan einen hilfesuchenden Blick zu.

Die Mutter folgte diesem und sah Johan auffordernd an. »Johan?«

Johans Herz hämmerte so heftig, dass das ganze Haus zu pulsieren begann. Er senkte den Blick. Rauschen in den Ohren. Wie von weiter Ferne her, als gehörte seine Hand gar nicht zu ihm, drückte er mit den Fingerspitzen die Teigflocken auf dem Teller zu kleinen Klümpchen. Er rutschte, rutschte, rutschte bis in den Höllenschlund abwärts. Die Hose zwischen Hintern und Sitzfläche, das Shirt zwischen Rücken und Stuhllehne, waren mit einem Mal klatschnass geschwitzt.

»Frank?«, fragte die Mutter.

Johan hörte bereits den Verrat, doch Frank schmatzte nur vor sich hin, schluckte. »Was denn?«

Der Moment dehnte sich bis in alle Unendlichkeit und platzte irgendwo in der Ferne.

»Na gut«, meinte die Mutter und wandte sich an Stefan. »Kommst heut auch zum Kirtag in Labendorf?«

»Nein«, sagte Johan vor sich hin.

Alle Blicke zu ihm.

Johan ließ die Teigröllchen fallen und blickte hoch zu Stefan. »Du gehst da nicht hin.«

»Johan!«, rief die Mutter empört.

Frank hob gespannt die Augenbrauen.

Verwundert blickte Stefan Johan an.

»Ich will nicht, dass du dort hingehst. Du hältst dich von Labendorf fern.«

»Also!« Die Mutter schnaubte entrüstet. »Du kannst ihm doch nicht verbieten, auf den Kirtag zu gehen!«

»Übertreibst es jetzt nicht ein bisschen?«, meinte Frank.

Johan klatschte die Hände auf den Tisch, stand auf und funkelte Stefan eindringlich an. »Die ganzen Idioten werden da sein – alle – von A bis Z. Willst ihnen direkt in die Arme rennen? Willst sie provozieren?«

Stefan schluckte, blinzelte, holte Luft. »Ich lass mir von denen nicht vorschreiben, wo ich hingeh oder nicht.«

»Hast schon vergessen, was auf der Tankstelle war? Heut Abend werdens auch noch angesoffen sein, sie werden sich gegenseitig aufstacheln.« Johan schnaubte. »Ich weiß, wie die dann drauf sind. Nur auf Stunk aus. Du wärst das ideale Opfer für die.«

»Tankstelle? Was war denn auf der Tankstelle?«, fragte die Mutter.

»*Du* bist doch der Oberdepp von allen«, meinte Frank aufgebracht. »Sag ihnen, dass' ihn in Ruh lassen sollen, und basta.«

»Das kann ich aber nicht«, fuhr Johan ihn an.

»Nur, weilst dich anscheißt, dass dir einer draufkommt?«, rief Frank und zeigte zu Stefan. »Soll er sich einsperren, weil *du* zu feig bist, das Maul aufzumachen?«

»Was war denn auf der Tankstelle?«, fragte die Mutter noch einmal.

»Ins Auto habens ihm reingeschifft«, erklärte Frank mit einem Nicken zu Stefan, stand nun ebenfalls auf und fuchtelte wild mit den Armen. »Und das Genie da hat brav mitgespielt und es auf die Spitze getrieben!«

»Ist das wahr?«, fragte die Mutter.

»Fällst mir jetzt auch noch in den Rücken, du Arschloch!«, schrie Johan Frank an.

Wortlos wich Stefan zurück, schluckte.

»Wie weit willst es noch treiben mit deiner Scheißfeigheit!«, brüllte Frank. »*Gerade* hab ich noch geglaubt, jetzt bist zu Vernunft gekommen, aber du bist noch derselbe feige Sautrottel wie immer!«

»Nur, weil ich mir *Sorgen* um ihn mach?«, schrie Johan und zeigte zu Stefan. »Soll ich zuschauen, wie sie ihn auseinandernehmen, oder was?«

»Nicht *zuschauen* sollst, das *Maul* aufmachen sollst. Ein *Machtwort* sprechen. Die Volltrotteln hören doch eh alle auf dich!«, brüllte Frank.

»Nein! Tuns nicht!«, schrie Johan. »Ich hab ausgeschissen bei denen, wegen dem scheiß Karaokeabend, zu dem *du* mich überredet hast!«

»Ah, jetzt bin *ich* schuld!«, schrie Frank. »Weil *du* dich aufführst wie ein Halbaffe? Weil *du* deinen Scheißarsch nicht hochkriegst, und endlich einmal auf den Tisch haust und rausrückst damit, was Sache ist?«

»Wenn *du* mich nicht überredet hättest, wär das alles nicht passiert und dann hätt ich das Auto noch und die *Halbaffen* würden mich noch respektieren!«

»Merkst eigentlich, was du da daherredest?«, schrie Frank.

»Jetzt hörts auf, ihr zwei!«, schrie die Mutter. »Ihr machts ihm doch ...«

»Alles ist im Arsch, wegen dir!«, schrie Johan. »Weil *du* dich dauernd einmischen musst! Hast kein eigenes Leben, oder was, dass du meins verpfuschen musst?«

»Verpfuschen tust dirs schon selbst«, brüllte Frank. »Dazu brauchst *mich* nicht!«

»Genau! Ich *brauch* dich nicht! Also halt dich raus aus meinen Angelegenheiten!«

»Nein! Weil ich im Gegensatz zu dir *nicht* zuschauen kann, wie einer ins Unglück rennt!«

»Was soll das jetzt?«, schrie Johan. »Ich *sag* ja, dass er nicht hingehen soll! Ich *sag* ja, dass ich nicht zuschauen kann!«

»Aber du *tust* nix! Soll er sich jetzt für immer daheim einsperren, weil ihm einer deppert kommen könnt?«, brüllte Frank.

»Bin *ich* jetzt verantwortlich für jeden Scheiß, der irgendwem einfällt?«

284

»Du *versuchst* ja nicht einmal, was zu regeln. Du duckst dich nur deppert vor den anderen, weilst Angst hast, dass' sehen, wer du wirklich bist!«

»Weil das *meine* Sache ist!«, schrie Johan. »Außerdem: Soll ich jedem eine reinhauen, dem das nicht passt?«

»Damit hast ja *sonst* kein Problem!«, brüllte Frank. »Für deine Scheißlügerei kannst Fäuste sprechen lassen, aber für deinen Freund nicht? Da möchtest lieber, dass er sich daheim einsperrt, nur damit du mit den Wölfen heulen kannst?«

»HALT DEIN SCHEISS MAUL!«, schrie Johan, hechtete halb über den Tisch – der radierte über den Boden, polterte gut einen halben Meter weiter –, und packte Frank am Kragen.

»Hörts auf!«, schrie die Mutter. »Johan! Frank! Hörts auf!«

»FEIGE SAU!«, schrie Frank, packte Johan ebenfalls am Kragen und drängte ihn zurück. Johan versuchte, sich loszureißen und Frank in den Schwitzkasten zu nehmen. Frank wiederum ließ Johan nicht los, zerrte an seinem Shirt, versuchte seinerseits, Johan in den Schwitzkasten zu kriegen. Ein Stuhl fiel um, der Tisch radierte noch weiter durch die Küche, Besteck fiel klirrend zu Boden.

Johan versuchte Frank ein Bein unter dem Körper wegzuziehen, Frank reagierte schneller, gemeinsam fielen sie hin, ächzten, knurrten, zischten, versuchten einander zu Boden zu drücken.

»Johan! Frank! Hörts auf!«, schrie die Mutter.

Frank packte Johan am Handgelenk, drehte ihm den Arm auf den Rücken, kniete sich auf ihn und drückte ihn mit seinem Gewicht zu Boden. »Jetzt reichts!«, knurrte er. »Reiß dich endlich mal zusammen!«

»Mein Gott, könnts euch nicht einmal vor den Gästen benehmen«, jammerte die Mutter.

Stefan. Verdammt. Johan hob den Kopf an, suchte nach seinen Füßen. »Stefan?«

»Der ist rausgelaufen«, klagte die Mutter. »Kein Wunder, wenns euch so aufführts.«

»Raaaaaaah!«, schrie Johan und warf Frank ab, sprang hoch, stürzte zur Haustür, packte den Griff – und blieb wie erstarrt stehen.

»Na, was ist?«, rief Frank, der keuchend auf dem Boden hockte. »Renn ihm nach. Oder bist ein Vampir, der bei Tag nicht rauskann?«

Johan drückte eine Hand gegen das Türblatt, hielt mit der anderen den Griff. *Renn ihm nach. Renn ihm nach. Renn ihm nach.*

Aber wenn dich wer sieht? Willst den Nachbarn eine Szene bieten?

»Jetzt scheiß dich nicht an und renn ihm nach!«, rief Frank. »Ist dir die depperte Funsen da drüben wichtiger, als der Stefan, ha?«

Johans Herz hämmerte, seine Muskeln waren wie gelähmt. Das mechanisch schleifende Kichern eines Motors drang von draußen an sein Ohr. Stille. Erneutes Aufkichern. Stille. Typisch Stefans Schrottkarre – immer zwei Anläufe, ehe der Motor startete.

Renn raus. Halt ihn auf!

Wrummm, brummte der Motor auch schon satt auf, knatterte einen Moment auf der Stelle, dann brauste Stefan davon.

Johan schlug die Stirn gegen das Türblatt, drehte sich um, lehnte sich seufzend dagegen. »Scheiße.«

»Du bist echt ein feiger Hund«, murmelte Frank.

»Kann mir jetzt mal einer sagen, was eigentlich los ist?«, fragte die Mutter gereizt.

»Gehts scheißen!«, knurrte Johan, stieß sich von der Tür ab und lief die Stufen zu seinem Zimmer hoch. »Gehts doch alle miteinander scheißen!« Rasch packte er Geldbörse, Führerschein, Schlüssel, Jacke, rannte die Treppe abwärts, stürzte an Frank und Mutter vorbei aus dem Haus, knallte die Tür hinter sich zu und schwang sich aufs Motorrad.

25 | Höllenpfuhl

Johan raste gut zehn Minuten Richtung Kramersiedlung, fest entschlossen, Stefan zu folgen, dann fiel
ihm ein, dass die ganze Siedlung nur auf einen Liebhaber lauerte, bog ab, und raste wahllos in die andere Richtung davon. Stundenlang fuhr er durch die Gegend und war beseelt von der Idee, abzuhauen und
woanders ein neues Leben anzufangen. Irgendwo,
wo ihn niemand kannte, wo ihn kein blöder Bruder
mit seiner Homosexualität aufzog, wo keine Mutter
bereits Verdacht schöpfte.

Johan konnte nicht schnell genug fort von hier.

Aber dann kam ihm, dass er Stefan nicht wiedersehen würde. Dass er ihn ohne Erklärung zurückließ.
Sich selbst überlassen.

Er könnte ihn nachholen. In der Fremde könnten
sie vielleicht zusammen glücklich werden, wie ein
ganz normales Paar. Gab es nicht sogar ein paar Länder, in denen sie heiraten könnten, wenn sie wollten?

Ein paar Minuten war Johan von dieser Möglichkeit richtig beflügelt, dann fiel ihm ein, was er im
Streit mit Frank gesagt hatte. Dass durch den Karaokeabend alles im Arsch war. In Stefans Gegenwart
hatte er sich gewünscht, das alles wäre nicht passiert,
er wäre nicht passiert.

Scheiße.

Scheiße, Scheiße, Scheiße.

Johan fuhr rechts ran und grapschte in die Gesäßtasche nach dem Handy – es war nicht da.

Verdammter Mist!

Johan trat gegen einen Stein und wühlte eine Staubwolke auf. Die Fäuste ins Haar gekrallt lief er auf und ab, trat immer wieder nach Halmen und Kiesel. Wieso? Wieso? Wieso?

Schließlich sprang er wieder aufs Motorrad, lenkte in einem großen Bogen auf die Gegenfahrbahn und fuhr zurück.

Verdammt! Nicht einmal anständig abhauen konnte er. Wie damals, als er mit dem Auto in die große Freiheit hatte fahren wollen. Wegen Banalitäten hatte er das Unterfangen abgebrochen. Sprache? Die konnte er lernen. Job? Er konnte sich einen neuen suchen. In Wahrheit hatte er gar nicht weg gewollt, hatte lieber dumme Ausreden gesucht, statt sich einzugestehen, dass er bereits Heimweh bekam, wenn er die vertrauten Berge aus den Augen verlor.

Vielleicht – bei dem Gedanken wurde Johan warm –, vielleicht war er nicht feig gewesen, sondern hatte nur gewusst, was er wollte. Vielleicht hatte er sich gar nicht vor seiner Angst und der großen weiten Welt geduckt, sondern sich für seine Heimat entschieden. Hatte die Entscheidung getroffen, seine Kämpfe daheim auszutragen.

Es mochte ihm nie richtig bewusst gewesen sein, aber Johan wollte nicht weg. Mit jedem Kilometer, den er wieder seinem Heimatort näherkam, fühlte er sich besser. Das war doch keine Feigheit, oder? Immerhin sprachen eine Menge Argumente fürs Abhauen und er brauste wieder direkt hinein, in den Höllenpfuhl. Da konnte man ihm doch unmöglich Feigheit unterstellen! Höchstens dafür, dass er das vergessene Handy als Ausrede benutzte, um nicht die

Verantwortung für seine Entscheidung übernehmen zu müssen.

Aber *jetzt* entschied er sich, *jetzt* übernahm er die Verantwortung.

Er stand auf seine blöde Heimat. Er stand auf die ganzen Idioten. Er stand auf die Enge in der Weite. Er stand auf seine Eltern, Frank, den Baumarkt, Ferdl, den Chef, sogar Barbara, Thomas, Sabrina – und vor allem auf Stefan. Ohne ihn war das alles nichts Wert. Er gehörte zu ihm, zu jedem Tag, zu jedem Atemzug, war der Rahmen seiner Gedanken, die Pixel in jedem Bild.

Johan nahm Frank nicht übel, ihn zu diesem grässlichen Karaokeabend überredet zu haben, scheiße, er liebte ihn dafür, er konnte es ihm gar nicht genug danken. Er sollte ihm ein riesiges Geschenk machen, statt mit Fäusten auf ihn loszugehen!

Wovor hatte Johan eigentlich Angst? Frank stand hinter ihm. Sabrina stand hinter ihm. Thomas vermutlich auch und wahrscheinlich sogar seine Mutter und ihr Consuela-Fanclub Rita und Moni. Vielleicht stand sogar Ferdl hinter ihm. Und natürlich Stefan. Der stand hinter, vor, auf und neben ihm.

Ich habe Angst vor Kollateralschäden. Ich halte fest, was mir wichtig ist, den Rest stehe ich schon irgendwie durch.

Scheiße, von ihm konnte Johan eine Menge lernen. Konnte er es nicht genauso machen? Stefan festhalten, und der Rest – den würde er schon irgendwie durchstehen? War er nicht eh schon auf dem besten Weg dahin – mit jedem weiteren Kilometer, den er zurücklegte?

Verzieh ihm Stefan auch den heutigen Eklat? Er konnte ja nicht ewig sanft und nachsichtig sein. Irgendwann reichte es bestimmt auch einem wie ihm.

Hoffentlich nicht.

Johans Herz zog sich zusammen. Was, wenn er es mit der Angst zu weit getrieben hatte?

Bitte nicht!

Als Johan daheim ankam, war niemand da. Vaters Arbeitstasche stand im Flur. Die Küche war aufgeräumt. Von seinem und Franks Kampf war nichts mehr zu sehen. Auch von Stefan nicht.

Johan schlich hoch. Normalerweise genoss er es, wenn er freie Bude hatte, aber nun schien ihm das Haus zu groß. Fast unheimlich. Die Türen zu seinem und Franks Zimmern standen offen, die Betten waren gemacht. Nichts wies mehr auf Stefans Anwesenheit hin, nicht einmal der Geruch von Franks Bettwäsche. Offensichtlich hatte die Mutter sie gewechselt.

Johan schnappte sein Handy, klickte bis zu Stefans Namen – nein, nicht sofort, nicht hier, er ... musste noch ... er sollte ...

Kurzentschlossen eilte Johan Richtung Bad und drehte das Wasser in der Wanne auf. Während er wartete, dass sie sich füllte, lief er im Kreis, rasierte sich – weniger, weil es nötig war, mehr, weil er seine Hände beschäftigen musste. Immer wieder rannte er aufs Klo – die Nervosität wütete in seinem Bauch.

Schließlich ließ er sich stöhnend ins heiße Wasser sinken und tauchte unter. *Gleich* hab ich den Mut, *gleich.* Die Wärme machte ihn tatsächlich ein wenig ruhiger, ein bisschen träger. Prustend tauchte er wieder auf, spuckte Wasser aus und fuhr sich durchs

Haar. Über der spiegelnden Oberfläche waberte Dampf. Johan streckte die Arme aus, trocknete die Hände am Handtuch neben dem Waschbecken, und griff nach seinem Handy, das er auf einem Hocker bereitgelegt hatte.

Er wählte Stefans Nummer. Sein Herz fuhr einen Lift hoch.

Ich liebe dich.

Mit jedem Tuten des Freizeichens sagte Johan im Geiste *Ich liebe dich*, als könnte er die Worte über den Äther schicken, als würden sie wie rosa Wölkchen mit jedem Läuten von Stefans Telefon hochsteigen.

Ich liebe dich.

Ich liebe dich.

Ich liebe dich.

Es klingelte.

Es klingelte nochmal.

Es klingelte ein drittes und viertes Mal.

Dann registrierte Johan, dass stets einen Augenblick nach dem Tuten des Freizeichens ein Klingeln aus einem der Zimmer ertönte.

Nein! Das konnte doch nicht ...

Johan sprang hoch. Wasser schwappte wild hin und her und plätscherte über den Rand. Nackt und dampfend, das Handy in der Hand, hopste er in den Flur und folgte dem Klingeln bis in sein eigenes Zimmer. Vor seinem Bett fiel er auf die Knie. Darunter lag es. Einsam und klein dudelte es sich die Seele aus dem Leib.

Keine rosa *Ich-liebe-dich*-Wölkchen. Nur ein doofes, kleines, vibrierendes und klingelndes Plastikteil. Es musste Stefan aus der Tasche gefallen sein, als er ihm den Arsch ... Oder als sie danach aus dem Bett gefallen waren.

Johan holte es hervor und blickte aufs Display. Ein Foto von ihm leuchtete auf. Er brauchte einen Moment, ehe er zuordnen konnte, wo es aufgenommen worden war: bei einem Sonntagsessen mit den Eltern beim Seilerwirt. Er trug das *gute* Shirt, das er mit der Absicht gekauft hatte, Stefan zu gefallen. Hätte er freilich niemals zugegeben, nicht einmal vor sich selbst. Es sah wirklich – verräterisch sexy aus. Kein Wunder, dass ihn Frank dauernd damit aufgezogen hatte. Das Foto konnte jedenfalls nicht besonders alt sein. Wahrscheinlich war es bei einem ihrer letzten Besuche im Wirtshaus entstanden.

Aber wie ... wann ...? Johan könnte sich todsicher erinnern, wenn ihn Stefan fotografiert hätte. Dem direkten Blick in die Kamera und dem schiefen Grinsen nach zu urteilen, war er definitiv nicht heimlich fotografiert worden. Es war ein etwas träges Grinsen. Ein genervtes Grinsen. So grinste er eigentlich nur, wenn Frank ...

Nein!

Nein, du Scheißkerl!

Jetzt erinnerte sich Johan wieder. Und er hatte sich noch gedacht ... er hatte noch *gedacht: Ist das etwa ein neues Handy?* Aber dann hatte Frank wieder mit seinem üblichen herumgespielt und Johan hatte geglaubt, er hätte sich bloß verschaut.

Das konnte doch nicht ...

War das irgendein blödes, abgekartetes Spiel? Hatte Stefan Frank auf ihn angesetzt? Konnte er so dreist ...?

Nein.

Johan fröstelte. Wie benommen tappte er mit beiden Handys zurück ins Badezimmer und stieg in die heiße Wanne.

Wieso, zur Hölle, hatte Frank mit Stefans Handy ein Foto von ihm gemacht?

Johan wählte Franks Nummer.

Rummelgeräusche im Hintergrund. Musik. Stimmen. Gelächter.

»Hallo, kleiner Idiot«, rief Frank. »Kannst noch sitzen?«

»Was?«

»Ob du noch sitzen kannst«, rief Frank gegen den Lärm an. »Du weißt schon ... ah – ah – ah – oh ja.«

»Was?«

»Du bist doch beim Stefan, oder?«

»Äh ...«

»Was willst denn von mir?«

»Dich was fragen.«

»Schieß los.« Im Hintergrund lachte eine Gruppe Menschen auf. Johan erkannte eindeutig Mutters Stimme.

»Wieso hast mit Stefan seinem Handy ein Foto von mir gemacht?«

»Was?«

»Vor ein paar Wochen, da hast mit Stefan seinem Handy ein Foto von mir gemacht«, rief Johan.

»Das kann schon sein«, meinte Frank.

»Wieso? Hat *er* das wollen?«

»Was?«

»Na, hat *er* dich drum gebeten?«

»Wieso fragst ihn das nicht selbst?«

»Ich muss es *jetzt* wissen.«

»Ist das denn wichtig?«, fragte Frank.

»Hast was eingefädelt? Habts mich verarscht?«

»Noch einmal: Ist das wichtig?«

»Ja! Verdammt!«, schrie Johan.

»Du bist gar nicht bei ihm, oder?« Frank schnaubte. »Johan!«

»Jetzt gib mir eine Antwort!«

»Nein! Das ist *nicht* von ihm gekommen, zufrieden? Ich hab mir sein Handy ausgeborgt und das Foto gemacht. Und? Ändert das jetzt was?«

»Wieso hast das gemacht?«

»So halt. Weil er immer so geschaut hat.«

»Das heißt, er hats nicht gewusst?«

»Sicher hat ers gewusst. Ich hab ihn im Scherz gefragt, ob er ein Foto von dir will und dann ist er puterrot geworden. Hab ich halt eins gemacht.«

»*Deswegen* hast du gewusst, dass er ...«

»Ja. *Deswegen* hab ich gewusst. Hab nur *ein bisserl* nachgeholfen, weil ihr hättets euch eh nie von allein getraut.«

»Oh.«

»Und wo bist jetzt, wenn ich fragen darf?«

»In der Badewanne.«

»Daheim?«

»Ja, daheim.«

»Warst beim Stefan? Bist ihm nach?«

Johan biss sich auf die Lippen.

»Mach mich nicht sauer, Johan.«

»Ich fahr dann zu ihm«, versprach Johan. »Ich muss ihm eh das Handy bringen ...«

26| Lieber Gott ...

Stefans Auto stand nicht auf dem Parkplatz vor der Wohnanlage. Zumindest so weit Johan das von seiner Position aus zweihundert Metern Entfernung erkennen konnte. Seit rund zehn Minuten hockte er dort auf seinem Motorrad und rang mit sich. Leute kamen aus den Häusern, stiegen in ihre Autos, fuhren weg, andere kamen, latschten zu ihren Wohnungen. Ein paar Kinder spielten. Zwei Mütter hockten auf einer Bank daneben und rauchten. In einem der kleinen Gärten, die zu den Wohnungen im Erdgeschoss gehörten, hängte eine Frau Wäsche auf, in einem anderen führte ein Mann einen Rasenmäher über die Wiese.

Auf dem Weg hierher war der Mut so klar und flüssig gewesen, hatte die Situationen, die Johan fürchtete, klein, mickrig, fast lächerlich aussehen lassen. Aber jetzt, wo er seine kühnen Pläne in die Tat umsetzen wollte; wo er vor den Augen der Mütter und anderer neugieriger Nachbarn Stefans Hauseingang aufsuchen und bei ihm läuten sollte ...

Die Erinnerung, wie ihn Stefan im Flur direkt an der Wohnungstür überfallen und ihm einen geblasen hatte, kribbelte in Johans Bauch. Die Erregung tanzte mit der Angst. War er in der Mitarbeiterküche im Baumarkt nicht so geil gewesen, dass er die Angst kurz vergessen und Stefan sogar zu sich hatte einladen können?

Das war *die* Lösung!

Johan griff sich in den Schritt und knetete ein wenig, aber sein Schwanz blieb völlig unbeeindruckt davon. Dennoch beruhigte es ihn, an sich herumzuzupfen.

Schließlich fasste er sich ein Herz und startete das Motorrad, rollte die zweihundert Meter und lenkte auf den Parkplatz. Stefans Stellplatz erkannte er sofort. Mit Straßenmalkreiden hatte dort jemand riesengroß *Schwuchtel* hingeschmiert.

Johan wurde heiß. Um ein Haar wollte er wieder umkehren und davonrasen, doch dann stellte er todesmutig den Motor ab und schwang sich vom Motorrad. Aus dem Augenwinkel registrierte er, wie die beiden Mütter jede seiner Bewegungen beobachteten, wie die Frau an der Wäscheleine und der Mann mit dem Rasenmäher zu ihm herschauten.

Ich kann nicht.

Du schaffst das.

Wie auf Teig wankte er auf den Hauseingang zu Stefans Wohnblock zu. *25b. Zweiter Stock, erste Tür links. Tür Nummer 12.* Johan stellte sich so dicht vor die Klingelanlage, dass man ihm nicht über die Schulter schauen konnte, und läutete bei *Seiler*.

Keine Reaktion.

Er schaute sich um. Die Mütter starrten her. Er drückte noch einmal. Länger diesmal.

Keine Reaktion.

Er begann zu schwitzen. Der Kopf dröhnte. Die Mütter tuschelten miteinander, glotzten wieder her. Johan schob sich dichter vor die Klingelanlage, drückte mehrmals kräftig den Knopf.

Keine Reaktion.

Es ist ja auch sein Auto nicht da.

Johan fuhr sich durchs Haar, wankte einige Schritte zurück und blickte unsinnigerweise die Fassade hoch, als könnte Stefan aus dem Fenster winken, dann marschierte er mit weichen Knien zu seinem Motorrad zurück. Die Blicke der Mütter, der Frau mit der Wäsche und des Mannes mit dem Rasenmäher versengten ihm fast die Haut.

Zwei Mal soff ihm der Motor ab, als er startete, dann nahm er eine zu enge Kurve, geriet gefährlich ins Schlingern, polterte neben der eigentlichen Ausfahrt des Parkplatzes wie ein Wahnsinniger über Rinnstein und Gehweg, verriss die Lenkstange, fing den Sturz gerade so mit einem Bein ab, gab ordentlich Gas und brauste davon.

Zwei Kilometer weiter fuhr er an den Straßenrand. Seine Knie schlotterten so heftig, dass er absteigen musste und sich neben sein Motorrad auf den Schotter setzte.

Scheiße. Er war dabei, völlig die Nerven zu verlieren. Wo war Stefan? Hoffentlich nicht wirklich am Kirtag in Labendorf!

Johan pfriemelte sein Handy aus der Gesäßtasche.

»Du schon wieder!«, sagte Frank. »Bist bei ihm?«

»Er ist nicht da!«

»Wo *da?*«

»Daheim. Bei ihm daheim. Sein Auto ist nicht da, und auf die Glocke reagiert er auch nicht. Vielleicht … hoffentlich ist er nicht zum Kirtag. Was, wenn er zum Kirtag … Wenns ihn erwischen …«

»Jetzt mal nicht gleich den Teufel an die Wand.«

»Er könnt nicht mal Hilfe rufen. Ich hab doch sein Handy …«

»Soll ich mich umschauen, ob er da ist?«

298

»Würdest?«

»Wenn ich ihn find, sag ich dir bescheid, okay?«

»Und pass auf ihn auf!«, rief Johan.

»Klar, ich mach ihm den Bodyguard, bis du da bist«, meinte Frank beruhigend. »Aber jetzt schaust, dass du wieder runterkommst und wartest, bis ich dich anruf, okay?«

»Okay.«

Johan stützte die Ellenbogen auf die Knie, krallte die Finger ins Haar und schloss die Augen. *Lieber Gott, mach, dass dem Stefan nichts passiert ist. Mach, dass es ihm gut geht. Ich werd auch alles tun, was du willst, alles, und wenn ich mich vor allen hinstellen muss, und sagen, dass ich schwul bin. Nur bitte, bitte mach, dass es ihm gut geht.*

Das Telefon läutete. Frank.

»Das Auto hätt ich schon mal gefunden. Das steht da am Parkplatz. Aber ihn hab ich noch nicht gesehen.«

Johan keuchte auf. »Okay. Ich komm gleich.«

»Aber pass auf dich auf!«, bat Frank. »Fahr nicht wie eine gesengte Sau.«

»Mach ich«, versprach Johan.

27| Kirtag

Schon einen halben Kilometer, ehe Johan das Dorf erreichte, sah er die bunt verstopften Straßen der Ortschaft. Der Kirtag nahm fast ganz Labendorf in Beschlag. Verkaufsstände säumten die Hauptstraße von der Ortseinfahrt bis zur Kirche, und boten T-Shirts, Sonnenbrillen, Gürtelschnallen, Handtaschen, Sommerkleider, Arbeitskittel, Socken, Duftsteine, Kerzen, Holzschnitzereien, Häkeldeckchen, Töpferwaren, Käse, Brote, Würste, Honig, Spielzeug, Süßigkeiten und vieles mehr. Die Straße war abgesperrt, ein windschiefer Pfeil unterhalb der Ortstafel wies zu einem provisorischen Parkplatz: ein brachliegendes Feld, staubig, uneben, mit Absperrbändern versehen – der vergebliche Versuch, den nutzbaren Bereich abzugrenzen und zu strukturieren.

Da die Kirche auf dem höchsten Punkt des Dorfes stand, und alle Straßen dahin bergauf gingen, konnte Johan schon vom Ortsrand aus das Festzelt auf dem eigentlichen, asphaltierten Parkplatz des Ortes sehen. Ein paar Meter weiter, etwas tiefer gelegen, befand sich der Marktplatz, der von Schießbuden und Zuckerwatteständen gesäumt wurde. In der Mitte das eigentliche Ziel der Kinder und Jugendlichen der gesamten Region: Autodrom, Geisterbahn, Karussell, etwas, das sich *Schmetterlinge* nannte, eine Art Karussell der härteren Gangart, daneben die *Waschtrommel*, mehr Mutprobe als Genuss, und eine hervorragende Gelegenheit, sich in die Zunge zu beißen. Dazwischen, brav und harmlos: die Schweinchen-und-Wolf-Bahn für Kinder, mit Stationen aus den Häuschen aus Stroh, Holz und Ziegel.

Johan lenkte das Motorrad über die holprige, weiche Erde des Parkplatzes, vorbei an dem Meer aus chaotisch parkenden Autos. Da stand sie schon, Stefans weiße Schrottkarre. Zwischen all den Familienvans und Pick-ups wirkte sie richtig verloren.

Johan stieg vom Motorrad und marschierte um Stefans Auto herum, als könnte es ihm verraten, wo er war und ob es ihm gut ging. Unter einem Scheibenwischer flatterte ein Werbeflyer, wie auch an den Windschutzscheiben der anderen Autos. Als sich Johan abwandte, registrierte er jedoch, dass jemand etwas auf die unbedruckte Rückseite des Zettels geschrieben hatte. Neugierig zupfte er ihn hervor, in der vagen Hoffnung, Stefan hätte ihm eine Nachricht hinterlassen.

SCHWULE SAU!, stand darauf. Johan wurde schlecht. Er lehnte sich ans Auto und holte tief Luft, dann zerriss er den Zettel in winzige Stücke und schleuderte die Konfetti über die Absperrung aufs Feld. Der Wind erfasste einige Stückchen, wirbelte sie hoch, trug sie fort.

Ein paar Mal stampfte Johan auf, um wieder festen Boden unter den Füßen zu spüren, dann verließ er den Parkplatz. Den Hals nach Stefan gereckt, schob er sich an den Verkaufsständen vorbei durch die herumspazierende Menschenmenge.

Für einen Ort, durch den an einem normalen Tag höchstens ein paar Traktoren fuhren und kleine, buckelige alte Frauen mit Kopftuch Richtung Kirche und Friedhof pilgerten, war die Hölle los. Aus der Ortschaften der Umgebung waren hunderte Leute gekommen, sogar aus der Stadt reisten die Besucher an.

Der Labendorfer Kirtag war einer der Höhepunkte der Region. Als Kind hatte Johan wochenlang auf dieses Event hingefiebert. Für ihn bestand es damals hauptsächlich aus den verheißungsvollen Verlockungen der Verkaufsstände für Spielwaren und Süßigkeiten, und natürlich der Schweinchen-und-Wolf-Bahn. Dann wurde die Geisterbahn zur Mutprobe, und das Taschengeld floss fast vollständig in Böller. Irgendwann war auch das Kinderkacke. Autodrom war angesagt, die Waschtrommel die neue Mutprobe, und Johan deckte sich an den Verkaufsständen mit coolen Sonnenbrillen, Gürteln, Bandshirts und Geldbörsen ein.

Auf diesem Kirtag hatte er auch seinen ersten Vollrausch gehabt, hatte erst hinters Festzelt gekotzt und war dann Stunden später auf einem Feld fast zwei Kilometer von hier aufgewacht. Wie er dort hingekommen war, wusste er bis heute nicht, aber die Aktion war der Grundstein zu seinem kometenhaften Aufstieg in der Hackordnung der Dorfjugend gewesen. Wie auch die zahlreichen Schlägereien, die er hier angezettelt hatte. Alleine im vergangenen Jahr hatte er sich in drei Prügeleien gestürzt. Wegen Lappalien. Weil er wütend und unausgeglichen war. Weil er anecken wollte. Weil er sich trotz seines Status nicht wahrgenommen fühlte. Weil alle anderen glücklich waren, nur er nicht. Eine gepflegte Prügelei konnte zudem vorübergehend von diesem nervtötend bescheuerten Eiertanz um die blöden Tussis ablenken, um die sich ständig alles drehte.

Bei jeder blonden Haarsträhne, die Johan sah, fuhr ihm ein Stich durch den Bauch, mit jedem Meter, den er zurücklegte, ohne Stefan zu entdecken, verkrampfte sich sein Magen etwas mehr.

Wo bist du nur.

»Heee, Johaaaan!«, grölte Severin, im Schlepptau Kevin, Lukas und ein paar weitere Jungs, die Johan von den Discoabenden kannte. Sie hatten bereits ordentlich getankt, ihre Wangen waren gerötet, die Haare verschwitzt, und sie hatten dieses irre Funkeln in den Augen. Sie lechzten nach Stunk, nach Action, nach einer Chance, es Krachen zu lassen und sich als Helden hervorzutun.

»Wo bleibst denn? Es fragen schon alle nach dir«, rief Severin.

Johan blickte an ihm vorbei. »Habts ihr den ...« Im letzten Moment brach er ab.

»*Wen* haben wir?«, fragte Severin.

»Nix. Vergiss es.«

»Kommst mit? Ins Zelt? Die anderen warten schon auf dich«, meinte Severin. »Wie es ausschaut, hast eh einiges zum Aufholen, damitst auf unser Level kommst. Der Ronny ist schon ausgestiegen.« Severin lachte auf. »Die Kati war ganz schön ang'fressen, weil er ihr aufs Dirndl gekotzt hat.«

Die anderen lachten ebenfalls auf.

Scheiße, wirke ich auf andere auch so primitiv, wenn ich besoffen bin?

»Später vielleicht«, wich Johan aus. »Ich muss noch ... was erledigen.«

»Wennst die Dani suchst, hast ein Pech gehabt«, meinte Severin blöd grinsend. »Die ist vorhin mit dem Rudi abgehauen, nachdems eine halbe Stunde lang vor allen Leuten wild herumgeschmust haben.«

»Voll ausgreifen hat sie sich lassen, unterm Tisch, ich habs genau gesehen!«, rief Kevin aufgeheizt, hielt imaginäre Hüften fest und machte ein paar ausladende Stoßbewegungen. »Der buderts jetzt sicher volle Wäsch durch – Yiiihaaaw!«

»Der Rudi?« Johan runzelte die Stirn. »Der vom Wirtshaus? Der ist doch mindestens fünfzig!«

»Geh, weiß doch eh ein jeder, dass die auf alte Knacker steht«, meinte Severin. »Also was ist jetzt? Kommst?«

»Gehts schon mal voraus«, meinte Johan. »Ich komm dann nach.«

»Sind wir dir nimmer gut genug?«, fragte Severin. »Weilst dauernd was Besseres vorhast. Gestern warst auch nicht dabei.«

Oh, richtig. Das Freitagsvorglühen vor dem eigentlichen Kirtag. Mithilfe beim Aufbau der Bühne, Aufstellen der Bänke und Tische, Anbringen von Werbeplanen, und nach getaner Arbeit eine inoffizielle Feier im Festzelt.

»Ich hab lang arbeiten müssen«, meinte Johan.

»Im Baumarkt?«

»Wo sonst?«

Severin grinste schief. »Mit der Schwuchtel? Die ganze Nacht?«

Johans Bauch verhärtete sich.

»Was? Die Schwuchtel arbeitet bei euch im Baumarkt?«, rief Lukas und lachte auf. »Hab gar nicht gewusst, dass ihr jetzt auch Haare machts, und Make-up.«

»Gehts, seids nicht so deppert«, knurrte Johan und versuchte, an ihnen vorbeizukommen.

Severin stellte sich ihm in den Weg. »Verteidigst ihn etwa?«

»Lass mich vorbei.«

»Hat er dich umgedreht, ha? Hat ern dir hint reingeschoben, wie du dich gebückt hast und jetzt bist auf den Geschmack gekommen, ha?«

»Hör auf mit dem Scheiß!«, schrie Johan und gab Severin einen so heftigen Stoß gegen die Brust, dass dieser rückwärts taumelte, das Gleichgewicht verlor, und auf den Hintern plumpste.

Leute wichen zurück, blieben stehen und gafften.

»Bist jetzt ganz deppert geworden!«, schrie Severin geschockt.

»Habens dir ins Hirn g'schissen!«, fuhr Kevin Johan an und versetzte ihm ebenfalls einen ordentlichen Stoß gegen die Brust.

Doch Johan hatte sich auf den Gegenangriff bereits eingestellt und statt rückwärtszustolpern, machte er einen raschen Schritt auf Kevin zu – die Hände zu Fäusten geballt.

Rasch wankte Kevin zurück, ein wenig blass um die Nase. »Jetzt reiß dich zusammen, he. Das ist ja nur Spaß.«

Ein paar der Jungs halfen Severin auf. Der ließ das zwar bereitwillig zu, riss sich jedoch grob los, sobald er stand, und musterte Johan abfällig von Kopf bis Fuß. »Ein Spaß? Schauts ihn euch doch an, wie er dasteht. Eine Schwuchtel ist er geworden, genauso wie *er*. Letzte Wochen hab ich ihn sogar erwischt, wie er bei ih…«

Mit einem Satz war Johan bei Severin, packte ihn am Kragen, drängte ihn zurück, bis er gegen einen Laternenmast prallte, hielt ihm die geballte, vor Anspannung zitternde Faust vors Gesicht, den Ellenbogen in die Luft gereckt, um effizient zuschlagen zu können. »Ein Wort. Sag noch *ein* Wort, und ich brech dir die Nase«, zischte Johan mit gefletschten Zähnen, und benetzte Severins Gesicht mit Speicheltröpfchen. Vor Wut, Hass und Angst bebte er am ganzen Körper.

Die sich rasch vergrößernde Menge Schaulustiger raunte auf, machte einen weiteren Schritt zurück.

Severin schluckte geräuschvoll, starrte aus weit aufgerissenen Augen auf die weißen Knöchel der Faust. Er schnaufte heftig, Schweißtröpfchen quollen ihm aus den Poren. Er stank widerlich nach Schnaps und Schweiß.

»So hat ers nicht gemeint«, sagte Kevin kleinlaut und wandte sich an Severin: »Oder? So hast dus nicht gemeint.« Wieder an Johan: »Er wollt dich doch nur ein bisserl aufziehen, weilst doch wirklich ein bisserl ... dings ... warst, in letzter Zeit.«

Johan verlagerte sein Gewicht, verstärkte den Griff um Severins Kragen, lockerte die Faust nur, um sie noch kräftiger zu ballen. Ohne Severin aus den Augen zu lassen, knurrte er Kevin an: »Halts Maul, du Arschloch! Halts Maul!« Zu Severin. »Sag ihm, er soll sein scheiß Maul halten!«

Severin schielte an Johans Faust vorbei zu Kevin, deutete ihm nur mit den Augen, die Klappe zu halten.

Durch all die kochende Wut und den brodelnden Hass hindurch wunderte sich Johan, wie viel Schiss die anderen Jungs vor ihm hatten. Keiner versuchte, ihn zu packen und davon abzuhalten, Severin die

Fresse zu polieren. *Mann gegen Mann.* Der *Gentle-men-Kodex*, wie Stefan ihn amüsiert genannt hatte. Stefan. Johan schluckte. Die Wut rutschte aus seinem Körper, all der Hass floss aus ihm heraus, versickerte im Asphalt. Severin so viel Aufmerksamkeit zu schenken kam ihm auf einmal total bescheuert vor. Er war hier, um Stefan zu finden, um … um … sicherzustellen, dass noch alles gut war, zwischen ihnen, um sich zu entschuldigen, um ihn zu berühren, zu umarmen …

Oh verflucht. Johan senkte die Faust, ließ Severins Kragen los und machte einen Schritt zurück. Severin blieb reglos an den Laternenmast gepresst stehen und beobachtete Johan misstrauisch. Auch die Schaulustigen hielten den Atem an. Scheinbar rechnete jeder damit, dass Johan nur deswegen von Severin abließ, um ihn in Sicherheit zu wiegen und sich dann mit voller Wucht auf ihn zu stürzen.

Johan fuhr sich durchs Haar, zupfte das Shirt unter der Jacke zurecht, und drängte sich, ohne Severin, Kevin, Lukas und die anderen eines Blickes zu würdigen, an den Schaulustigen – die bereitwillig zur Seite wichen – vorbei und marschierte davon.

Ein paar Meter weiter begannen seine Knie zu schlottern. Er wankte zu einer niedrigen Steinmauer zwischen zwei Verkaufsständen und setzte sich. Scheiße! Hatte er jetzt, indem er Severin verschont hatte, etwas eingestanden? Vor allen Leuten?

Ich kann das nicht.

Aller Mut aufgebraucht. Johan musste an den Werbeflyer auf Stefans Auto denken. *Schwule Sau.* Konnte er mit so etwas wirklich umgehen? Konnte er es wegstecken, ignorieren, weitermachen, die Selbstachtung

307

bewahren? Auch, wenn es vernünftig wäre, aber so etwas ließ ihn nicht kalt, das war ihm nicht egal.

Warum kämpfst du für die Lüge, nicht aber für deinen Freund?

Oh verflucht. Johan rieb sich übers Gesicht, klatschte entschlossen auf die Schenkel, stand auf und warf sich wieder ins Getümmel. Nach Stefan Ausschau haltend schob er sich weiter an Leuten vorbei, die ätzend langsam zwischen den Verkaufsständen herumschlichen und nur Augen für Socken, Töpfe, Kerzen, Kittel hatten.

»Na schau, der Johan ist auch da!«, rief jemand hinter ihm und stupste ihm in den Rücken.

Erschrocken fuhr Johan herum.

Ferdl lachte auf. »Was schaust denn so aufgescheucht?«

»Hast vielleicht den Stefan gesehen? Hier wo?«, platzte Johan sofort heraus.

Leicht überrumpelt hob Ferdl die Augenbrauen. »Nein. Aber wir sind auch gerade erst gekommen, der Richi und ich.« Diffus zeigte er zwischen sich und einem Mann neben sich hin und her – Vollbart, entspannter, fröhlicher Blick.

»Das ist der eine von den beiden«, erklärte ihm Ferdl und wies auf Johan. »Was ich dir erzählt hab.«

»Ah!« Richi hob verstehend die Augenbrauen. »Und der Stefan ist ...«

»Genau« Ferdl nickte und wandte sich wieder an Johan. »Wir halten die Augen offen. Sollen wir ihm was sagen, wenn wir ihn finden?«

»Nur, dass ich ihn such«, bat Johan und reckte den Hals.

»Ist klar ...«

308

»Danke«, rief Johan unkonzentriert und eilte weiter.

Das ist der eine von den beiden ...

Was ich dir erzählt hab ...

Was verbreitete Ferdl über ihn und Stefan? Johan drehte sich um. Ferdl und *Richi* spazierten Schulter an Schulter durch die Menge, Ferdl schien an einem Verkaufsstand etwas Interessantes zu entdecken und zupfte an Richis Hemd, um ihn darauf aufmerksam zu machen. Als sie den Tisch mit den Waren erreichten, legte Richi kurz eine Hand auf Ferdls Schulter. Waren die beiden ...? War Ferdl etwa ...?

Du siehst schon Gespenster.

Johan schüttelte den verrückten Gedanken aus dem Kopf und marschierte weiter. Wie, um sich zu vergewissern, dass es Stefan wirklich gab, dass er kein Gespenst war, holte Johan dessen Handy aus der Innentasche seiner Jacke. Er musste es nur kurz anfassen, betrachten, dieses Ding, das Stefan gehörte, das er berührt hatte.

Du spinnst schon komplett.

»Neues Handy?«

Johan fuhr hoch.

Einen Arm um Sabrina gelegt, stand Thomas vor ihm und nickte auf das Telefon in Johans Hand. »Neues Handy?«

»Äh ... nein ...« Rasch packte es Johan wieder weg. »Habts den Stefan gesehen?«

»Ja ...«, begann Sabrina.

»Gottseidank!« Vor Aufregung und Ungeduld begann Johan richtig zu zappeln. »Wo? *Wo* hast ihn gesehen? Gehts ihm gut?«

»Bei der Kirche hinten runter«, meinte Sabrina und fuchtelte in die entsprechende Richtung.

»Bei den Pakistani«, ergänzte Thomas.

»Er hat auch nach dir gesucht«, berichtete Sabrina.

Johan musste grinsen, sein Herz jodelte. »Echt?«

»Er hat gesagt:« Sabrina betonte das extra deutlich, als könnte sie es nicht recht glauben. »Dass er was bei dir vergessen hat.« Sie kräuselte die Stirn und warf Johan einen erstaunten Blick zu. »Heißt das, er war bei dir?«

Unschlüssig schaute Johan zu Thomas, dann nickte er, und das zuzugeben, war so ... das war so ... ihm wollte das Herz platzen, er wollte aus der Haut fahren, vor ... Glück oder Stolz oder ...

Sabrina strahlte übers ganze Gesicht, wand sich unter Thomas' Arm hervor und umarmte Johan. »Na, endlich. Habts euch zusammengerauft.«

Nicht nur, dass Johan ihre Umarmung tapfer ertrug, er erwiderte sie sogar und nickte.

»He, Klasse.« Thomas boxte ihm gegen die Schulter. »Die Sabrina hat mir alles gesagt«, erklärte er, als er Johans verwunderten Blick auffing.

»Tut mir leid«, nuschelte Sabrina an Johans Brust und löste sich aus der Umarmung. »Aber er wollt halt unbedingt wissen, warum du da gewesen bist ...«

»Passt schon«, hörte sich Johan sagen. Stimmte das? Passte es? Müsste er nicht sauer sein? Er warf Thomas einen scheuen Blick zu.

»Na echt, taugt mir voll«, meinte Thomas schief grinsend. »Ich mag ihn total, deinen Stefan, hat mich mit der Fee zusammengebracht.«

»Ich weiß«, krächzte Johan und schluckte. Das wars? Keine Witze? Kein Spott? Nur: *Ich mag ihn total, deinen Stefan?*

Oh wow. *Deinen* Stefan.

»Ich muss ...« Johan deutete hektisch in Richtung Kirche.

»Na hopp auf!«, rief Thomas ihm nach.

Johan konnte nicht mehr bloß gehen, er hopste regelrecht an den Leuten vorbei, schob sie mal hier, mal da an den Schultern zur Seite – ’Tschuldigung, ’Tschuldigung, Verzeihung, darf ich vorbei da, ’Tschuldigung –, sprintete über den Marktplatz, an den lauten, blinkenden Fahrgeschäften vorbei, ignorierte diverse Rufe seiner Discofreunde, ließ Schießbuden und Festzelt hinter sich, eilte die Verkaufsstände der Pakistani entlang, T-Shirts, Halstücher, Kleider ... Die Gegend wurde zunehmend verwaister. Johan erreichte das Ende des Festgeländes, das mit einem Absperrband gekennzeichnet war.

Kein Stefan.

Keuchend vom Sprint drehte sich Johan im Kreis, ließ den Blick verzweifelt durch die Umgebung schweifen. War er in seiner Aufregung an ihm vorbeigerannt? Er hätte Thomas und Sabrina fragen sollen, *wann* sie ihn hier gesehen hatten. Wenn Stefan Johan ebenfalls suchte, würde er ja wohl kaum im Nirgendwo herumstehen und warten, oder?

Scheiße. Johan fuhr sich durchs Haar, zupfte am Stoff über der Brust, um sich Luft unters Shirt zu fächeln, wankte ein paar unschlüssige Schritte von einem aufs andere Bein, dann marschierte er zurück, den Blick noch geschärfter als vorhin.

Sein Handy klingelte.

»Bist schon da?«, fragte Frank.

»Ja«, keuchte Johan.

»Hast ihn gefunden?«, fragte Frank.

Johan blieb stehen. »Bei euch ist er nicht?«

»Du klingst ein bisserl außer Atem, ist alles okay?«

»Ich find ihn nirgends«, presste Johan verzweifelt hervor.

»Verstehe ...«, sagte Frank und seufzte. »Pass auf: Jetzt kommst einmal zu uns her, trinkst was und beruhigst dich ein bisserl. Danach gehn wir ihn gemeinsam suchen, okay?«

»Seids im Festzelt?«, fragte Johan.

»Ja. Ich halt eh die ganze Zeit Ausschau nach ihm.«

»Und er war noch *nicht* da?«, rief Johan aufgeregt. »Der Thomas und die Sabrina haben gesagt, dass er nach mir sucht ... wegen dem Handy.«

»Dann wird er ja früher oder später hier auftauchen, oder«, meinte Frank tröstend. »Also ... komm her da.«

Ehe Johan das Festzelt betrat, schaute er sich noch einmal gründlich um. Kein Stefan. Ein paar Jungs rempelten ihn grob, als sie an ihm vorbei ins Festzelt stürmten. Sie wirkten aufgekratzt, erhitzt, lachten, winkten andere herbei.

»Kommts, kommts, schnell!«

»Das wird eine Gaudi!«

»Scheiße, machens das *echt?*«

Rempel, Rempel, Rempel. Immer mehr stürmten herbei, Mädels, Jungs, keuchten, lachten, waren aufgepeitscht, zwängten sich an Johan vorbei ins Zelt.

»Was ist denn los?«, fragte Johan.

Eines der Mädels, das er von den Discotouren kannte, blieb kurz stehen und drehte sich zu ihm um. »Die Consuela ...«, weiter kam sie nicht, da wurde sie schon von ihren Freundinnen ins Zelt gezerrt.

Die Consuela ...?

Gab sie etwa Auftritte auf einem Kirtag im Nirgendwo?

Noch einmal schaute sich Johan um. Von der Aufregung der Dorfjugend angesteckt drängten weitere Leute ins Zelt. Der Platz lichtete sich ein wenig. Kein Stefan. Johan atmete tief durch und betrat das Zelt.

Stickige Luft schlug ihm entgegen, auf der Bühne nuschelte ein Sänger zu nah am Mikrophon einen Schlager. Zu seinem Geheul spielten Ziehharmonika, Stromgitarre, Schlagzeug, Tuba. Die Lautsprecher waren zu basslastig eingestellt, der Sound dröhnte in den Gedärmen.

An den Tischen drängten sich Familien Ellenbogen an Ellenbogen, vor ihnen türmten sich Plastikbecher, Pappteller, Servietten, Essensreste aus abgenagten Brathühnern und zermatschten Pommes. Zwischen den Tischen eilten Kellnerinnen im Dirndl hin und her, schwangen leere Tabletts oder balancierten gefüllte Becher. Ein paar Jungs verdienten sich ein Trinkgeld damit, den Müll von den Tischen in schwarze Müllsäcke zu klauben.

Zu beiden Seiten der Bühne erstreckten sich Tresen – links fürs Essen, rechts für Getränke –, an denen dutzende Leute anstanden, Geldscheine und Münzen in der Hand. Trotz der viel zu laut eingestellten Lautsprecher hatte die Band Mühe, gegen das Gemurmel, Geschnatter und Gelächter anzukommen.

Keine Consuela. Und so weit Johan in dem Gewusel ausmachen konnte, auch kein Stefan. Dafür sprang Frank mitten in dem Chaos hoch und winkte ihm.

Johan nickte ihm zu und drängte sich an den Leuten, die direkt am Eingang stehenblieben und sich in dem Gewühl erst einmal umschauten, vorbei, um den

Tisch seiner Eltern anzusteuern. Neben der Mutter und dem Vater hockten Rita und Moni und deren Männer. Von Franks Gefuchtel geweckt, drehten sich alle bei Tisch zu ihm um.

Oh, verdammt. Johan bekämpfte den Impuls, umzukehren und aus dem Zelt zu stürzen. Mit weichen Knien und Herzrasen schlüpfte er an den herumwuselnden Kellnerinnen, Kindern und Helfern vorbei und hockte sich Frank gegenüber neben den Vater.

»Johan«, sagte die Mutter sanft, als sie ihn sah, griff quer über den Tisch nach seiner Hand und drückte sie. »Es ist okay, Johan. Es ist völlig in Ordnung.«

Betroffen glotzte Johan sie an.

»Mach dir keine Sorgen, ja?«, sagte sie beruhigend, schloss die Augen und drückte bekräftigend seine Finger. Dann ließ sie los, kramte in ihrer Handtasche nach einem Taschentuch, atmete tief durch und betupfte sich die Augenwinkel.

Johans Gesicht wurde heiß. Er fing Franks versöhnlichen Blick auf.

»Hab ichs dir nicht gesagt?«

Rasch wandte sich Johan ab und wischte sich unauffällig mit den Handballen das Nass aus den Augen.

Eine kräftige Hand klopfte seinen Rücken, rutschte hoch, packte ihn im Nacken und rüttelte ihn liebevoll. »Was sagst denn nix, Bub.« Tadelnd wuschelte ihm der Vater über den Hinterkopf. »Können ja nicht hellsehen.«

Ergriffen fuhr Johan zu ihm herum, starrte seinen Vater mit brennenden Augen an.

»Bring ihn her«, meinte der Vater auffordernd. »Er soll sich zu uns setzen.«

Das war zu viel. Obwohl ihm sein Vater ins Gesicht schaute, obwohl ihn alle bei Tisch erwartungsvoll anblickten, wurde Johans Blick verschwommen und Tränen zitterten auf seinen Wimpern.

»Geh, Johan«, meinte der Vater tröstend, wuschelte ihm wieder über den Hinterkopf und rüttelte ihn am Nacken. »Brauchst doch nicht gleich heulen. Das packen wir schon.«

Johan nickte, wischte sich über die Augen und atmete tief durch. Scheiße, er fühlte sich so wund, so offen, so verletzbar und aufgewühlt, dass er fürchtete, ein falscher Blick könnte ihn töten. Und das inmitten hunderter Leute.

Die Band unterbrach ihren Live-Auftritt und schaltete auf Musik aus der Konserve um. Das bekannte Intro ertönte ...

I'm a man, you're a man, let me kiss you, take my hand, don't be shy, don't be feared, love is love, that's not weird ...

»Ach du Scheiße«, faselte Frank, blickte über Johan hinweg auf die Bühne und rüttelte an seinem Arm. »Johan ...«

Ringsum an den Tischen rempelten sich die Leute an, drehten sich zur Bühne herum. Das Geschnatter und Gelächter verstummte. Die Mutter riss die Augen auf und schlug sich die Hand vor den Mund.

Johan fuhr herum ...

Eine große Frau stöckelte aufs Mikrophon zu, oder stolperte vielmehr. Auf den hohen Heels knickte sie ständig mit den Knöcheln um, ruderte dann durch die Luft, schwang eine goldene Handtasche, in die sie ihre Finger krallte, als könnte sie sich daran wieder fangen. Die Pailletten auf ihrem Minikleid glitzerten im Scheinwerferlicht, ihre Perücke saß ein wenig verrutscht, und unter den Netzstrümpfen waren ihre langen, sehnigen Beine unrasiert.

Johan kannte diese Beine. Er kannte diese Knie, diese Schenkel ... Sein Herz setzte aus.

Stefan war clownesk übertrieben geschminkt, schwarze, dünne Spuren von den Augen abwärts zeigten, dass er heulte. Wieder kippte er, fiel fast um, riss die Hand mit der Tasche hoch. Die Leute begannen zu johlen, lachen und applaudieren.

Franks Blick huschte hektisch von der Bühne zu den Menschen ringsum.

Scheu schaute Stefan nach rechts, brach dann nach links aus und wackelte fluchtartig drauflos. Mit einem Satz war Severin bei ihm, fing ihn an der Taille ab und zerrte ihn zurück. Eifrig eilten ihm ein paar Kerle zur Hilfe, die sich im Hintergrund bereithielten, und schubsten Stefan vors Mikrophon.

Das Publikum lachte auf, johlte, klatschte. Offensichtlich hielten sie das, was sie sahen, für eine abgesprochene Show. Es war üblich, dass die Dorfjugend gelegentlich die Bühne kaperte und mit ein paar albernen Gags ein bisschen Aufmerksamkeit einheimste. Johan selbst hatte sich dort vor Jahren einmal mit einem knielangen Bart und einem Almöhi-Rapp zum Affen gemacht, und den Applaus genossen. Aber er hatte das freiwillig gemacht. Stefan dagegen ...

I'm a man, you're a man, let me kiss you, take my hand, don't be shy, don't be feared, love is love, that's not weird ...

»Jetzt sing schon, du Schwuchtel!«, schrie jemand.

Stefans Blick huschte hilfesuchend durch die Menge. Wieder verlor er das Gleichgewicht, krallte sich am Mikrophonständer fest.

Die Leute lachten auf.

Jemand rief: »Consueeelaaa!«

Ein anderer: »Runter von der Bühne, du schwule Sau!«

Irgendwo pfiff ihn jemand aus. Die Buhrufe häuften sich, je länger Stefan verschreckt dastand.

Johans Herz begann so verdammt scheiß heftig zu hämmern, als wäre er selbst das Organ, als wäre er selbst ein einziger, pumpender Muskel. Noch ehe er registrierte, was er da machte, sprang er hoch und schrie: »HALTETS DAS MAUL IHR SCHEISSARSCHLÖCHER!«

»Joh...«, begann die Mutter und verbarg beschämt das Gesicht in ihren Händen.

Johan rannte los, rempelte, wer auch immer ihm im Weg herumstand, grob zur Seite, sprintete zur Bühne und sprang mit einem Satz hoch. »SEVERIN, DU ARSCH, WENN ICH DICH ERWISCH, BIST HIN!«

I'm a man, you're a man, let me kiss you, take my hand, don't be shy, don't be feared, love is love, that's not weird ...

Severin machte erschrocken ein paar Schritte zurück, hinter ihm bauten sich kampfbereit seine Jungs auf.

Johan hob die Fäuste, ein einziges Bündel Hass und Wut. »KOMM HER, DU FEIGE SAU! NA LOS, IHR HURENKINDER, TRAUTS EUCH!«

Plötzlich drängte sich seitlich ein Gewicht gegen ihn, hielt sich an ihm fest, hielt ihn fest. Vertraute Arme, vertrauter Körper, vertrauter Geruch, vertraute Wärme. Die Berührung zog mit einer solchen Wucht den Hass aus Johans Körper, dass er taumelte, und sich seinerseits an Stefan festhalten musste. Durch die Heels war Stefan nicht nur größer als er, er konnte sich kaum selbst auf den Beinen halten, geschweige denn, Johan auffangen. Gemeinsam stolperten sie gefährlich ein paar Schritte seitwärts, dann fing sich Johan, schlang die Arme um Stefan –

– und plötzlich war diese Nähe da ... Stefans wunderbarer Körper, der sich unter dem Fummel genauso anfühlte, wie Johan ihn kannte, liebte, ersehnte. Aus dem vom Make-up entstellten Gesicht sahen ihn die vertrauten Augen an, vom Weinen gerötet, doch derselbe verknallte Blick, den Johan so oft bemängelt hatte, und für den er jetzt dankbarer war, als für alles auf der Welt. Stefan liebte ihn noch, und das machte alles andere egal.

Johan neigte sich vor und küsste ihn. Vom Lippenstift schmeckte er ein wenig fremd, cremig, und genau das, dieses Cremige, zündete eine Erinnerung an ihre gemeinsame Nacht. Johan löste die Lippen nur kurz, um Stefans Mund mit mehr Intensität zu erobern, um seine Zunge zu kosten, und nach kurzem Zögern ging Stefan auf den Kuss ein. Mit einem Mal wurde Stefan unfassbar schwer, schmiegte sich an Johan und übergab ihm sein Gewicht. Johan hatte Mühe, ihn auf den Beinen zu halten, löste den Kuss und schlang fest die Arme um ihn. Er bekam ein paar Strähnen der Perücke zu fassen, zog sie Stefan vom Kopf, ließ sie zu Boden fallen und grub die Finger in das geliebte, blonde Haar.

Aus den Lautsprechern ertönte ein letztes Mal:

I'm a man, you're a man, let me kiss you, take my hand, don't be shy, don't be feared, love is love, that's not weird …

»Ich lass dich nicht mehr los«, nuschelte Johan Stefan ins Ohr. »Ich lass dich nie mehr los.«

Stefan holte bebend Luft, schniefte, drückte sich fester an ihn. Johan spürte die süße Vibration seine Stimme am Hals, glaubte erst, Stefan würde etwas singen, doch dann realisierte er, dass Stefan heulte, dass er bitterlich schluchzte.

Gänsehaut überzog Johans Körper, sein Magen rebellierte und von diesem hemmungslosen Weinen kamen ihm selbst die Tränen.

»Lass uns gehen«, wisperte Johan. »Lass uns woanders hingehen, wo wir allein sind, okay?«

Stefan nickte, schniefte, bewegte sich aber nicht von der Stelle.

Über Stefans Schulter hinweg registrierte Johan, dass Sabrina direkt neben ihnen auf der Bühne stand, die Arme schützend ausgebreitet, drei Meter weiter hockte Frank auf einem knallroten Severin – fast genau so, wie er heute Morgen auf Johan gehockt hatte, und schrie ihm etwas ins Ohr. Thomas hampelte am Bühnenrand herum, duckte sich vor Dingen, die auf die Bühne geflogen kamen, klaubte die Würste und Pappbecher vom Boden wieder auf und schleuderte sie zurück in die Menge.

»Schwuchteln!«

»Love is love!«

»Buuuuuh!«

In verschiedenen Regionen des Festzeltes entstanden Rangeleien.

»Johan?«, rief seine Mutter, kam auf ihn zu und deutete mit dem Kopf Richtung Bühnenabgang. »Kommts ...« Der Vater, Rita, Moni und deren Männer warteten dort und blickten besorgt drein.

Johan nickte, streichelte Stefan über den Rücken und sagte sanft: »Stefan ... komm, lass uns gehen.«

Nur widerwillig löste Stefan die Umarmung, machte einen Schritt, dann gaben seine Knie nach und er sackte so plötzlich zusammen, dass Johan neben ihm nicht rechtzeitig reagieren und ihn auffangen konnte. Stefan plumpste auf den Hintern, die Beine durch diese blöden Schuhe seltsam verdreht. Es war ein grässlich jämmerlicher Anblick, wie er da hockte wie eine abgewrackte Nutte – und Stefan schien zu wissen, wie er wirkte. Er verbarg sein Gesicht hinter einem Ellenbogen, war nur noch eine Art Puppe, die sich wand. Johan kniete sich zu ihm – er hatte nicht die Kraft, ihn hochzuheben, seine eigenen Beine waren wie Gummi –, und umarmte ihn, bot ihm die Brust, um das Gesicht daran zu verbergen.

»Gehts aufd Seiten«, sagte der Vater und ging neben Johan in die Hocke. Er legte Johan eine Hand auf die Schulter. »Lass ihn *kurz* los, ja?«

Im nächsten Augenblick wurde Stefan von Vater und Monis Mann hochgehoben und von der Bühne getragen.

»Gib mir die Hand«, bat Sabrina und zog Johan mit erstaunlicher Kraft auf die Beine. Wie betäubt ließ er sich von der Bühne führen, folgte ihr widerstandslos, ohne sich umzudrehen, ohne nach links und rechts zu schauen. Er hatte nur Stefan im Blick, der von Vater und Monis Mann von der Bühne getragen und durch den Hinterausgang des Festzeltes ins Freie gebracht wurde.

Das Tageslicht blendete. Hinter dem Zelt führten saftige Hügel abwärts. In der Ferne hockten die Berge. Ein wunderschöner Ausblick, eigentlich, doch Johan eilte bloß hinter Vater und Monis Mann her, die mit Stefan ein paar Stühle ansteuerten, die sich das Personal und die Musiker für Pausen bereitgestellt hatten. Behutsam setzten sie ihn ab, und der Vater klapste Johan auf die Schulter. »Na los, kümmer dich um ihn.«

Johan ging neben Stefan in die Hocke und nahm seine Hand. Stefan griff sofort zu, quetschte Johans Finger, doch mit der anderen Hand schirmte er sein Gesicht ab, wollte nicht einmal Johan ansehen.

Sanft küsste ihm Johan die Finger, schmiegte die Wange an seinen Handrücken, legte ihm eine Hand auf die Brust. »Soll ichs kaltmachen? Ich machs kalt. Sag mir, wer mitgemacht hat, und ich ...«

Stefan schüttelte träge den Kopf.

Panik kam in Johan hoch. Er blickte an Stefan runter, zum kurzen, paillettenbestickten Kleid, den Netzstrümpfen, den Stöckelschuhen, die mit Riemchen an den Knöcheln fixiert waren.

Mit grässlich pulsierendem Herzen hob Johan ein wenig den Saum des Kleides an, schloss die Augen, schluckte, wagte erst dann einen Blick. Durch das grobe Netz der Strumpfhose blitze Schamhaar, blitzte Haut ... Stefan hatte keinen Slip an. Johan wurde eiskalt, seine Glieder wurden schwer wie Metall.

Geschockt blickte er hoch. »Stefan ... habens dich etwa ...?« Er konnte es gar nicht aussprechen, warf den Kopf in Stefans Schoß und heulte los. »Ich bin schuld. Ich mit meiner Scheißangst. Es tut mir so leid, es tut mir so leid, es tut mir so lei-hei-heid«

»Ist gut«, sagte Stefan mit sanfter Stimme, genau so wie in ihrer ersten Nacht, und kraulte ihm durchs Haar. »Ist gut.«

»Nein«, heulte Johan, und rutschte höher, drückte ihm das Gesicht an den Bauch, die Brust. »Nein. Nein.«

»Es ist nix passiert«, flüsterte Stefan beruhigend. »Nicht das, was *du* denkst.«

Verheult blickte Johan auf. »Nein?«

Stefan schüttelte den Kopf. »Erst hab ich schon geglaubt, dass ... wie sie ...«, er schloss die Augen, schluckte. »Aber *das* habens nicht gemacht ...«

Johan legte ihm die Hände an die Wangen, blickte ihn todernst an. »Wenn ich sie umbringen soll, sags. Ich machs.«

Stefan schmunzelte mit traurigen Augen. »Das glaub ich dir sofort, Johan. Aber das will ich nicht. Alles was ich will, ist aus dem Fetzen raus und weg von da.«

Entschlossen sprang Johan hoch. »Wo sind deine Sachen? Ich hols.«

»Geh nicht weg«, bat Stefan und packte seine Hand. »Bleib bei mir.«

Johan kniete sich wieder zu ihm. »Alles. Alles, was du willst.«

»Dann bring mich weg ... heim ... nein ... zu dir. Kann ich heut Nacht wieder zu dir?«

»Aber sicher«, sagte Johans Mutter, die gerade herbeigeeilt kam, und reichte Stefan eine Packung Feuchttücher. »Damit kannst dir das Gesicht abwischen.«

Stefan wollte danach greifen, doch Johan kam ihm zuvor und zupfte ein duftendes, feuchtes Tuch aus der Packung. »Schau mich an ...« Behutsam begann er, Stefan das Make-up aus dem Gesicht zu tupfen.

»Das kann ich auch selbst machen«, flüsterte Stefan, hielt jedoch still und schloss die Augen.

»Ich will aber«, meinte Johan, zupfte ein neues Tuch aus der Packung und wischte damit vorsichtig den verschmierten Lippenstift weg. Stefan öffnete den Mund, und wie er da so ergeben saß, die Augen geschlossen, die Lippen so weich ... konnte Johan nicht anders, kippte vor und drückte ihm einen Kuss auf den Mund. Stefan zuckte, dann packte er Johan am Kragen und erwiderte den Kuss so wild, als kämpfte er ums Ertrinken.

»Und schon am Rumschmusen«, rief Frank und eilte herbei.

Ertappt fuhren Johan und Stefan auseinander.

»Schönen Gruß von Severin«, sagte Frank und warf Stefan T-Shirt und Jeans in den Schoß.

Verwundert hob Stefan die Sachen an. »Das gehört nicht mir ...«

»Wird schon passen«, meinte Frank beiläufig. »Kannst es ihm ja dann zurückgeben, wennst es nicht mehr brauchst.«

Johan musterte das T-Shirt. Es kam ihm bekannt vor. Erstaunt wandte er sich an Frank. »Hat das nicht gerade noch der Severin angehabt?«

»Kann sein«, summte Frank, klatschte in die Hände und schaute sich um. »Gibts sonst noch was, was ich tun kann?«

Begeistert und ein wenig stolz drehte sich Johan zu Stefan herum. »Wenn er will, kann er auch ein Scheißkerl sein.«

Stefan schüttelte die Jeans, wollte hineinschlüpfen und stieß einen Fluch aus. »Faaa...« Genervt drückte er Johan die Hose in die Hand und langte runter, um die Riemchen der Heels zu lösen. Mit Daumen und Zeigefingerspitze – *daran sieht mans* – pfriemelte er immer hektischer an der winzigen Schnalle herum. »Faaaa...«

»Lass mich ...« Johan gab Stefan die Jeans zurück und zupfte am Verschluss der Riemchen herum, doch seine Finger zitterten zu heftig, sie rutschten ihm dauernd davon. »Scheiße! Habts wer ein Messer oder eine Schere?«

Frank kam schon mit einem Taschenmesser an, da schob ihn die Mutter beiseite. »Geh, Blödsinn. Die schönen Schuhe ruinieren!« Energisch streckte sie eine Hand aus. »Fuß!«

Gehorsam hob Stefan das Bein an und mit gerade-zu magischer Leichtigkeit löste die Mutter die Riem-chen. Kaum stellte sie die Schuhe auf einen Tisch, schlenderte schon Sabrina heran und kontrollierte verstohlen die Größe. Enttäuscht verzog sie das Ge-sicht und spazierte unauffällig davon.

Der Vater kam mit dem Schlüssel klimpernd um die Ecke. »Ich wär jetzt mit dem Auto da.«

Frank fuhr herum. »Wo *da*?«

»Na *da*. Neben dem Zelt.«

So, wie er war, sprang Stefan eilig in Severins Jeans, zog sie über das Kleid hoch und murmelte, während er sie hastig verschloss: »Weg, weg, weg, weg.« Im Gehen streifte er das Shirt über, nur ein Ziel vor Augen. »Weg, weg, weg, weg, weg.«

28| Badewasser

Stefan hockte in der Badewanne, wie Stunden zuvor Johan. Das Wasser dampfte. Gelegentlich tauchte er vollständig unter, schickte ein paar Luftbläschen an die Oberfläche, tauchte prustend wieder auf und strich sich übers triefende Haar.

Davor saß Johan auf den Fliesen, einen Arm auf den Wannenrand gelehnt, den Kopf darauf gebettet, und rührte mit den Fingerspitzen im Wasser herum. »Ich könnt für immer hier hocken und dir beim Baden zuschauen.«

»Das tät dir aber fad werden, mit der Zeit.« Stefan hob die Hände an. »Und ich tät total verschrumpeln.«

Johan seufzte. »Dann hol ich dich zwischendurch raus und rubbel dich überall trocken.«

Stefan schmunzelte. »Überall ...«

»*Überall.*«

»Das tät mir gefallen.«

»Sag ich doch.« Johan hob die Hand aus dem Badewasser, leckte nacheinander die nassen Fingerspitzen ab und tauchte sie wieder ein.

Leicht verwundert beobachtete ihn Stefan dabei, dann blickte er nachdenklich auf die Wasseroberfläche. »Jetzt wissens alle bescheid über uns.«

»Ja ... das tuns.« Johan betrachtete Stefans Gesicht, zupfte an seinem Haar. »Ich hab eine Scheißangst um dich gehabt.«

Stefan schluckte, blickte hoch. »Das hättest nicht tun müssen ...«

»Angst haben? Na, offensichtlich schon ...«

»Mich küssen ... vor allen.«

»Ich hab aber wollen.«

Stefans Mundwinkel zuckten, seine Augen röteten sich, seine Stimme wurde heiser. »Das hat mich fertiger gemacht, als das andere ...«

»Geh, wieso?« Johan rückte näher, streichelte über Stefans Wange.

»Weil ich damit nie gerechnet ...«, er schnappte nach Luft. Eine Träne plätscherte direkt von seinen Wimpern ins Wasser.

»Ich war ein Idiot«, gestand Johan und schob Stefan eine Hand in den Nacken, blickte ihm von unten in die Augen. »Wahrscheinlich bin ich immer noch einer. Aber *dein* Idiot, okay?«

Stefan lachte kurz auf, weitere Tränen stürzten abwärts.

»Jetzt bin ich da. Auf deiner Seite. Und da geh ich nimmer weg. Wenns einem nicht passt, soll er halt wegschauen, und wenn dir oder uns einer deppert kommt, dann zeig ich ihm, wo Gott wohnt.«

Stefan grinste schief, wischte sich über die Wangen. »Immer gleich mit den Fäusten, ha?«

»Das verstehns halt«, meinte Johan. »Hätt ich dem Severin eine verpasst, wie ich ihn in den Fingern gehabt hab, hätt er dir das nicht antun können.«

Stefan schüttelte den Kopf. »Er wars ja nicht allein. Das hat sich aufgeschaukelt. Du kannst ja nicht jedem eine reinhauen, der mir was Depperts nachschreit.«

»Na das wollen wir mal sehen ...«

»Und wenns *dich* erwischen?«, fragte Stefan besorgt.

»Das werdens nicht.«

»Wie kannst dir da sicher sein?«

»Weil ich was hab, für das ich kämpfen kann – und das verleiht mir Superkräfte.« Johan hob einen Arm und spannte den Bizeps an. »Schau ... ist jetzt schon eine todbringende Waffe, oder?«

Stefan lächelte und zuckte mit den Schultern.

»Und wenn ich an dich denk, dann werden das Weltenzerstörer.«

»Werdens?«, fragte Stefan und kicherte.

»Ja ... mit einer Einschränkung.« Johan legte einen Unterarm auf den Wannenrand, stützte das Kinn darauf ab, und streichelte mit den Fingerkuppen Stefans Schulter. »Jeder Superheld hat sein Kryptonit, das weißt ja.«

Stefan nickte.

»Du bist meins. Du bist meine Superkraft und mein Kryptonit in einem. Wennst mich anschaust, oder angreifst, dann werd ich weich wie Butter ... wie *warme* Butter ... dann zerfließ ich ... dann fühl ich mich ganz fiebrig und will nur noch ins Bett ...«, Schmetterlinge flatterten in Johans Bauch, »... mit dir.«

»Tust, ja?« Verlegen kratzte sich Stefan an einer Augenbraue und wandte sich ab, um unter den Duschgels und Shampoos eines auszuwählen. Ohne Johan anzusehen, füllte er einen Klecks in seine Handfläche und begann grob sein Haar zu schrubben, den Blick leer auf die Wasseroberfläche gerichtet.

»Wie ist das eigentlich *genau* passiert – heute?«, fragte Johan.

»Hm?« Stefan tauchte die schaumbenetzten Hände ins Wasser.

»Willst mir sagen ...?« Johan verstummte, lehnte sich mit dem Rücken gegen die Badewanne und blickte auf den Haufen mit dem Kleid, Severins Jeans, der Netzstrumpfhose, dem T-Shirt. »Nix. Vergiss es.«

»Was vorgefallen ist, willst wissen?«

Johan wandte sich herum, blickte Stefan über die Schulter hinweg an. »Nur, wenns dir nix ausmacht.«

Stefan schüttelte den Kopf. »Aber vorher will ich aus dem Wasser.«

In Johans geliehenen Sachen lag Stefan im Bett. Johan lag hinter ihm und hielt ihn fest – so fest, wie es gerade noch ging, ohne ihn zu zerdrücken. Er stupste ihm die Nase ins noch feuchte Haar, drückte immer wieder kleine Küsse in Stefans Nacken.

Im unteren Stockwerk herrschte reger Betrieb. Die Eltern und Frank, Thomas und Sabrina, Moni und Rita und deren Männer hatten sich in der Küche versammelt. Die Gespräche schwollen mal an, wurden erhitzter, dann wieder ruhiger. Manchmal drang auch Lachen hoch, wobei Johan nicht genau sagen konnte, ob es amüsiert oder bitter war – auf jeden Fall klang es ein wenig hysterisch.

»Erst warens nur zwei oder drei«, begann Stefan leise. »Sind mir dauernd hinterher und haben blöd geredet.«

Johan zog Stefan noch enger an sich, drückte ihn.

»Ich hab mir gedacht, gehst wo hin, wo mehr Leut sind, dann könnens dir nix tun. Aber dann sinds immer mehr geworden, haben mir immer lauter hinterhergeschimpft. Ich bin schneller, sie sind schneller ... Wie ich beim Festzelt angekommen bin, warens sicher schon fünf oder sechs, und ich hab allmählich Panik gekriegt.« Stefan holte Luft, schauderte.

Beruhigend drückte ihm Johan einen Kuss in den Nacken.

»Also hab ich mir gedacht, rennst in die Kirche rein, da könnens dir nix tun.« Stefan schnaubte. »Weiß auch nicht, was ich geglaubt hab. Dass' Vampire sind oder so was?« Leise sagte er: »Na, ja ... den Fehler hab ich jedenfalls schnell bemerkt.«

»Und ich werd den Severin *doch* umbringen«, brummte Johan in Stefans Haar.

»Da war er noch gar nicht dabei«, erklärte Stefan. »Der ist erst dazugekommen, wie sie mich umzingelt und in eine Ecke gedrängt haben. Ich glaub, die haben erst gar nicht gewusst, was sie jetzt mit mir machen sollen. Da habens ihn geholt, oder er ist von allein gekommen – das hab ich nicht so mitgekriegt, aber er hat dann die Idee gehabt.«

»Mit der Consuela ...«

»Ja. Aber das hab ich erst nicht gewusst. Sie haben herumgetuschelt, dann hat er ein paar losgeschickt, was zu holen, und die, was dageblieben sind ...« Stefan versteifte.

»Komm her.« Johan drückte sanft seine Schulter und sofort rollte Stefan herum und schlang die Arme um ihn. Beschützend drückte Johan ihn an sich, küsste ihm die Stirn, die Schläfe, strich über seinen Nacken. »Was habens gemacht?«, flüsterte er. Sein Magen zog sich dumpf zusammen.

»Sie haben ...« Stefan holte tief Luft. »Zu viert oder zu fünft habens mich festgehalten und mir die Sachen runtergerissen ... *alles.*« Sein Atmen wurde schneller und flacher, pustete aufgeregt gegen Johans

Hals. »Ich hab an das denken müssen, was du gesagt hast, was sie mit uns machen werden ...«

»Scheiße«, flüsterte Johan und grub die Finger in Stefans Haar. »So eine verdammte Scheiße.«

Stefan schluckte. »Dann sinds ... dann habens auch noch eine Sporttasche ... Ich hab geglaubt ...«

Johans Herz hämmerte vor Wut oder Hass oder vielmehr Sorge und Angst. Ein Schauer durchlief ihn und um das zu überspielen, umarmte er Stefan fester.

Stefan atmete auf. »Aber dann habens nur den Fummel rausgeholt ... haben ihn mir hingeschmissen. *Anziehen.* Mich hats trotzdem gerissen als wie, ich hab ja noch immer nicht gewusst, was sie mit mir vorhaben. Ich mein ... bei dem ... Outfit? Mir haben so die Hände gezittert, dass eine von den Mädels die Schuhe zumachen müssen hat ...«

Johan fuhr zurück, blickte Stefan verstört an: »Mädels waren *auch* dabei?«

»Ein paar ... ich weiß aber nicht ... Ich hab niemanden angeschaut, hab mich nur auf ein Muster in den Fliesen konzentriert und mir fest gedacht: Das geht vorbei ...«

»Oh, Stefan.« Johan schossen die Tränen in die Augen, er strich über Stefans Wangen, drückte Stirn an Stirn. »Ich hätt schneller sein müssen. Ich hätt besser suchen müssen. Ich hätt das verhindern können. Den Severin hab ich noch eine halbe Stunde vorher ... Ich hätt ihn ... Scheiße, ich bin nur ein paar Meter von dir entfernt vorbeigerannt. Auf die Idee, dass du in der Kirche sein könntest, bin ich gar nicht ...« Wut und Hass wallten in ihm hoch. Schuldgefühle, Angst und Sorge, pressten Tränen aus ihm heraus.

»Dafür kannst ja nix«, sagte Stefan sanft und legte die Hände auf Johans Wangen. »Außerdem warst ja dann eh da.«

»Aber zu spät.«

»Im richtigen Moment.«

»Sie haben dich fertiggemacht, gedemütigt. Das, was mir das Liebste ist, habens ... Wenn ich nicht so feig gewesen wär ...«

»Es ist doch eh glimpflich ausgegangen«, meinte Stefan beruhigend. »Und jetzt bist da, bei mir ... *das* ist das Wichtigste.«

»Bist überhaupt nicht ... wütend?«, fragte Johan und blickte Stefan verwundert an. »Ich möcht die alle am liebsten ...«

»Ich konzentrier mich lieber auf dich«, sagte Stefan flink, griff nach Johans Händen und küsste die Finger.

»Aber das ... aber ...«

»Ich glaub, die meisten haben nicht einmal realisiert, was sie da tun ...«, meinte Stefan leise. »Das war irgendwie ... Gruppendynamik.«

Empört starrte Johan ihn an. »Das entschuldigt doch nix.«

»Das sagst *ausgerechnet* du? Wenn ich so denken würd, wärn wir jetzt gar nicht ... zusammen.«

»Du verzeihst denen doch nicht, oder?«, platzte Johan hervor. »Wer bist du? Jesus oder was? Hältst die andere Backe auch noch hin?«

»Nein ich ...« Stefan schluckte, senkte den Blick. »Ich kann nicht hauen. Ich kann nicht hinhauen. Ich bin nicht wie du. Ich will nur, dass alles wieder gut ist. Dass es vorbei ist. Ich will keinen Ärger ...«

»Aber du kannst denen das doch nicht durchgehen lassen!«

»Ich kanns aber nicht ... verdreschen, wie du.«

»Dann mach ich das für dich.«

»Das will ich aber nicht!«

»Wieso nicht?«

»Weil wir doch hier leben«, sagte Stefan verzweifelt. »Wie solln wir wo friedlich leben, wo wir alle hauen, die uns deppert kommen?«

»*Nur* dort«, meinte Johan. »Den Frieden gibts nicht geschenkt, Stefan, der ist kein natürliches *Recht*. Den musst dir erkämpfen. Oder willst wo leben, wo du für alle nur Freiwild bist?«

Stefan schüttelte den Kopf. »Nein ...«

Johan seufzte, küsste Stefans Stirn, sagte versöhnlich: »Ich will ja auch Frieden. Die depperte Kämpferei, wie ichs bisher gemacht hab, will ich nimmer. Ich will nur mit dir zusammen sein. Aber ich will auch, dass' uns in Ruh lassen. Ich bin nicht so gut im Aushalten, wie du ... ich muss das ausfechten. Es geht mir nicht ums Kämpfen an sich, es geht mir ums Ziel. Dass wir Ruhe haben, dass' uns in Frieden lassen, und dass niemand, aber auch *niemand* glaubt, er kann so was machen, wie mit dir, und damit mein ich nicht nur die Sache am Kirtag, ich mein auch die Schmierereien, die depperten Zettel, und was sie dir hinterherschreien. Ich weiß, wie man die zum Schweigen bringt, ich war ja selbst so ein Trottel. Lass mich das so durchziehen. Für uns. Ist das okay für dich?«

Mit nassen Augen blickte Stefan ihn an. »So gewehrt hast dich gegen uns, und jetzt bist so entschlossen.« Er drückte Johan einen Kuss auf den Mund, nickte. »Ja, ja, so ist das okay für mich.«

Johan schlang die Arme um Stefan, drückte ihn an sich, so fest, so fest, wie er nur konnte. Eine Welle aus Glück spülte ihn ihm hoch. »Ich liebe dich«, nuschelte er an Stefans Hals. »Ich liebe dich.«

29| Trautes Heim ...

Die Sonne schien steil durchs Fenster. Stefans blondes Haar verwuschelte in den schneeweißen, zerwühlten Laken, klebte verschwitzt an den Rändern seines Gesichts. Mit vor Erregung glänzenden Augen blickte er hoch zu Johan. Sein schöner Mund öffnete sich für ein gehauchtes »Ja«. Seine Lippen waren so sinnlich weich und noch königlich durchblutet von der intensiven Massage durch Johans Schwanz.

Die Beine gespreizt lag er da, die Erektion wippte in einem Bogen über seinem Bauch, die Hoden ballten sich erwartungsvoll zusammen. Unter dem glatten Damm wartete, noch verborgen zwischen knackigen Backen, und doch durch einen kleinen, neckischen Schatten verraten, das heiß ersehnte, enge Ja.

Stefans Lippen zuckten überrascht und erfreut, als Johan es mit den Fingern zu erforschen begann. Er war so bereit, so willig, nahm ihn so mühelos auf, dass Johan bald abließ, um über ihn zu klettern.

Was für ein Blick. Dankbar bereits für die Erwartung. Gierig nach einem Kuss hob Stefan den Kopf, fand Johans Lippen, zog ihn in ein wildes Spiel ihrer Münder, bis ihm der Nacken müde wurde und ihn die Lust ganz ungeduldig machte.

Johan stemmte die Fäuste in die Matratze, rückte mit dem Becken heran. Seine Arme zitterten vor Beherrschung und Sehnsucht. Schweißperlen kullerten von seinem Haaransatz zwischen die Augenbrauen, kitzelten die Nase entlang, tropften auf Stefans Lippen. Eine rosa Zungenspitze leckte sie flink auf, in Stefans Gesicht huschte ein kleines, geiles Lächeln, dann keuchte er heftig auf und biss in die Luft. Mit behutsamem Druck überwand Johan den Muskel und glitt in ihn. Warm und fest schmiegte sich Stefans Darm um seinen Schwanz, ließ sich mit einer betörenden Mischung aus Willkommen und Abwehr erobern.

Auf der Hälfte des Weges zuckte Stefan, bäumte sich auf, ein fluchendes Stöhnen drang aus seiner Kehle. »Faaaa...« Er schauderte, Gänsehaut überzog seinen verschwitzten Körper. Johan hielt inne, darauf gefasst, dass er kam. Stefan schnaufte, beruhigte sich wieder und blickte mit glänzenden Augen zu ihm hoch.

»Was hast?«

»Ich hab geglaubt, jetzt kommst.«

»Ich auch ...«, Stefan schnappte erregt nach Luft. »Gerad noch abgefangen.«

»Du hältst dich zurück?«

»Sonst tätst gar nicht weit genug kommen.«

Johan stöhnte auf. »Oh Gott.«

»Mach weiter ... aber langsam.«

»Okay.« Zitternd vor Anstrengung und Beherrschung zog sich Johan ein wenig zurück, um sich dann vorsichtig tiefer in die warme Enge zu schieben.

Stefans Stirn warf sich in Falten. Immer wieder hob er den Kopf, blickte ächzend zwischen ihnen runter, ließ sich keuchend ins Kissen fallen. »Faaaaa...« Immer wieder begann er zu zucken und schaudern, legte dann rasch eine Hand auf Johans Brust. »Wart ... wart kurz ...«

Schließlich ließ sich Johan stöhnend auf Stefan sinken und nuschelte ins Kissen: »Jetzt kann ichs selbst bald nimmer halten.«

»Okay ...«, sagte Stefan keuchend. »Dann lass los.«

Johan hob den Kopf, blickte ihm in die Augen. »Ja?«

»Schau mich an dabei«, wisperte Stefan hastig und legte die Hände auf Johans Wangen. »Jetzt.«

Johan stemmte sich noch einmal hoch und trieb sich mit einem letzten Stoß vollständig in Stefan hinein. Da kam auch schon der süße Drang und umklammerte seinen ganzen Unterleib. Rasch holte er noch für ein-, zwei weitere Stöße aus, floss dabei aber schon hinein in seinen Liebsten.

»Faaaaaaa...« Stefan bäumte sich auf, presste sich gegen Johan, machte fast die Brücke. Seine Muskeln zitterten, er warf die Arme zur Seite und ballte die Fäuste ins Laken. Wie ein heißer Schuss Milch sprudelte seine Lust über seinen Bauch, bis hoch zur Brust. Dann brach er keuchend zusammen, und Johan auf ihn.

So ließen sich Sonntage beginnen. *So* ließ es sich aufwachen. *So* driftete man aus einem sinnlichen Traum direkt in eine noch sinnlichere Realität.

Johans Blick fiel auf Stefans Bett, neben ihnen, die geborstenen Rippen des Lattenrosts hingen durch. Eine Woche hatte es durchgehalten, und das auch nur, weil sie sich lieber auf dem neuen Küchentisch ausgetobt hatten, und im Bad den Duschvorhang von der Stange gerissen. Das Gewicht eines ekstatischen Mannes hielt er also nicht aus. Wenigstens bekamen sie im Baumarkt Rabatt, damit wurden die Restaurationsarbeiten nicht ganz so teuer.

»Balken«, nuschelte Johan an Stefans Brust.

»Hm?«

»Balken statt Lattenrost. Die für Dachstühle. Mach ich nächste Woche. Müsst halten. Eine Weile.«

30| Provokation

»Bereit?«

»Nein. Du?«

»Nein.«

»Na dann ...«

»Ein Kuss noch.«

»Ein Kuss noch.«

Johan und Stefan neigten sich über die Handbremse, ihre Lippen kollidierten, ihre Zungen suchten den vertrauten Geschmack. Ein inniger Kuss für den Mut, der Potential hatte, mehr zu werden.

Ehe sie vor Leidenschaft hochkochten – eine recht willkommene Flucht vor der Angst –, lösten sie sich und sprangen aus dem Auto.

Die Laserlichter des *Sono* malten hektische Kreise auf den Himmel. Aus der Disco drang Basswummern. Im hell erleuchteten Eingangsbereich standen ein paar Jugendliche und diskutierten wild. Vermutlich eines der vielen Samstagabenddramen, kochende Herzen, enttäuschte Sehnsucht, Verrat und Zurückweisung. Johan hatte das immer schon genervt, hatte sich davor immer an die Bar geflüchtet.

Stefan trug sein weißes Hemd, einen Knopf zu viel geöffnet, die Ärmel hochgekrempelt, dazu knapp sitzende schwarze Jeans. Scheiße, er sah so sexy aus, dass Johan ihn lieber auf der Motorhaube nehmen wollte, statt mit ihm endlich zu tun, was sie sich schon seit ein paar Wochen vorgenommen hatten.

Keine Provokation, hatten sie sich ausgemacht. Sie würden wie zwei normale Kumpels die Disco betreten. Kein Händchenhalten, kein öffentliches Herumturteln. Das war vernünftiger. Der Mittelweg zwischen jedem eine reinhauen oder alles aushalten müssen. Solange sie in ihren vier Wänden zusammen sein konnten; solange sie zusammen in einer Wohnung leben konnten, ohne dass sich jemand lauthals daran störte, war es *okay,* nicht überall das Paar raushängen zu lassen. Auch, wenn es bereits fast alle wussten. Früher hätte das Johan begrüßt, aber zunehmend wurde das zu einem Stachel, vor allem, wenn er andere Paare sah. Wieso durften sie Händchen halten, sich küssen, sich verliebt anschauen, dicht beieinanderhocken, miteinander tanzen ... ohne dass ihnen jemand unterstellte, penetrant zu sein? Ohne dass jemand meinte, sie würden es aber schon *herausfordern?*

Mittlerweile sollten sich die Leute mit dem Gedanken angefreundet haben, dass unter ihnen ein schwules Paar lebte und gelegentlich auch ausgehen wollte. Nach ein paar Anfangsproblemen mit Nachbarn – derbe Briefe, Scheißehaufen auf dem Fußabtreter, beschmiertes Auto und Motorrad, die Johan allesamt ... nun ... nicht unbedingt mit der Jesus- oder Gandhi-Methode beantwortet hatte –, war Ruhe eingekehrt. Immerhin, neben den Idioten waren auch tolle Leute in ihr Leben getreten, beziehungsweise hatten sich Freundschaften vertieft. Wie mit Thomas und Sabrina. Oder es hatten sich überraschend neue gebildet, wie mit Ferdl und Richi, die seit fast fünfzehn Jahren ein Paar waren. Für Johan ein Umstand, der ihn ganz nervös und kühn machte.

338

Nun war es Zeit weiter zu gehen. Wie Frank sagte: Sie konnten sich ja nicht ewig zu Hause einsperren, auch, wenn das bisher eine recht vergnügliche Angelegenheit gewesen war, und auch jetzt als eine verlockende Alternative im Raum stand.

Johans Herz raste, als er erstmals seit der Schlägerei mit dem Veranstalter des Wet-Shirt-Contests wieder das *Sono* betrat. Und dann auch noch mit seinem ... Freund. Das war immer noch so ein Gedanke, der die Schmetterlinge in seinem Bauch aufflattern ließ. Freund. Er hatte einen *Freund*.

Er warf Stefan einen Blick zu – um ihn zu ermutigen, um sich selbst Mut zu holen –, dann betraten sie die Disco. Johan marschierte voraus, den Blick darauf geschärft, auch nur das leiseste Anzeichen von Missbilligung wahrzunehmen. Er hatte es Stefan zwar nicht gesagt, aber innerlich hatte er sich bereits auf eine Schlägerei vorbereitet. Man konnte nie wissen ...

Doch so weit schien alles friedlich. Auf der Tanzfläche traten sich die Leute gegenseitig auf die Füße und an der Bar hingen die üblichen Verdächtigen herum, die sich – wie Johan einst – zwar sehen lassen wollten, aber keinen Bock hatten, bei dem Gehampel und den Dramen mitzuspielen. Sie schwebten ein bisschen drüber, hatten einen *Namen*, wurden durch ihre demonstrative Coolness gefürchtet und verehrt. Aber jetzt war Johan ein Außenseiter, einer von jenen, die er immer kritisch im Auge behalten hatte, wenn sie in seinen Wirkungsbereich gekommen waren.

In der Tat wurden sie von den ersten Blicken gestreift. Köpfe steckten sich zusammen, Leute drehten sich auffällig unauffällig um.

»Vielleicht gehen wir wieder«, meinte Stefan.

Seit dem Vorfall auf dem Kirtag war seine Gelassenheit gegenüber blöden Blicken und Bemerkungen verschwunden. Er war sogar noch mehr auf der Hut als Johan, was groteskerweise wiederum Johan gelassener und ruhiger machte.

»Eine halbe Stunde, okay?«, sagte Johan.

Stefan nickte. Johan bemerkte, dass Stefan das Hemd auf einmal bis obenhin zugeknöpft hatte. Mit großen Augen blickte er sich um, sein Atem ging rasch. Johan packte seine Hand und verschränkte ihre Finger miteinander, ehe er sich an die Abmachung erinnerte. Stefan zuckte zwar überrascht, dann aber drückte er zu und drängte sich an Johan, Schulter an Schulter. Er wurde ruhiger, schaute nicht mehr hektisch umher, vermutlich entging ihm trotzdem nicht, wie die Leute verstohlen auf ihre Hände starrten.

Johan und Stefan suchten sich einen freien Platz und bestellten Bier. Seite an Seite hockten sie in einer Ecke und hielten unter dem Tisch Händchen. Stefan griff ständig zur Flasche, um einen winzigen Schluck zu nehmen, kratzte mit den Fingernägeln auf der Tischplatte herum, fixierte gebannt die Discokugel oder eine Säule direkt neben ihnen.

Johan entging nicht, dass sie unter Beobachtung standen. Auch nach zwanzig elenden Minuten noch. Obwohl niemand etwas Blödes sagte, machte ihn dieses Starren wütend. Aber er konnte ihnen doch nicht nur eine reinhauen, weil sie schauten. Oder?

»Stefan?«, sagte er schließlich. »Wenn ich dich küssen wollt, jetzt, hier ... wär dir das recht?«

Verwundert blickte Stefan ihn an. »Haben wir uns nicht ausgemacht ...«

»Ich weiß, was wir uns ausgemacht haben, aber das ist scheiße. Wir hocken da wie vor einer Führerscheinprüfung. So hab ich mir das Fortgehen mit dir nicht vorgestellt.«

»Wollen wir heim?«

Johan schüttelte den Kopf. »Ich will mit dir Spaß haben. *Hier.*«

»Aber ...«

»Die glotzen doch sowieso, ob wir dahocken wie die Zinnsoldaten oder uns aufführen, insofern ...«

»Also ... tanzen?«

»So weit kommts noch«, brummte Johan. »Ich tanz nicht. Aber schmusen tät ich gern.«

»Hier?«

»Hier! Ich hab immer nur zuschauen dürfen ... jetzt tät ich gern mal der sein, der andere damit nervt.«

Stefan grinste schief. »Showknutschen.«

»Nein, nein ... das ist schon für uns. Aber ... Stefan ... ich habs satt, drauf zu warten, dass was passiert. So merken wir wenigstens gleich, wems nicht passt. Dann ... erledige ich das ... und wir können uns entspannen. Was sagst?«

Stefan schmunzelte. »Du *erledigst* das.«

»Wie immer!« Johan zeigte die Faust.

»Okay ...«

Und dann ... küssten sie sich. Und keinen interessierte es.

Weitere Romane von Kooky Rooster

TOTE POETEN UND PICKELSTIFT

Während sich die Mitschüler ins pralle Leben stürzen, verkriecht sich Erik in seinem Zimmer und schreibt erotische Liebesgedichte. Dass er im vergangenen Jahr vom kleinen Fettsack zum schönen Schwan gereift ist, hat er noch nicht verinnerlicht. Den Blick gesenkt eilt er durch die Schulflure und hofft, unsichtbar zu sein – außer für Jonas, den coolen Typen mit dem Motorrad und der schwarzen Lederkluft. Seinetwegen tritt er der Theatergruppe bei und brilliert in der Rolle des Cyrano. Seinetwegen weiß er auch, wie es ist, sich nach jemandem zu verzehren, den er nicht kriegen kann. Denn Jonas ist Lehrer, mit Haut und Haar. Niemals würde er seine Karriere für eine Affäre mit einem Schüler aufs Spiel setzen. Allerdings hat Jonas eine Schwäche für Poeten und Erik ist ein Poet ...

BEN – LIEBE AM ABGRUND

Ben ist einundzwanzig, Automechaniker, Sprayer, Bettnässer. Er ist generell zu nah am Wasser gebaut, errötet zu schnell, wiegt zu wenig, hat genug. Wenn das Tier schläft, streicht er am Bahndamm herum und besprüht verwitterte Wände. Er ist im Widerstand. Ihn treibt eine Mission. Alles, was er fürchtet, hasst, ihn vernichtet, trägt eine Uniform. Alles, was er braucht, liebt, ihn rettet, trägt eine Uniform. Das Grauen hat einen Namen: Jochen. Die Liebe hat auch einen Namen: Paul.

Zuviel – Dick, sensibel ungeliebt

Der zart besaitete, übergewichtige Wolfgang weiß, wie sich Mobbing anfühlt, nicht aber, wie es ist, geliebt zu werden. Eine temporäre Personalrochade in der Firma gibt ihm die Chance, seinem Schwarm, dem ebenso hübschen wie verpeilten Simon, näher zu kommen.

Satellit – Liebe in der Umlaufbahn

Der scheue Max kreist wie ein Satellit ständig um Sandra und Thomas herum und stellt damit deren Beziehung auf eine harte Probe. Um den lästigen Dauergast loszuwerden, beschließt Sandra, ihn mit ihrer besten Freundin Nicole zu verkuppeln. Max hat allerdings kein Interesse an der rassigen Schönheit, sondern ein Auge auf Thomas geworfen.

Iltis – Räudige Hunde

Erik, aufstrebender Juniorchef einer großen, traditionsreichen Firma, hat über die Feiertage seinen ehemaligen Studienkollegen Iltis eingeladen, einen liebenswerten Chaoten im Widerstand gegen den Kapitalismus und gesellschaftliche Normen. Das lang ersehnte Treffen weckt allerdings nicht nur Erinnerungen an Diskussionen über Systemtheorie ...

Fahr zur Hölle ... besinnliche Zeit

Jede Weihnachten legt Thomas alleine die Strecke von tausend Kilometer zurück, um mit seiner Familie Weihnachten zu feiern. Dieses Jahr allerdings hat er einen unvorhergesehenen Mitfahrer: Tobias, den einzigen Mann, der den sonst so besinnlichen Thomas auf die Palme bringen kann.

FUCK – Ein mechatronikerotischer Roman

Simon ist ebenso unsterblich wie heimlich in Leopold verknallt – den hübschen Kollegen mit dem Viagrablick. Leider ist er ist zu feig, ihn anzusprechen. Doch dann materialisiert sich in seinem Bad ein über drei Meter großer Roboter und gewährt ihm drei Wünsche.

Der Kuss – Die ganze Serie

Ein schwüler Sommernachmittag vor der Konsole, mit seinem coolen Nachbarn Lukas, endet für den siebzehnjährigen Michael in einer kopflosen Jagd nach der Liebe. Was als einfacher Kuss beginnt, weckt in den beiden Jungs nicht nur eine ungeahnte Leidenschaft füreinander, sondern auch eine ganze Menge Ängste und Missverständnisse.

Die Wiederkehrer – Männer weinen nicht

Stell dir vor, am Ende deines heterosexuellen und etwas außer Kontrolle geratenen Lebens, triffst du auf deinen sexsüchtigen, alkoholabhängigen Schutzengel, der im Zuge des 12-Stufen Programms an dir eine Wiedergutmachung leisten will. Allerdings stellt er eine Bedingung: Du sollst einen Mann lieben!

Stiefbruder – Liebe meines Lebens

Clemens hat sich in seinen zwei Jahre älteren Stiefbruder verliebt. Doch ehe daraus etwas entstehen kann, trennen sich ihre Eltern und Clemens muss mit seinem Vater weit weg ziehen. Das Band zwischen den Stiefbrüdern Clemens und Jakob war schon immer stark, aber kann es auch die große räumliche Trennung überstehen?

Reingekracht – Familien-Bullshit-Bingo

Familienfeiern sind für Singles ein Horror. Nino und seine Schwester Julia spielen deshalb „Single-Bullshit-Bingo", bei dem derjenige gewonnen hat, dem zuerst die fünf nervigsten Fragen gestellt wurden, die man Singles auf Familienfeiern stellt. Diesmal allerdings, muss Nino alleine spielen, denn Julia bringt ihren neuen Freund Patrick mit. Blöd nur, dass sich Nino Hals über Kopf in ihn verliebt.

Ian Yery & der Hardcore Absolute Beginner

Mo, sportlich, selbstbewusst und Pazifist, entdeckt eines Tages, dass der Held eines Computer-Kriegsspiels ihm aufs Haar gleicht. Wenig amüsiert darüber sucht er Kontakt zu jenem 3D-Künstler, der sich dafür verantwortlich zeichnet, und trifft auf Nils, einen extrem menschenscheuen Hardcore Absolute Beginner. Zweiunddreißig, verliebt und ungeküsst – keine gute Ausgangsposition für Nils und eine Herausforderung für Mo.

Kurzgeschichtenbände

von Kooky Rooster

KUSSBILANZ – KURZGESCHICHTEN – BAND 1

Wissen Sie, wie es ist, wenn man liebt? Vermutlich. Vermutlich wissen Sie es. Aber wissen Sie, wie es ist, wenn man jemanden liebt, den man nicht lieben darf? Diese und ähnliche Fragen stellen sich die Protagonisten in den vorliegenden Kurzgeschichten. Gesellschaftliche Konventionen, Scham oder Angst – es gibt immer einen Grund, seine Sehnsüchte zu verbergen. Wie Basti, der Liebe für eine Verschwörungstheorie hält, Marius, der bereits mit siebenundzwanzig Jahren überzeugt ist, nie wieder zu küssen, ein Laborassistent, der sich zwanzig Jahre lang heimlich nach seinem Professor verzehrt, das Wiedersehen alter Freunde, die verschiedener nicht sein könnten, und ein Neurotiker, der Diagnosen und Nebenwirkungen ebenso leidenschaftlich sammelt, wie Kussvideos.

KUSSBILANZ – KURZGESCHICHTEN – BAND 2

Was haben das Appell-Ohr, der Butterfly-Effekt, eine Straight-Parade, Türrahmen und Fiona gemeinsam? Liebeskranke Männer, die auf Männer stehen und dabei den einen oder anderen etwas neurotischen Umweg nehmen. So wie Lukas, der sich freiwillig für ein Schulprojekt meldet, in dessen Rahmen er einen Jungen küssen muss; oder Pauls Nachbar, der nach dem Schauspielunterricht eine mehr als verstörende Affaire mit Türrahmen eingeht; Theo, der auf sein Recht pocht, kein Privatleben haben zu müssen, um einen Partner zu finden; und ein experimentierfreudiger Student, der im Was-wäre-wenn-Spiel seines Kommilitonen verlorengeht. Und schließlich gibt es da auch noch diese etwas andere Welt, in der sich Heteros outen und um ihr Recht auf Ehe und Elternschaft kämpfen müssen. Kussbilanz Band 2 darf man als den fröhlicheren aber nicht weniger herznahen Bruder des ersten Bandes verstehen.